Cuentos de vacaciones

Autor
Santiago Ramón y Cajal

Introducción
Alberto García Gutiérrez

Colección
Recuerdos del futuro

Editorial
Gaspar&Rimbau

Título
Cuentos de Vacaciones

Autor
Santiago Ramón y Cajal

Introducción y notas a pie de la misma
Alberto García Gutiérrez

Agradecimientos
Marcos A. Palacios

Dirección editorial
Andrés Massa Holroyd-Doveton

Debido a la enorme dificultad de localizar a los diferentes propietarios de los derechos de autor de las obras incluidas en los volúmenes de esta colección (en caso de haberlos), por la antigüedad de los textos, imágenes y diversos materiales en ellos recogidos, efectuamos sobre los mismos un ejercicio de derechos reservados que ponemos a disposición de sus posibles derechohabientes, haciendo constar la imposibilidad en que nos hemos visto para su contratación.

Detalles de esta publicación
Los textos de este libro se han compuesto con la tipografía Adobe Garamond Pro de 12 puntos sobre papel ahuesado.
Todas las imágenes del libro original, fueron cuidadosamente restauradas y ubicadas en su sitio original para enriquecer la lectura.

Cuentos de Vacaciones
I.S.B.N.: 978-84-121193-1-2
© de esta edición Gaspar & Rimbau Editorial año 2019
Todos los derechos reservados.
Cualquier forma de reproducción, distribución, comunicación pública o transformación de esta obra, solamente puede ser realizada con la autorización de sus titulares, salvo excepción prevista por la ley.
Las opiniones expresadas en esta obra son las de los autores y no reflejan necesariamente las de la Editorial Gaspar&Rimbau ni la de sus miembros.

Colección Recuerdos del futuro
Editorial Gaspar & Rimbau
C/Juan Ramón Jimenez 102 Bajo F
46026 – Valencia – Spain
www.gaspar-rimbau.com

&

Índice

Advertencia preliminar 61
A secreto agravio secreta venganza 65
El fabricante de honradez 115
La casa maldita 157
El pesimista corregido 231
El hombre natural y el hombre artificial 295

Santiago Ramón y Cajal: Por la ciencia y la gloria nacional, Investigador científico y Anticipador científico y social

Alberto García Gutiérrez

> *«Si hay algo de nosotros verdaderamente divino, es la voluntad. Por ella afirmamos la personalidad, templamos el carácter, desafiamos la adversidad, corregimos el cerebro y nos superamos diariamente»*
>
> *Santiago Ramón y Cajal*

> *«El territorio de España ha menguado; juremos todos dilatar su geografía moral e intelectual»*
>
> *Santiago Ramón y Cajal*

> *«Heroica era su apariencia, heroica la noble expresión de su lenguaje, heroico su ánimo para vencer toda suerte de obstáculos. Heroica fue, en fin, la meta de sus aspiraciones: lograr que el nombre de su patria fuese apreciado en el mundo entero»*
>
> *Hugo Spatz*

La Editorial Gaspar & Rimbau se complace en ofrecer a sus lectores, dentro de su colección *Recuerdos del Futuro*, *Cuentos de Vacaciones*, de Santiago Ramón y Cajal.

Una de las mentes que iluminarían el camino hacia la modernidad en la España de finales del siglo XIX, y las primeras décadas del siglo XX, con su constancia y tesón sería Santiago Ramón y Cajal. Firme defensor de la regeneración de una España decaída y atrasada Ramón y Cajal demostró a España y al resto de las naciones avanzadas en Europa que la ciencia española existía y que ésta era capaz de realizar avances significativos en el campo del estudio de la neurociencia. La figura del Nobel español fue ejemplo para las nuevas generaciones de españoles que vendrían, no solo en el campo de la investigación científica. Como dijera Miguel de Unamuno, la vida de Santiago Ramon y Cajal fue «*bien llena y bien útil*».

Primeros años

Santiago Ramón y Cajal (1852-1934) fue médico, especializado en histología[1] y anatomía patológica[2], padre de la moderna neurociencia[3], fotógrafo, dibujante, articulista de divulgación médica y científica,

---

1 Histología. Disciplina científica que estudia todo lo relacionado con los tejidos orgánicos: estructura microscópica, desarrollo y funciones. Las primeras investigaciones histológicas comenzaron a partir del 1600, cuando se incorporó el microscopio a los estudios anatómicos. Marcello Malpighi (1628-1694) es el fundador de la histología.
2 Anatomía patológica. Rama de la medicina que estudia, por medio de técnicas morfológicas, las causas, desarrollo y consecuencias de las enfermedades para el correcto diagnóstico de biopsias, piezas quirúrgicas, citologías y autopsias.
3 Neurociencia. Campo de la ciencia que estudia el sistema nervioso; estructura, función, desarrollo, bioquímica, farmacología y patología, estudiando las bases de la cognición y conducta.

ensayista y escritor de relatos de anticipación científica y social.

Nacido en la pequeña población de Petilla de Aragón, provincia de Navarra, sus padres fueron Justo Ramón Casasús, médico cirujano[4], y Antonia Cajal. La familia Ramón y Cajal, compuesta por cuatro hijos, tuvo distintos lugares de residencia en Aragón por el oficio que ejerciera el padre, entre 1855 a 1860: Luna, Valpalmas y Ayerbe, realizando el pequeño Santiago[5] sus estudios primarios en Jaca y el bachillerato en Huesca.

De una insaciable curiosidad, Santiago Ramón y Cajal destaco desde niño, además de por ser un lector voraz, por ser refractario a los métodos de la época en la enseñanza consistentes en una memorización inútil, alternando la rigidez educativa que le imponían con una pasión por la naturaleza a través de la observación y análisis de los fenómenos de la naturaleza, de las plantas y seres vivos, bases para su futura vocación científica.

---

4 Justo Ramón, padre de Santiago Ramón y Cajal, hijo de labradores, fue un hombre hecho a sí mismo, aprendió los rudimentos de la cirugía básica en la localidad oscense de Javierre de Latre. Se hizo barbero y sangrador y tras diez años en la localidad se dirigió a Barcelona a ampliar sus conocimientos médicos. Siendo barbero en la capital condal pudo costearse el acceso a la facultad de medicina y logró la titulación de cirujano de segunda clase. Justo Ramón poseía una memoria fotográfica formidable, según su hijo, que le hacía retener con facilidad textos de medicina enteros.

5 Ya a la edad de seis años Santiago poseía conocimientos de aritmética, geografía y lengua francesa que su padre le había enseñado.

En la localidad aragonesa de Ayerbe, el adolescente Ramón y Cajal tuvo acceso a la biblioteca de un vecino de la familia, ello fue providencial en el futuro del muchacho al permitirle conocer a autores que le despertaron pasión por las letras y dejarían una profunda huella en el futuro científico; Cervantes, Quevedo, Calderón de la Barca, Espronceda, Dumas padre y sobre todo Daniel Defoe con su obra *Robinson Crusoe*. La obra sobre el náufrago varado en una isla durante años hizo que comenzara a escribir un relato emulando a Defoe; la historia de un náufrago que tiene diversas aventuras.

La pasión lectora y escritora del hijo no fue bien vista por el padre que consideraba que el leer era peligroso para el espíritu, además de ser una pérdida de tiempo. Su hijo debía de abstenerse de ese vicio y dedicarse solo a estudiar para acceder a su destino profesional: ser médico. Dotado de aptitudes para el dibujo, a los diez años Ramón y Cajal pidió a su padre que le enviara a Huesca o Zaragoza para acceder a una escuela de dibujo, el padre se negó por las mismas razones que expusiera para la lectura y escritura, era una distracción y le alejaba de su destino en la medicina.

En 1866, tras constatar que Santiago tornábase rebelde[6] y la formación rígida no hacía efecto, Justo

---

6   El propio Santiago Ramón y Cajal en sus memorias recuerda sus años rebeldes:
    «(...) Mi mala fama había cundido de tal modo en el barrio que, hasta las niñas, cuando salían del Colegio, se escondían al verme, temerosas de alguna furtiva pedrada».

Ramón tomó la determinación de escarmentar a su hijo enviándole como aprendiz de barbero y un año más tarde a trabajar como zapatero. De esta doble experiencia laboral Santiago Ramón y Cajal asentaría sus convicciones políticas y sociales básicas: liberalismo, anticlericalismo y republicanismo. El escarmiento obró efecto y el estudiante rebelde se centró en los estudios y obtuvo buenos resultados que permitieron que el padre lo matriculara en el curso preparatorio para acceso a la universidad.

En 1870, Santiago Ramón y Cajal a los dieciocho años, ingresa en la facultad de medicina de Zaragoza licenciándose en 1873. La obtención de una plaza en la Beneficencia Provincial de Zaragoza como disector[7] por parte de su padre hizo que su hijo entrara como ayudante[8] en su segundo año de carrera de medicina y comenzara la práctica médica desde una formación práctica forense. El arte del dibujo que fuera de desaprobación para el padre en el pasado se convertiría en esencial para el cometido que le encomendara al hijo.

El joven Ramón y Cajal siguió con su pasión lectora y retomó la escritura. Romántico, compuso versos y empezó a escribir relatos de nuevo. Apasionado, era un soñador que cultivaba su cuerpo en el gimnasio

---

7 Disección. Técnica que supone la división en partes de una planta, un animal o un ser humano muertos para examinarlos y estudiar sus órganos internos.

8 Santiago Ramón y Cajal dejó escrito en sus memorias sobre su primer acercamiento a la disección forense:
   «...Vi en el cadáver, no «la muerte» con su cortejo de tristes sugestiones, sino el admirable artificio de la vida».

haciendo caso del lema clásico: *men sana in corpore sano*[9].

Por la misma época, Ramón y Cajal se interesó por la filosofía y por la búsqueda de lo que él llamaba *«la verdad»*. Leyó a los idealistas, buscó en los textos una explicación sobre el porqué de la existencia, el origen de todo y los principios que rigen el universo. Su insaciable curiosidad le hacía leer todo tipo de obras científicas y literarias.

Durante su etapa de estudiante universitario España pasa por la etapa política y social convulsa surgida del destronamiento de Isabel II, *La Gloriosa Revolución* de 1868, el gobierno provisional liderado por el general Juan Prim Prats, el asesinato de éste, la subida al trono español de Amadeo I de Saboya, su abdicación y la proclamación de la Primera República Española[10]. El joven médico será llamado a filas en la

---

9   Dejó escrito en sus memorias sobre esa época de joven interesado por fortalecer su cuerpo:
«...Vivía insolente con mi ruda arquitectura (...), y ardía en deseos de probar mis puños con cualquiera».

10 En 1871 la abdicación de Amadeo I conllevó la proclamación de la Primera República española ante el vacío de poder. La República nació débil por falta de unidad en los republicanos; siendo unos federalistas y otros centralistas, aparte de los llamados republicanos intransigentes o radicales y los moderados. La nación se desangró en un caos entre los propios republicanos, el alzamiento carlista y la situación en los territorios de ultramar. Tras la rebelión cantonalista y el caos gubernativo; con las dimisiones en menos de tres años de los sucesivos presidentes de la república, Pi y Margall, Salmerón y Castelar, en enero de 1874 el general Pavía da un golpe de Estado, se produce la vuelta del general Serrano para intentar un gobierno unitario y el llamado pronunciamiento del general Martínez Campos en Sagunto proclamando a Alfonso XII, hijo de Isabel II, como

llamada *quinta de Castelar* y tras aprobar oposiciones obtendrá la plaza de médico militar, con el rango de teniente, destinado a la zona de Urgell, en Cataluña, uno de los teatros de operaciones contra el levantamiento carlista[11] contrario a la efímera república. Santiago Ramón y Cajal no participó en batalla alguna pero la vida militar no le disgustaba y como joven romántico y liberal veía en ella la aventura y a la vez la defensa de sus ideales en la joven república.

Rey de España. El 31 de diciembre de 1875, Antonio Cánovas del Castillo formó el llamado Ministerio de la Regencia para realizar el tránsito hacia la vuelta de la dinastía Borbón a España y a la monarquía constitucional que duraría de 1875 a 1931.

11 Carlismo: Movimiento político monárquico surgido en España tras la muerte de Fernando VII en 1833.

Los carlistas fueron los seguidores de Carlos María Isidro, hermano de Fernando VII, que siguieron a éste al no aceptar la sucesión en la persona de Isabel II, hija de Fernando VII, en el trono español. Los carlistas consideraban a Carlos María Isidro legítimo sucesor a la corona de España, al no aceptar la anulación de la Ley Sálica que impedía a las mujeres acceder a la sucesión al trono español, y emprendieron durante el siglo XIX guerras Civiles y alzamientos en contra del régimen monárquico isabelino (1833-1868), la Gloriosa Revolución de 1868, el gobierno provisional liderado por Juan Prim entre 1868 y 1870, la Primera República (1871-1873) y la restauración monárquica en la persona de Alfonso XII (1875-1885).

Nunca la rama Borbón carlista alcanzó la victoria y pudo establecer en España su régimen conservador y ultracatólico. Las guerras carlistas de 1833-1840, 1846-1849, los alzamientos carlistas de 1855, 1860 y 1869, la tercera guerra carlista de 1872 a 1876 y el último alzamiento en 1900 produjeron en conjunto cerca de 200 000 muertos en la nación.

La experiencia amarga de Cuba

Fue ese ansia de vivir la aventura, de ver mundo, y el sentimiento hondo de defender a la patria las causas de su decisión de continuar en el ejército como médico militar. En 1874 Cajal es destinado a Cuba con el rango de capitán, con veintidós años participará en la *Guerra de los diez años*[12].

Será en Cuba donde Cajal vea de forma cruda la realidad de una España que padece una decadencia y atraso en múltiples áreas y que exhausta no puede asumir la defensa de sus territorios de ultramar con garantías de permanencia a largo plazo. Las insalubres condiciones de las tropas enviadas por la metrópoli, la falta de suministros, la corrupción generalizada de la administración de la isla y de una parte de la oficialidad militar y la incapacidad de poder evitar y paliar las enfermedades endémicas entre la tropa van conformando en el joven médico militar su crítica a la

---

12 Guerra de los diez años (1875-1885) es uno de los conflictos bélicos que se enmarcan en lo que de forma global se denomina Las guerras de Cuba y que se producen durante la segunda mitad del siglo XIX entre los rebeldes secesionistas cubanos y la metrópoli española. De 1850 a 1851 comienzan conflictos armados iniciados por los rebeldes cubanos ayudados por mercenarios de Estados Unidos que al final son sofocados por parte de España, de 1868 a 1878 en la llamada guerra de los diez años que culmina con el Pacto de Zanjón que apacigua la isla, que continúa bajo control español. De 1879 a 1880 *la guerra chiquita* se produce al alzarse rebeldes cubanos contrarios al pacto de 1878 y por último de 1895 a 1898 se produce la llamada guerra de Cuba que conllevará la pérdida de la isla junto con Puerto Rico, Filipinas e islas de soberanía española en el Pacífico. Este último conflicto bélico enfrenta a los Estados Unidos con España.

situación política y social de España desde la perla de las Antillas.

Sin utilizar las cartas de recomendación que le diera su padre para obtener un destino confortable en La Habana o Santiago de Cuba, Cajal es destinado a la provincia de Camagüey, en el distrito de Puerto Príncipe, a la enfermería de Villahermosa, donde contraerá los males asociados a las aguas estancadas y la mala alimentación, paludismo y disentería, siendo trasladado a la enfermería de San Isidro, donde la situación de insalubridad era peor. Aquejado de caquexia palúdica grave su salud se va deteriorando a pasos agigantados. En extrema gravedad y derrotado en espíritu, Cajal decidirá solicitar licencia para volver a España en 1875.

Su aventura en Cuba se salda con la absoluta certeza que España está enferma y su cura es la modernización a todos los niveles. Su ideal de aventura y patriotismo militar se desvanece. Santiago Ramón y Cajal no será el mismo que llegara a la isla de Cuba en 1874.

Retornado a España, al desembarcar en el puerto de Santander, el 16 de julio de 1875, el joven Ramón y Cajal sigue muy enfermo, será cuidado por su madre y hermanas. Su convalecencia le servirá para aclarar ideas sobre su futuro a corto y medio plazo y embarcarse en la preparación del doctorado, que consigue en 1877.

Los ahorros y los salarios atrasado que percibiera de su estancia en Cuba[13] le permitieron a Santiago Ramón y Cajal acceder a su primer microscopio. Nombrado ayudante interino de anatomía de la facultad de medicina de la capital aragonesa, en 1877 es nombrado profesor auxiliar, él no lo sabe pero pronto aparecerá en su horizonte la atracción por la investigación científica.

---

13 Su salario atrasado lo percibió tras dar el 40% del mismo a la administración corrupta de la época por lo que se denominaba *«tramitación de urgencia»* y no era más que un soborno para la agilización de los trámites burocráticos.

Santiago Ramón y Cajal y la masonería

La masonería[14] atrajo a Santiago Ramón y Cajal,

---

14 Masonería. Sociedad secreta que tiene como ideal la práctica ritualizada, con la idea de conservar y extender la creencia en la existencia de la divinidad, para ayudar a sus miembros a regular su vida y conducta en los principios de su propia religión, cualquiera que ésta sea. Dicha religión debe tener un libro sagrado sobre el cual pueda el iniciado masón prestar juramento a la logia masónica. La masonería como tal tiene su origen en las primitivas sociedades medievales de gremios de operarios, masón, de la piedra y otros oficios en las que se enseñaban las técnicas del oficio por parte de los maestros a los aprendices. Este tipo de masonería se denominaba operativa. En el siglo XVIII, desde 1717 y sobre todo con las Constituciones de Anderson en 1723 en el Reino Unido, la masonería se convertiría en una sociedad que agruparía a personas, de buenas costumbres y creyentes, que la definirían como especulativa, no ligada a la transmisión de oficio alguno o al trabajo manual sino al debate y estudio. Dicha masonería sería la que se extendería por Occidente, de Europa a las colonias norteamericanas y a los Reinos de Indias de España. La masonería también era, y es, una organización que aparte del ideal expresado en las anteriores líneas tiene una connotación de círculo discreto en el que sus miembros son solidarios los unos con los otros y que a lo largo de la historia ha sido lugar en sus logias de discusión, exposición y debate filosófico, político, económico y social para el progreso de la comunidad en general e individuos que la componen. Es innegable también la participación directa e indirecta de la masonería, desde el siglo XVII en adelante, de los acontecimientos políticos, económicos y sociales de las revoluciones inglesa de 1640-1645 y 1689, norteamericana, de 1776-1783 y la posterior creación de la república de los Estados Unidos de América, en 1787 en adelante, francesa de 1789-1799, imperio napoleónico, de 1800-1815, independencia de las naciones hispanoamericanas, de 1810 a 1826, y de los periodos revolucionarios europeos de 1820, 1830 y 1848 así como en la creación de los nacionalismos europeos desde 1850 en adelante, unificación alemana e italiana como ejemplos directos de 1860 a 1871. La influencia en el siglo XIX en el imperio británico, y en otros imperios y estados como Francia, Italia o los

ingresando[15] con veinticuatro años, el 22 de marzo 1877, en la logia masónica *Caballeros de la Noche*, perteneciente al *Gran Oriente Lusitano*, con el número de miembro 96 y el nombre simbólico de *Averroes*[16].

No se sabe a día de hoy por cuánto tiempo permaneciera en la logia zaragozana o si continuara en otras en las ciudades donde residiera, Valencia, Barcelona y Madrid, lo que sí se sabe es que Ramón y Cajal tuvo amistad a lo largo del tiempo con personalidades que pertenecían a la masonería; Luis Simarro Lacabra (1851-1921), gran amigo de Cajal, que le enseñó el método Golgi con el que el futuro Nobel estudiara el sistema neural, fue Soberano Gran Comendador del Supremo Consejo del Grado 33 y Gran Maestre y Presidente del Consejo Supremo de la Orden.

Contrario a lo que él denominaba *militancias* quizás en una primera etapa entrara en la masonería como *Aprendiz* para descubrir qué era y para qué podía servir, luego pasara al grado de *Compañero* y es posible que al final acabara accediendo a lo que dentro de la sociedad masónica se denomina *durmiente*, no continuar en activo en la logia.

Estados Unidos hasta el día de hoy, entre la élite gobernante y en la corona fue, y es, constante y sutil.

15 Según las investigaciones realizadas por José Ramón Alonso Peña, autor del libro *Cajal: Un grito por la ciencia*.

16 Averroes (1126–1198) filósofo y médico andalusí de origen bereber, maestro de filosofía y leyes islámicas, matemáticas, astronomía y medicina.

Una vocación investigadora

Fue durante una estancia en Madrid cuando pudo observar, gracias al profesor Aureliano Maestre de San Juan[17], preparaciones microscópicas que le dejaron fascinado. Santiago Ramón y Cajal había encontrado de forma definitiva su área de investigación, sumergirse en lo profundo del océano desconocido que era lo microscópico. Ese fue el detonante para que se decidiera a crear un pequeño laboratorio micrográfico en su hogar y para iniciar su vocación investigadora.

En Zaragoza, no había nadie que supiera de preparaciones microscópicas, tuvo que empezar de cero. Con un magro sueldo pronto sus investigaciones fueron incrementado sus gastos, por la adquisición de material; un nuevo microscopio más preciso, pagado a cuotas, y las subscripciones a revistas científicas extranjeras sobre el tema junto con libros sobre la materia importados en lengua francesa y alemana, ésta última era la que más se utilizaba en la especialidad elegida por Cajal al ser los científicos alemanes los más avanzados en el campo histológico. Pronto

---

17 Aureliano Maestre de San Juan (1828-1890) Médico anatomista e histólogo. En 1873 obtuvo la primera cátedra de Histología Normal y Patológica de Madrid, primera fundada en España. Santiago Ramón y Cajal le tuvo siempre un agradecimiento por sus consejos y ayuda, en sus memorias recordó que:
«Yo le debo favores inolvidables. Tras haberme apadrinado en la ceremonia de la investidura de doctor, me animó insistentemente durante mis ensayos de investigador, fortaleciendo mi confianza en las propias fuerzas. Las cartas con que acusaba recibo de mis publicaciones constituían para mí tónico moral de primer orden».

aceptó el joven investigador que en histología España poco aportaba al resto de Europa y que tenía muchas lagunas en disciplinas que eran necesarias para su futura investigación. La preparación de las oposiciones a las cátedras de anatomía de Zaragoza y Granada, que suspendió, le hicieron perder tiempo para sus inicios en el campo investigador.

En 1878 Cajal contrajo la tuberculosis, consecuencia de su debilidad física tras su estancia en Cuba. Abatido, pensaba que su carrera y vida se acababan, durante meses le rondó la idea del suicidio, solo la absoluta determinación de su padre y su estancia en Panticosa y San Juan de la Peña, donde fue recuperándose gracias a los cuidados médicos y al clima de la zona, hicieron que el espectro de la muerte se alejara y de nuevo su vocación investigadora retornara con fuerza.

En 1879, tras volver a fracasar en las oposiciones a la cátedra de Granada, Cajal fue nombrado director de los Museos Anatómicos de la Facultad de Medicina de Zaragoza. Fue en aquel año en el que su vida daría un nuevo rumbo, en este caso en la esfera de lo personal.

Amor y matrimonio: Silveria

En 1879 Santiago Ramón y Cajal dando un paseo por la zona de Torrero, en Zaragoza, se topó con la que sería su futura esposa, Silveria Fañanás. El joven médico quedó prendado de la belleza, inocencia y melancolía de la joven. Iniciaron un breve noviazgo y al cabo de un año, en 1880, se casaron. A todo el entorno de Ramón y Cajal tanto el noviazgo como el matrimonio les pareció precipitado y un lastre para sus ambiciones en su carrera docente e investigadora, sin embargo fue todo lo contrario. Silveria aporto estabilidad anímica y sentimental, cuidado y apoyo a su marido y un hogar con siete hijos; Fe, Santiago, Paula, Jorge, Enriqueta, Luis y Pilar, que no distrajo al futuro padre de la neurociencia de sus investigaciones. Silveria entendió a su marido en su carrera profesional, aceptó los sacrificios que se impusieron como pareja. Fue en los primeros años de su matrimonio cuando Ramón y Cajal publicó sus primeros artículos científicos y obtuvo la Cátedra de Anatomía de Valencia, en 1883.

La epidemia de cólera de 1885

En 1885 en Valencia se desató una epidemia de cólera que interrumpió el trabajo investigador de Ramón y Cajal. La epidemia se inició en Alcira y pronto afectó el barrio valenciano de pescadores de El Grao causando estragos en la ciudad de Valencia y extendiéndose por el resto de España. Hasta aquel momento el método para paliar y detener la epidemia era la utilización del fuego y hervir agua y alimentos para desinfectar junto con el láudano y el aislamiento de los enfermos como medidas contra la propagación del mal. La familia Cajal no fue afectada al seguir de forma estricta las recomendaciones de la época contra la epidemia.

El doctor Jaime Ferran[18], especializado en bacteriología, llegó a la capital valenciana y propuso una vacunación masiva con vibriones coléricos vivos que sirviera de inmunización, hubo entre la clase médica y la opinión pública división de opiniones. Santiago Ramón y Cajal dudaba de la eficacia de la vacuna Ferran. La Diputación Provincial de Zaragoza pidió al investigador que estudiase la efectividad del método y éste concluyó que la vacuna de Ferrán era de poca eficacia. Había experimentado Cajal el método utilizado por el galeno catalán en una granja próxima a la capital aragonesa con pobres resultados, eso unido a que el doctor Ferran no quiso dar a conocer todo el proceso de elaboración de su vacuna a una comisión de médicos extranjeros venidos exprofeso para evaluar la situación de la vacunación en Valencia decantó a Cajal en contra de la vacuna. Cajal se equivocó y años después admitió que la vacuna del doctor Ferran era efectiva, este reconocimiento le honró porque así seguía las reglas básicas de la investigación científica que se basan en unos pasos sencillos pero determinantes:

---

18 Jaime Ferran Clua (1851-1929) médico español especializado en bacteriología. Descubridor de la vacuna contra el cólera, el tifus y la tuberculosis.

-No dar por hecho nada si no es comprobable, reproducible y mesurable en laboratorio.

-No aceptar ninguna teoría a primeras porque lo afirme una autoridad científica.

-Aceptar el error como medio para llegar a la verdad científica, y

-Exponer y dar a conocer a la comunidad científica los métodos y componentes de cualquier descubrimiento o invención para el bien de la humanidad.

Antes de Santiago Ramón y Cajal. El estudio del cerebro

Uno de los enigmas al que se ha enfrentado, y se enfrenta, el ser humano es el estudio del cerebro. Durante siglos diversos campos de la ciencia han ido convergiendo para poder estudiar, teorizar y demostrar la composición, estructura y finalidad de la masa gris que gobierna el resto del cuerpo y en la que reside la capacidad de la consciencia, abstracción e inteligencia de la especie humana. Así, la anatomía, la fisiología, la embriología, la farmacología, la bioquímica, la etología, la psicología y la psiquiatría han aportado su grano de arena para desentrañar ese mecanismo biológico. La neurociencia surgirá del aporte multidisciplinar de los campos científicos antes enumerados.

Antes de las aportaciones de Santiago Ramón y Cajal al conocimiento del cerebro hubo otros precursores que se preguntaron, estudiaron y teorizaron sobre él. He aquí algunos ejemplos:

Alcmeón de Crotona en el siglo, siglo V a. e., fue el primero, que se tenga constancia histórica, que propuso que el cerebro era el lugar del pensamiento y las sensaciones.[19]

Aristóteles, en el siglo IV a.e., afirmó que era el corazón el centro del intelecto, el cerebro no era más que el lugar donde se enfriaba la sangre calentada por el corazón. Esta teoría errónea se impuso durante siglos desde la antigüedad al Renacimiento y fue defendida por autores como Galeno, en el siglo I a.e., que la ampliaron indicando que el cerebro era solo el receptor de la memoria y de las sensaciones.

El filósofo René Descartes (1596-1650) defendió la teoría mecanicista que comparaba el cuerpo de los seres vivos con una maquinaria perfecta, en el caso del cerebro consideraba que residía en ese órgano la consciencia, el espíritu o alma humana.

---

19 En el tratado médico *Corpus Hipocraticum* Alcmeón de Crotona afirma que:
«Los hombres deben saber que las alegrías, gozos, risas y diversiones, las penas, abatimientos, aflicciones y lamentaciones proceden del cerebro y de ningún otro sitio. Y así, de una forma especial, adquirimos sabiduría y conocimiento, y vemos y oímos y sabemos lo que es absurdo y lo que está bien, lo que es malo y lo que es bueno, lo que es dulce y lo que es repugnante... Y por el mismo órgano nos volvemos locos y delirantes, y miedos y terrores nos asaltan... Sufrimos todas estas cosas por el cerebro cuando no está sano...».

A partir del siglo XVIII se impuso la teoría que los tejidos nerviosos eran un mecanismo de transporte de fluidos desde el cerebro hacia la periferia del cuerpo. Sería Luigi Galvani (1737-1798) el que descubriera en sus experimentos que las células de los músculos producen electricidad. Los sucesores de Galvini, Emil Dubois-Reymond (1818-1896), Johannes Müller (1801-1858) y Hermann von Helmholtz (1821-1894) iniciaron las bases de la electrofisiología comprobando que la transmisión de información de las células se produce gracias a los impulsos eléctricos. Charles Bell (1774-1842) y François Magendie (1783-1855) continuaron los experimentos para saber el recorrido y función de la transmisión eléctrica intercelular, y fue el británico el que comprobara que cortando partes de la medula espinal en animales aparecía la parálisis y por tanto el fin de la comunicación intercelular. En 1870, Gustav Fritsch (1838-1927) y Eduard Hitzig (1838-1907) demostraron que la estimulación eléctrica de una región cerebral en los animales, como el perro, producía movimientos en sus extremidades.

El médico y neuroanatomista Joseph Gall (1757-1828) dio un paso más en el estudio del cerebro humano con su teoría sobre las funciones biológicas de la mente, el cerebro según este científico no sería un solo órgano, sino que contendría centros cada uno con una función. Hughlings Jackson (1835-1911), continuaría el trabajo de Gall y afirmaría que hay centros especializados en determinadas funciones. Korbinian Brodmann (1868-1918), entre otros miembros de la llamada *escuela de la localización cortical*, describió cincuenta y dos centros o áreas en la corteza cerebral humana y sugirió que cada una de ellas tiene una función concreta.

Con el desarrollo del microscopio y las técnicas de tinción, coloreado, de tejidos, la anatomía del sistema nervioso experimentó grandes avances que culminarían con los descubrimientos de Santiago Ramón y Cajal.

Padre de la neurociencia

En 1887 Santiago Ramón y Cajal se trasladó a Barcelona para ocupar la cátedra de Histología creada en la Facultad de Medicina de la Universidad de Barcelona, al cabo de un año, en 1888, descubrió los procesos conectivos de las células nerviosas del cerebro y refutó en su artículo publicado en la *Revista Trimestral de Histología Normal y Patológica* que el tejido cerebral no estaba compuesto por conexiones continuas como afirmaba el científico italiano Camillo Golgi[20].

En 1892, al ocupar la cátedra de Histología e Histoquímica Normal y Anatomía Patológica de la

---

20 Bartolomeo Camillo Emilio Golgi (1843-1926) fue médico y citólogo italiano. Ideó los métodos de tinción celular a base de cromato de plata, procedimiento que permitió realizar importantes descubrimientos, acerca de las neuronas y su fisiología. Recibió el Premio Nobel de Medicina, conjuntamente con Santiago Ramón y Cajal, en 1906.

Universidad Central de Madrid, entre 1897 y 1904, Cajal publicó, en forma de fascículos, su obra *Histología del sistema nervioso del hombre y de los vertebrados*, que cimentaría, junto con sus descubrimientos, su prestigio científico.

Con muchas dificultades, entre ellas la falta de cooperación de las instituciones académicas y políticas españolas, Santiago Ramón y Cajal decidió por su propia cuenta y riesgo presentar sus hallazgos científicos en el Congreso de la Sociedad Anatómica Alemana, celebrado en Berlín en 1889. El científico español debió convencer personalmente de sus observaciones a sus colegas científicos y en especial a Albert Von Kölliker[21] para que su trabajo fuera reconocido. La teoría de Cajal, afirmando que el sistema nervioso era un conjunto de unidades independientes, de células individuales y definidas, fue aceptada y pasó a conocerse con el nombre de *doctrina de la neurona*. Hasta aquel momento los científicos europeos pensaban que la ciencia no existía en España.

Gracias a Santiago Ramón y Cajal los avances en el estudio y comprensión del cerebro se aceleraron; se descubrió la llamada *hendidura sináptica*, espacio de entre 20 y 40 nanómetros que separa las neuronas que sugería la comunicación mediante mensajeros químicos que atravesaban la hendidura y permitían la comunicación entre las neuronas. Ramón y Cajal

---

21 Albert Von Kölliker (1817-1905) fue anatomista, embriólogo, fisiólogo, zoólogo y botánico suizo.

propuso su teoría de la existencia de las *espinas dendríticas*, pequeña protuberancia en la membrana del árbol dendrítico donde se produce la sinapsis, conexión, con un botón axonal de otra neurona. La prueba de ello llegaría durante la segunda década del siglo XX con la microscopía electrónica.

Santiago Ramón y Cajal descubrió también el *cono de crecimiento neural*; expansión cónica del extremo distal de axones y dendritas en desarrollo, descrita por primera vez por él, y un nuevo tipo de célula, la llamada *célula intersticial de Cajal*; célula que se encuentra intercalada entre las neuronas incrustadas dentro de los músculos lisos que recubren en este caso el intestino.

Sus investigaciones, descubrimientos, aportaciones y teorías a la neurociencia[22] fueron reconocidas en 1906 con la concesión del Premio Nobel en Fisiología y Medicina, en reconocimiento a su trabajo sobre la estructura del sistema nervioso, galardón que compartió con el investigador italiano Camillo Golgi.

A partir de 1889, y sobre todo tras la concesión del premio Nobel, Ramón y Cajal fue reconocido con distinciones, doctorados *honoris causa* y premios, logrando que el gobierno español creara en 1901 el Laboratorio de Investigaciones Biológicas en el que trabajó hasta 1922, año de su jubilación y momento en el que pasaría al Instituto Cajal, hasta su muerte.

---

22 Difundidos en Europa por el anatomista suizo Rudolph Albert von Kölliker (1817-1905)

La otras investigaciones de Santiago Ramón y Cajal

Santiago Ramón y Cajal tuvo otras facetas en su vida aparte de la investigación científica. Le atrajeron temas que por otra parte despertaban en la sociedad de su época curiosidad.

La práctica de la hipnosis[23]

Uno de los primeros temas que le atrajeron fue la práctica, viabilidad y certeza de la hipnosis.

Cajal creó un grupo investigación denominado *Comité de Investigaciones Psicológicas* y en 1884, en Valencia, montó un gabinete de hipnosis en su propio hogar para estudiar el fenómeno. Muchas personas acudían con todo tipo de cuadros psicológicos; histeria, depresión, enfermedades psicosomáticas y trastornos involuntarios nerviosos. La presunta eficacia de Ramón y Cajal y la publicidad de los pacientes hizo que al final tuviera que cerrar el gabinete por la cantidad de personas que solicitaban su ayuda.

Otra aplicación práctica de la hipnosis sería aliviar el dolor en el parto que Silveria en 1888 afrontaba en su sexto embarazo en Barcelona. El parto fue

---

[23] Hipnosis. Procedimiento de control mental sobre un individuo a través de técnicas de sugestión.

satisfactorio y así con esta preparación previa nacieron sus dos últimos hijos, Luis y Pilar. Que la hipnosis era un método de sugestión eficaz para el parto dejó constancia Ramón y Cajal en su artículo *Dolores del parto considerablemente atenuados por la sugestión hipnótica*, publicado en la *Gaceta Médica Catalana* en agosto de 1889. El investigador dejó escrito, como conclusión, sobre la sugestión hipnótica que el cerebro humano:

«adolece del enorme defecto de la sugestibilidad; (...) hasta la más excelsa inteligencia puede, en ocasiones, convertirse por ministerio de hábiles sugestionadores, conscientes o inconscientes (oradores, políticos, guerreros, apóstoles, etc.), en humilde y pasivo instrumento de delirios, ambiciones o codicias».

El estudio del espiritismo[24]

24 Espiritismo. Doctrina que propugna la teoría de la existencia de la consciencia, a través de la pervivencia del espíritu o alma de un ser humano que ha fallecido en otro plano dimensional. Los espiritistas creen que se puede contactar con el espíritu o alma del fallecido a través de técnicas de comunicación con la participación de un médium.

La historia del espiritismo se inicia en el año 1848 en Hydesville, Nueva York, Estados Unidos, donde se produjo la supuesta primera evidencia de la comunicación entre vivos y entes espirituales. Las protagonistas fueron tres niñas canadienses, Leah, Margaret y Catherine Fox nacidas en Consecon, cerca de Belleville, Ontario, Canadá. El 31 de marzo de 1847 las tres hermanas, que ya vivían en Estados Unidos, oyeron extraños ruidos, golpes y pisadas, vibraciones, que afectaban a las sillas y camas en su hogar. Las hermanas Fox al oír los golpes trataban de imitarlos como si fuera un juego, llegando las niñas y su madre a hacerle preguntas al supuesto espíritu ideando una serie de golpes para significar una respuesta de «sí o no». Fue por este simple método que las hermanas Fox supieron acerca del supuesto ente que les transmitió el siguiente mensaje:

«Fui un hombre de treinta y un años que fue asesinado en la casa y mis restos fueron enterrados en el sótano».

La familia Fox invitó a sus vecinos para que fueran testigos de estos acontecimientos y todos buscaron por la casa, pero no consiguieron encontrar a nadie. En 1904, después de la muerte de las hermanas Fox, unos obreros desenterraron un esqueleto humano en el sótano de la casa de los Fox en lo que se dedujo que podría ser el cuerpo del supuesto espíritu que contactó con las niñas. Pero antes de esta prueba física de 1904 las noticias sobre los asombrosos acontecimientos en la casa de los Fox se extendieron por la república norteamericana. Los medios de comunicación se hicieron eco de la historia y en poco tiempo se dio a conocer las habilidades de las niñas. Otros supuestos espíritus comenzaron a comunicarse con las hermanas Fox, y se registraron fenómenos como objetos en movimiento y elevación de la mesa donde se hacían los contactos.

Margaret Fox, una de las hermanas, confesó tiempo después que todo había sido un fraude. Así, los golpes eran producidos por el chasquido de los dedos de sus pies, entre otras prácticas. Declaró que los acontecimientos en su casa de Hydesville no eran más que una broma. Pero en realidad Margaret fue obligada por prominentes miembros de la élite católica cristiana dentro de la sociedad norteamericana a declarar el supuesto fraude. Más tarde se retractó de

En la segunda mitad del siglo XIX surgirá en Estados Unidos y en Europa occidental, en Francia[25] y el Reino Unido primero para luego expandirse por el resto de las naciones, el espiritismo. España no sería una excepción[26].

---

sus primeras declaraciones. Los medios de comunicación publicaron que las hermanas Fox eran alcohólicas y pobres, tachándolas de farsantes.

La corriente espiritista que iniciaran las hermanas Fox en el mundo anglosajón se denominó Espiritualismo y en Francia movimiento espírita o espiritismo. Las fases de desarrollo del espiritismo en Europa serán: de 1854 a 1900 en el Reino Unido y Francia como epicentros, de 1914 a 1929 en la Europa de la primera guerra mundial y su posguerra a consecuencia de la guerra y los millones de muertos y desaparecidos y de 1939 a1955 en Europa de nuevo a consecuencia de la segunda guerra mundial.

25 Será Allan Kardec (1804-1869) pseudónimo de Hippolyte Léon Denizard Rivail, pedagogo y escritor el fundador del movimiento espírita en Francia. Desde 1855 se interesa por el fenómeno de las llamadas mesas parlantes, presunto contacto con entidades desencarnadas que proviene de los Estados Unidos en *Infierno o la justicia divina según el espiritismo*,1865, y *La génesis, los milagros y las profecías según el espiritismo*, 1867.

26 En 1855, se funda en España la primera Sociedad Espiritista, en Cádiz, editando el primer libro de la historia del espiritismo español: *Luz y Verdad del Espiritualismo*, 1857, de Jotino y Ademar, impreso en Cádiz. La jerarquía católica a instancias del papa Pio IX declaró la guerra al espiritismo. El 9 de octubre de 1861 se produjo el Auto de Fe de Barcelona mediante el cual la Iglesia Católica ordenó la quema de 300 volúmenes y folletos sobre espiritismo. Se quemaron libros y revistas de Allan Kardec, así como libros y periódicos relacionados con el espiritismo que el Obispo Antonio Palaus y Termens, obispo de Barcelona, consideró objeto de cremación. Maurice Lachâtre, editor francés, que se había establecido en Barcelona, había pedido a Kardec que le enviara una partida de libros espíritas a fin de venderlos en España, pero los ejemplares fueron incautados en la frontera por orden del obispo de Barcelona estos fueron objeto del Auto de Fe. El Auto de Fe tuvo repercusión mundial, entre los asistentes a la quema se encontraban el notario José María Fernández Colavida y el capitán de barco Ramón Lagier, que se

Por la misma época en que experimentaba la sugestión hipnótica en Valencia, entre 1884 y 1887, Santiago Ramón y Cajal se interesó por el espiritismo llegando a alojar en su hogar a una médium zaragozana que presuntamente contactaba con un espíritu y que le transmitía mensajes de otros espíritus. Tras las oportunas observaciones y comprobaciones Ramón y Cajal descubrió que era todo un fraude. Al igual que hicieran otros científicos y personajes de la época en distintos naciones, el científico se dedicó a desenmascarar los fraudes y las supersticiones sobre contacto espírita, mediumnidad y videncia. Sus conocimientos en fotografía y en química le fueron de mucha utilidad, Cajal no encontró evidencia alguna de la existencia de la transcomunicación entre vivos y muertos[27].

Ramón y Cajal se dedicó también durante toda su vida a registrar sus sueños que llamaba *alucinaciones del sueño*.

---

convertirían en los precursores del estudio y culto del movimiento espírita en Barcelona. Colavida tradujo la obra de Kardec al español, mientras que su mujer, Ana Campos, sería la primera médium espiritista conocida en Barcelona.

En 1888 el Centro Barcelonés de Estudios Psicológicos y la Federación Espiritista del Vallés organizarían el I Congreso Espiritista Internacional en Barcelona. En 1892 España volvió a convertirse en la capital del espiritismo con un congreso internacional, en Madrid. En 1934, España volvía a convertirse en la nación que acogería el V Congreso Espiritista Internacional de Barcelona.

27 En cambio, otros científicos como William Crookes (1832-1919) o Camille Flammarion (1842-1925) afirmaban que sí existía la transcomunicación entre vivos y muertos. Autores como Arthur Conan Doyle creían firmemente en ello y estrellas de la magia y la prestidigitación, como Harry Houdini (1874-1926) se convirtieron en expertos en demostrar los fraudes espíritas.

El arte de la fotografía

Una de las pasiones de Santiago Ramón y Cajal, aparte de la investigación, fue la fotografía. Recordaba el científico como ya en su niñez, al ser castigado en la escuela en Ayerbe, observó como la luz que entraba por una grieta de una contraventana proyectaba sobre el techo, en color y boca abajo, la imagen de personas que paseaban por el exterior, produciéndose el efecto, en este caso natural, de la cámara oscura.

Años después, con dieciocho años, el joven estudiante de universidad que era Ramón y Cajal vio en Huesca el procedimiento fotográfico de aplicar bromuro argéntico cuando unos fotógrafos ambulantes fotografiaban una iglesia del lugar.

Aficionado ya a la toma de fotografías, en 1878 empezó a aplicar técnicas para mejorar la calidad de las mismas. Fabricó placas que mejoraban la sensibilidad de las instantáneas acortando de tres minutos a tres segundos la exposición. En 1890, Santiago Ramón y Cajal fue nombrado presidente de honor de la Real Sociedad Fotográfica de Madrid. Publicó en 1912 *La fotografía de los colores*, libro sobre la historia de la fotografía hasta aquella fecha, incluidas sus invenciones para perfeccionar las fotografías en color.

Cajal inventor: intento de mejora del fonógrafo

El futuro premio Nobel estudió la mejora del fonógrafo, que a pesar de las innovaciones de Gianni Bettini (1860-1938) que no reproducía todavía bien el sonido, ideó para ello la grabación de ondas sonoras en un sentido plano, trazando sobre un disco de cristal o de metal, recubierto de cera, una raya concéntrica que mejoraba el timbre de voz y la amplificaba. Pero no pudo encontrar un profesional mecánico que entendiese su idea y construyera el disco, por lo que Cajal abandonó el proyecto. Durante su estancia en Estados Unidos en 1899, comprobó que ya existía un aparato con ese diseño, el gramófono de Thomas Alva Edison.

La astronomía

Al igual que ocurriera con la fotografía, fue en su niñez donde surgió su curiosidad por los fenómenos del cielo; las estrellas, la luna, el sol, junto con los fenómenos meteorológicos. El pequeño Santiago observó el eclipse de sol producido el 18 de julio de 1860 y le fascinó. Años más tarde, cuando ya era un investigador científico, Ramón y Cajal pensaba que existía un paralelismo entre las neuronas y las estrellas[28].

---

28 Un cerebro humano posee unas cien mil millones de neuronas y la galaxia Vía Láctea contiene entre cien mil millones y doscientas mil millones de estrellas.

Tanta era la pasión por la astronomía que años más tarde cuando Ramón y Cajal obtuvo un premio de 15 000 pesetas, uno de los pocos que se le concedieron con dotación económica, compró con ellas un telescopio de gran capacidad.

Tras su muerte, la Unión Astronómica Internacional designó el cráter lunar Cajal en su memoria, en 1973 y el asteroide (117413) *Ramonycajal* lleva su nombre.

Santiago Ramón y Cajal ayuda a la justicia

Durante su etapa barcelonesa Santiago Ramón y Cajal colaboró en demostrar la inocencia de un joven acusado de un doble asesinato. En Trull de les Valls, Torrelles de Foix, Vilafranca del Penedès, Barcelona, se encontraron los cuerpos de dos menores degollados. Se detuvo a un sospechoso, Joan Mestres Solé, hombre reservado, arisco y enemistado con una parte de la población de la zona. La prueba de inculpación contra él era una camisa ensangrentada que el perito presentado por la fiscalía, Álvaro Becerra del Toro, certificó que era sangre humana. La fiscalía pedía pena muerte, el abogado del reo, señor Clos, decidió solicitar a Ramón y Cajal su ayuda. El peritaje del experto en histología aclaró que la sangre de la camisa no era humana sino de conejo. Uno de los ayudantes de Ramón y Cajal, Josep Soler i Roig, fue el que expuso ante el tribunal las pruebas y el jurado al final se dividió entre seis votos a favor de la culpabilidad y seis en contra siendo el juez, León Bonel, el que decretara al libertad Mestres Solé acogiéndose al *«in dubio pro-reo», ante la existencia de duda, a favor del reo.* Años más tarde el verdadero asesino confesó el crimen *in articulo mortis*.

Ramón y Cajal y la política

«Nos falta el culto de la Patria Grande»[29]. La frase es de Santiago Ramón y Cajal y sintetiza su ideario sociopolítico. Si desde joven es un ferviente defensor de las libertades del individuo, del liberalismo de la época, con ideas progresistas de avance en lo social, económico y político que se traducen en un primer momento en republicanismo y anticlericalismo, la etapa en España de la Restauración, tras la convulsa y efímera primera república española, le sucede su visión de ensanchar esa patria que se ha empequeñecido, sobre todo tras el desastre de Cuba, con la ciencia, la tecnología y la educación. No es casual que al igual que otros precursores de una nueva España vea en la investigación científica, y en la educación una de las fórmulas de volver al concierto de las naciones con pie de igualdad[30]. Cajal dejó escrito:

---

29 Ramón y Cajal, Santiago. *El Mundo a los Ochenta Años*. Parte II.
30 Nilo María Fabra, Enrique Gaspar y Rimbau o Vicente Blasco Ibáñez son otros ejemplos del intento en el periodismo, el relato breve, el teatro, la novela y el activismo político, con las diferencias de vida y experiencias entre ellos, de modernizar a España y devolverle un

«España no alcanzará su pleno florecimiento cultural y político mientras los docentes de todos los grados no acierten a fabricar, en cantidad suficiente, el español que nos hace mucha falta, es decir, un tipo humano tan impersonal por abnegado, tan firme y entero de carácter, tan tolerante y abierto a todas las ideas, tan esforzado y constante en su empeño, tan agudamente sensible a nuestros infortunios que, reaccionando pujantemente contra las causas de nuestro atraso y de nuestros errores, consagre, lo mejor de sus energías y de sus luces a la prosperidad del país, al servicio del Estado y al enaltecimiento de la Nación».

La guerra de 1898 entre España y Estados Unidos por Cuba y la derrota española afectaran en grado sumo al científico que pensó en un primer momento entrar en política para regenerar a la patria.

Si en Zaragoza se asientan los cimientos de su ideario político y social será en Valencia, Barcelona y Madrid donde se alce de forma definitiva el edificio de sus convicciones políticas y sociales. Los ateneos de la época, las charlas en los cafés, el conocimiento y luego amistad de intelectuales, escritores y políticos de distinto signo pero con los mismos ideales de regeneracionismo para España completaron su ideario. Le influyen sobre todo intelectuales y políticos como

---

lugar entre las grandes naciones. Estos autores han aparecido en esta misma colección y editorial.

Joaquín Costa[31], Francisco Giner de los Ríos[32] y Gumensindo de Azcárate[33], seguidores del kraussimo[34], y José Ortega y Gasset[35].

Respetado en los círculos académicos e intelectuales, el político Segismundo Moret[36] le propuso ser

---

31 Joaquin Costa (1846-1911) Jurista, político liberal, escritor y economista. Principal líder del llamado regeneracionismo español que pretendía modernizar a España y volverla al concierto de las grandes naciones a través de reformas en los político, social y económico. *El León de Graus*, como se le llamaba, era un orador y escritor de gran talla que a través de sus escritos y conferencias promovía reformas agrarias, colonización hacia África, estabilidad laboral para las clases trabajadoras, legislación social avanzada, moderna fuerte y autogobierno local.

32 Francisco Giner de los Ríos (1839-1915) Pedagogo, filosofo, escritor y director de la Institución Libre de Enseñanza e impulsor de la Residencia de Estudiantes.

33 Gumersindo de Azcárete (1840-1917) Jurista, político republicano krausista e historiador. Azcárete impulso la Ley de Represión de Usura de 1908, vigente aun en España.

34 Krausismo. Doctrina política y social que se fundamenta en la idea de una unión entre el teísmo y el panteísmo, según la cual Dios, sin ser el mundo (panteísmo) ni estar fuera de él (teísmo), lo contiene en sí y de él trasciende. Dicha concepción se denomina Panenteísmo. Debe su nombre al pensador postkantiano alemán Karl Christian Friedrich Krause (1781-1832). Esta filosofía tuvo gran difusión en España, donde alcanzó su máximo desarrollo práctico gracias a la obra de su gran divulgador, Julián Sanz del Río, y a la Institución Libre de Enseñanza dirigida por Francisco Giner de los Ríos, y los escritos del jurista Federico de Castro y Fernández. El krausismo defiende la tolerancia académica y la libertad de cátedra frente al dogmatismo.

35 José Ortega y Gasset (1883-1955) Filósofo y escritor. Autor de *España invertebrada*, de 1921, y *La deshumanización del Arte*, 1925.

36 Segismundo Moret (1833-1905) político liberal, diplomático, financiero y escritor español. Durante el reinado de Amadeo I de Saboya fue ministro de Ultramar y ministro de Hacienda, siendo abolida la esclavitud en Puerto Rico con la llamada Ley Moret; durante

ministro de Salud e Instrucción Pública, propuesta que rechazó, aunque sí aceptó el nombramiento de senador vitalicio[37] que le propuso el político José Canalejas[38], al ser un cargo institucional que no tenía asignación económica.

Santiago Ramón y Cajal era reconocido no solo como sabio sino como una persona honrada e íntegra. Cuando fue nombrado director del Laboratorio de Investigaciones Biológicas, el Gobierno le asignó un sueldo de diez mil pesetas anuales, el científico pidió que se lo rebajaran a seis mil considerando que el contribuyente no tenía por qué cargar con gastos excesivos como eran los emolumentos elevados de los altos cargos.

---

el reinado de Alfonso XII, ministro de Gobernación; durante la regencia de María Cristina de Habsburgo, ministro de Estado, ministro de Fomento, ministro de Gobernación y ministro de Ultramar; y finalmente, durante el reinado de Alfonso XIII, ministro de Gobernación, presidente del Consejo de Ministros y presidente del Congreso de los Diputados.

37 Senador por la Universidad de Madrid de 1908-1909 y de 1909-1910; Senador vitalicio en los años 1910, 1911, 1914, 1915, 1916, 1917, 1918, 1919-1920, 1921-1922, 1922 y 1923, según consta en el Archivo del Senado de España.

38 José Canalejas (1854-1912) abogado y político liberal español. Ministro de Fomento, de Gracia y Justicia, de Hacienda y ministro de Agricultura, Industria, Comercio y Obras Públicas durante la regencia de María Cristina de Habsburgo-Lorena y presidente del Consejo de Ministros y nuevamente ministro de Fomento y ministro de Gracia y Justicia durante el reinado de Alfonso XIII. Ejerció de presidente del Congreso de los Diputados entre 1906 y 1907 y de presidente del Consejo de Ministros entre 1910 y 1912, cargo que ostentaba cuando fue asesinado por un anarquista.

Últimos años

En agosto de 1930 fallece su mujer Silveria por tuberculosis, supuso un devastador golpe para el científico. Aun con el dolor de la ausencia de Silveria siguió trabajando, dictando y preparando publicaciones y reediciones de sus obras y artículos científicos. Santiago Ramón y Cajal murió el 17 de octubre de 1934, tras el agravamiento de una dolencia intestinal que debilitó su sistema cardiorrespiratorio, rodeado por su familia y discípulos.

El Nobel español y su esposa dejaron dispuestos cuatro legados de 25 000 pesetas de la época cada uno, con cuyas rentas se concederían cuatro premios, dos anuales y dos bienales, para galardonar trabajos científicos universitarios.

Dejó escrito el Nobel español que:

«He vivido en laico y quiero morir en laico. Si para mi muerte se consiguió la secularización de los cementerios, que me entierren en La Almudena, junto a mi mujer. Si no, que me entierren en el cementerio civil, junto a Azcárate»[39].

Sus restos reposan, junto a los de su esposa, en el cementerio de la Almudena de Madrid.

---

39 Texto hológrafo anexado al testamento de Santiago Ramón y Cajal abierto tras su fallecimiento en 1934.

Obra científica y literaria

Santiago Ramón y Cajal publicó 22 libros y 271 artículos científicos a lo largo de su vida. Fue pionero del periodismo científico con artículos de divulgación que firmaba con el seudónimo de *Doctor Bacteria* en la revista *La Clínica*. Cajal escribía todos los días y tomaba notas de todo lo que le interesaba, le llamaba la atención o podía inspirarle.

Entre los principales textos científicos escritos por Cajal destacan, aparte de sus numerosos artículos científicos:

Manual de Histología, editado entre *1884 y 1889, Manual de Anatomía patológica,* 1890, *Textura del sistema nervioso del hombre y de los vertebrados,* de 1897 a 1904, *Reglas y consejos sobre investigación científica,* de 1897, *Estudios sobre la degeneración y regeneración del sistema nervioso*, 1914, *Contribución al conocimiento de los centros nerviosos de los insectos,* 1915, *Manual técnico de Anatomía patológica,* 1918, *Técnica micrográfica del sistema nervioso,* 1932, y *¿Neuronismo o reticularismo?,* 1933.

En cuanto a su obra literaria:

Recuerdos de mi vida, autobiografía literaria, publicada por capítulos en la *Revista de Aragón*, 1901-1904. *Psicología de Don Quijote y el quijotismo*, ensayo para el discurso en la Facultad de Medicina de San Carlos del 9 de marzo de 1905. *Cuentos de vacaciones,*

Narraciones pseudocientíficas, 1905, *Charlas de café, pensamientos, anécdotas y confidencias,* 1920, *El mundo visto a los ochenta años. Impresiones de un arterioesclerótico,* 1934.

Las Obras literarias completas se editaron en 1947 por la Editorial M. Aguilar.

Santiago Ramón y Cajal había acabado de escribir un nuevo libro, *Solos ante el misterio,* obra que trataba sobre hipnotismo, espiritismo y parapsicología cuando falleció en 1934. Durante la Guerra Civil española se quemaron o perdieron muchos documentos del archivo Cajal y al ser bombardeado el Instituto de Higiene Alfonso XIII, desapareció el manuscrito.

Cuentos de vacaciones

La primera edición de *Cuentos de vacaciones, narraciones pseudocientíficas* fue editada por la editorial Imprenta de Fortanet, de Madrid, en 1905, siendo reeditada por Editorial Espasa. La edición de 1905 incluye cinco narraciones: «*A secreto agravio, secreta venganza*», «*El fabricante de honradez*», «*La casa maldita*», «*El pesimista corregido*» y «*El hombre natural y el hombre artificial*». El autor hizo una primera impresión privada para regalarla a parientes, amistades y colegas de investigación.

En la *Advertencia preliminar* de la obra, Ramón y Cajal indica al lector que entre 1885 y 1886 escribió *«doce apólogos o narraciones semifilosóficas y seudocientíficas»*, de las cuales decidió seleccionar e imprimir cinco[40]. El subtítulo del libro, *narraciones pseudocientíficas,* es según el autor relatos que *«se basan en hechos o hipótesis racionales de las ciencias biológicas y de la psicología moderna»*. Más adelante, Ramón y Cajal, de forma breve, presenta sus relatos:

«Cinco son los cuentos incluidos en este volumen. En el primero, que rompe plaza bajo la divisa de A secreto agravio secreta venganza, el autor se propone simplemente

---

40 Ya entre 1871 y 1873, siendo estudiante de medicina, Ramón y Cajal escribió un relato fantástico acerca de un explorador que viajaba a Júpiter y acaba dentro de un habitante del planeta. Lo tituló *El viajero de Júpiter,* y definía el relato como una *novela biológica.* El relato no se ha conservado. En *Recuerdos de mi vida* dejó escrito sobre ello:

«Mayor influencia todavía ejercieron en mis gustos las novelas científicas de Julio Verne, muy en boga por entonces. Fue tanta, que, a imitación de las obras De la Tierra a la Luna, Cinco semanas en globo, La vuelta al mundo en ochenta días, etc., escribí voluminosa novela biológica, de carácter didáctico, en que se narraban las dramáticas peripecias de cierto viajero, que arribado, no se sabe cómo, al planeta Júpiter, topaba con animales monstruosos, diez mil veces mayores que el hombre, aunque de estructura esencialmente idéntica. En parangón con aquellos colosos de la vida, nuestro explorador tenía la talla de un microbio: era, por tanto, invisible. Armado de toda suerte de aparatos científicos, el intrépido protagonista inauguraba su exploración colándose por una glándula cutánea; invadía después la sangre; navegaba sobre un glóbulo rojo; presenciaba épicas luchas entre leucocitos y parásitos; asistía a las admirables funciones visual, acústica, muscular, etc., y, en fin, arribado al cerebro, sorprendía -¡ahí es nada!- el secreto del pensamiento y del impulso voluntario. (...) Siento haber perdido este librito, porque acaso hubiera podido convertirse, a la luz de las nuevas revelaciones de la histología y bacteriología, en obra de amena vulgarización científica. Extraviose sin duda durante mis viajes de médico militar».

la amenidad, amén de exponer algunos rasgos salientes de la curiosa psicología de los sabios, esencialmente amoral y profundamente egotista (hay excepciones, naturalmente); el segundo y el tercero, bajo una forma demasiado declamatoria y difusa, entrañan tesis filosóficas y científicas más o menos estimables y vulgares; el cuarto, titulado La Casa maldita, encierra un transparente símbolo de los males y remedios de la patria (¡perdón, corifeos del naturalismo literario!) y, si hemos de creer a quienes lo han leído, es el menos malo de la colección; en fin, el último, etiquetado El hombre natural y el hombre artificial, viene a ser un estudio pedagógico de índole crítica, compuesto recientemente con la mira puesta en las rutinas, enervamientos y decadencias de la educación nacional».

Los relatos seleccionados para su publicación por Ramón y Cajal poseen una temática de carácter fantástico y de anticipación científica y social, tienen vocación pedagógica y moralizante, escritos en un registro satírico, irónico, con un estilo naturalista y modernista de la época, no sin cierto tono romántico. El autor recibió influencias de autores como Julio Verne y Emilio Salgari[41] y es probable que conociera la obra de Herbert George Wells[42], tanto literaria como divulgadora.

---

41 Emilio Salgari (1862-1911) escritor, periodista y marino italiano. Creador de novelas de aventuras sus personajes más famosos fueron *Sandokán* y el *Corsario Negro*.

42 Herbert George Wells (1866-1946) fue escritor, articulista y uno de los padres del género de ciencia ficción. Sus obras más conocidas son *La Máquina del Tiempo, La Guerra de los Mundos, El hombre invisible, La isla del Doctor Moreau* y *Una Utopía Moderna*.

Hay que advertir al lector que Santiago Ramón y Cajal no divulgó estos relatos en un primer momento al considerar que las reflexiones contenidas en los mismos podían ser objeto de censura de las instituciones y la sociedad, muy conservadora, de la época, es posible que temiera que sus fantasías pudieran poner en peligro su trabajo científico, por todo ello su difusión fue primero privada y más tarde poco a poco fue más pública[43].

De forma breve los relatos incluidos en la obra que tiene en sus manos el lector son:

A secreto agravio, secreta venganza

El primero de los cinco relatos toma su título de la obra homónima de Calderón de la Barca y nos presenta a un científico, Max V. Forschung, experto en investigación bacteriológica, soltero de cincuenta años que se enamora de la joven doctora Emma Sanderson. Tras casarse con ella, Emma se enamora del joven ayudante de Forschung, Heinrich Mosser. Enfermo de celos, tras confirmar mediante sensores de movimiento un encuentro amoroso entre ambos, el sabio doctor planea su venganza contra la pareja inoculando a su ayudante el bacilo de la tuberculosis de vaca, de la

---

[43] Nana Ramón y Cajal, nieta del Nobel español, y su pareja, García Durán Muñoz, rescataron un relato más que no llegó a publicarse titulado *La vida en el año 6000*, en el cual Ramón y Cajal predice la telemedicina. La obra consta de veintitrés páginas y fue escrito por el autor entre 1878 y 1884.

que Emma, tras un nuevo encuentro amoroso, queda contagiada. El egoísmo del sabio y su falta de ética propiciaran un drama.

En la segunda parte del relato, Forschung obtiene de forma accidental un suero capaz de envejecer a las personas, la *senilina*. Lo administra a su mujer, de nuevo aparece el egoísmo y amoralidad del sabio, para que parezca mucho más mayor y así evitar un futuro caso de engaño marital. La *senilina* tiene otros efectos añadidos aparte del envejecimiento prematuro y es que elimina el impulso criminal, sirve como medio de control social para los elementos radicales, extremistas de tendencias ácratas y socialistas, e incluso es utilizable por parte de la Iglesia para extender la evangelización.

Santiago Ramón y Cajal se inspiró para este primer relato en un científico de renombre para la elaboración del personaje de Max V. Forschung, Heinrich H.R. Koch[44]. Dejando a un lado la vertiente de «científico loco» que elabora en fantasía el autor, el paralelismo con la realidad no es solo con la especialidad científica de ambos, la bacteriología, sinó con su situación civil. Koch contrajo matrimonio en 1893 a la edad de cincuenta años, igual que Forschung, tras divorciarse de su primera esposa, con Hedwig Freiberg, de 23 años, provocando en la época un gran escándalo.

---

44 Heinrich Hermann Robert Koch (1843-1910) fue médico y microbiólogo alemán, padre de la bacteriología y descubridor de los bacilos de la tuberculosis y el cólera.

Ramón y Cajal utiliza el relato para exponer, tal como indica en su *Advertencia preliminar*, como es la mente de los sabios en la mayoría de casos, entregados a sus investigaciones, dejando de ser empáticos con el resto de seres humanos y siendo profundamente egoístas.

El fabricante de honradez

En el segundo relato, Ramón y Cajal nos presenta a Alejandro Mirahonda, doctor en Medicina y Filosofía e hipnólogo por la Universidad de Leipzig, que llega a la población de Villabronca donde presenta un *suero antipasional* de su invención que apaga las pasiones negativas y violentas de los seres humanos. Se aplica el suero en la localidad y es un remanso de paz, orden y decoro, pero a la vez aparece el aburrimiento, la abulia y surgen protestas para revertir el proceso. Mirahonda anuncia que existe una contravacuna, la *contratoxina pasional*. Tanto vacuna como contravacuna son un placebo pero son efectivas gracias a la práctica de la sugestión hipnótica. Mirahonda escribe un artículo científico sobre el experimento social en el que expone sus logros.

En *El fabricante de honradez* Ramón y Cajal se inspira en sus experimentos con la hipnosis e incluso cómo defendió por escrito la técnica de regresión hipnótica.

La casa maldita

El tercer relato critica la ignorancia y superstición y describe los medios para desterrarla de la sociedad gracias a la ciencia. Los protagonistas son Inés, su padre, don Tomás, y el joven protagonista, Julián. Inés, educada en la ciencia y el arte, es digna y virtuosa, Julián es médico con tendencias progresistas de ideología socialista y agnóstico. Los dos jóvenes están enamorados pero separados por el padre de Inés al considerar éste que Julián no era buen partido al no tener patrimonio alguno, tras un tiempo en América vuelve a España rico y con la intención de casarse con Inés. El barco en que regresa Julián naufraga, salva su vida pero pierde toda su fortuna y de nuevo es rechazado por el padre de Inés, el joven decide entonces comprar y explotar una finca abandonada, conocida entre los lugareños como *la casa maldita*. Según la leyenda que se ha forjado todas las personas que la ocupan mueren antes de un año.

Julián crea un laboratorio bacteriológico en la casa y detecta un alto grado de insalubridad, caldo de cultivo de microbios que portan enfermedades y que son causa de que sus habitantes anteriores enfermasen y murieran. Julián sanea la finca, que ha bautizado como *Villa Inés*, y la explota con fortuna junto con unas minas que le hacen rico. Pasan los años, Julián ha emprendido campañas de higienización por toda la zona, y se casa con Inés formando una familia.

Hacia el final del relato hay una conversación entre don José, el cirujano del pueblo, Ramascón, capitán de navío que tiene como apodo *Allan Kardec*, y don Timoteo, abogado, en la que debaten sobre la ciencia, la religión y la superstición, ofreciendo sus puntos de vista.

Hay de nuevo en este relato elementos autobiográficos de la vida del autor. Cajal, al igual que Julián, estuvo en América, en Cuba, como microbiólogo defendió los métodos de higiene y salubridad y por último tiene conocimientos de química y fotografía como el protagonista. *El castillo de los Cárpatos,* de Julio Verne, es una de las obras que pudo inspirar a Ramón y Cajal para su breve relato.

El pesimista corregido

Ramón y Cajal, sin saberlo, escribe en este cuarto relato sobre el primer mutante de la literatura de anticipación científica española. El protagonista de nuevo es un hombre de ciencia, el doctor Juan Fernández, de veintiocho años, que vive solo con su ama de llaves al perder recientemente a sus padres por enfermedades infecciosas encontrándose convaleciente de fiebre tifoidea, pesimista, abatido y con un cuadro depresivo lee a los filósofos Nietzsche y Schopenhauer. Fracasado en las oposiciones a varias cátedras de Madrid, su novia Elvira parece como que se aleja de él.

Un día a Juan se le aparece un anciano, equivalente al genio de la ciencia, que le concede ver el mundo amplificado a 2000 aumentos, como si sus ojos fueran microscopios, durante un año. Juan observa el mundo invisible, el universo de lo infinitamente pequeño. Desde el contagio de enfermedades a los defectos de la belleza a escala microscópica. A los seis meses de poseer este don, Juan decide investigar montando un laboratorio micrográfico y bacteriológico. Publica artículos sobre sus descubrimientos pero que no son aceptados por la comunidad científica al no ser comprobados a la misma escala del don que posee.

Santiago Ramón y Cajal nutre de nuevo en este relato con sus experiencias no solo en el campo de la descripción de lo microscópico sino en el proceso de dar a conocer los descubrimientos a través de la publicación de los mismos y el esfuerzo de convencimiento a la comunidad científica sobre ellos.

El hombre natural y el hombre artificial

El último de los relatos de Ramón y Cajal nos traslada a París donde Jaime Miralta, ingeniero español, que dirige una fábrica y es defensor del positivismo y la evolución mantiene una conversación con su amigo Esperaindeo Carcabuey, barón del Vellocino, educado en el oscurantismo religioso dedicándose a la política. Carcabuey le pide ayuda a su amigo, al considerar que su vida ha sido desperdiciada por la mala educación recibida definiéndose como *«un hombre artificial»*.

Jaime le explica su vida, formación e ideales. De los relatos presentados por Ramón y Cajal en esta recopilación éste es el más autobiográfico al ser Jaime un trasunto del propio Ramón y Cajal. Como el Nobel español, Jaime nace en un ambiente rural, siente curiosidad por la naturaleza y por los fenómenos naturales, ello le impele a la búsqueda de lo que denomina *«la verdad»* teniendo la suerte de encontrar un espíritu entregado a la ciencia a través de la educación a otros, el maestro del pueblo donde reside, que le da tres simples pero magnos consejos: *«Sé tú, no los demás»*, *«Jamás olvides que tus talentos no valen sino por la sociedad y para la sociedad»* y *«Esculpe tu cerebro, el único tesoro que posees»*. Dejará una mediocre carrera de sacerdocio por la de Ingeniero embarcándose en la invención de maquinaria eléctrica y radiográfica, marchará a Francia, sin dejar de sentir un hondo amor por su patria, para poder crear y servir a la ciencia y a la sociedad. La experiencia de Jaime será un modelo de vida para Carcabuey que cambiará su vida.

El relato es la excusa de Ramón y Cajal para poder exponer su teoría de la educación de las nuevas generaciones en las ciencias y la tecnología, en la necesidad de la regeneración de España en una nueva generación de ciudadanos que eleven a la patria a nuevas cotas de gloria nacional.

Santiago Ramón y Cajal consideraba que las dos grandes creaciones del ser humano eran la ciencia y el arte. En la revista *La Clínica* dejó escrito sobre la vida y el porvenir del ser humano lo siguiente:

«(...) Aquel protoplasma soberano cuyas creaciones llenaron el espacio, que taladró cordilleras, que multiplicó los mares, que jugó con el viento, con el vapor y con el rayo, que esculpió el planeta para hacer de él un palacio digno de grandeza y subyugó a las fuerzas naturales haciéndolas servidores humildes de sus caprichos, no puede morir nunca. Cuando nuestro miserable planeta envejezca y el frío de los años haya apagado el fuego de su corazón, y la tierra se torne infecunda, y el sol amenace sumirnos en noche eterna, el protoplasma orgánico habrá tocado la perfección de su obra, y el nuevo rey de la creación abandonará para siempre la humilde cuna donde se meció en su infancia, y asaltará otros mundos, tomando solemne posesión del Universo»[45].

Disfruten de los *Cuentos de Vacaciones* de Santiago Ramón y Cajal, que por la ciencia y la gloria nacional nos dejó un legado imperecedero en el estudio del cerebro y fue capaz de imaginar mundos de anticipación científica y social soñando con una España moderna.

Alberto García Gutiérrez
Barcelona, España, mayo de 2019.

---

45 *Dr Bacteria* (Santiago Ramón y Cajal). *Las maravillas de la Histología. Continuación.* La Clínica. Zaragoza 14 de octubre de 1883.

Cuentos de Vacaciones

Narraciones pseudocientíficas

Por

Santiago Ramón y Cajal

Publicado en el año
1905

Advertencia preliminar

Hace muchos años (creo que fue durante el 85 u 86) escribí una colección de doce apólogos[1] o narraciones semi filosóficas y pseudocientíficas que no osé llevar a la imprenta, así por lo estrafalario de las ideas, como por la flojedad y desaliño del estilo. Hoy, alentado por el benévolo juicio de algunos insignes profesionales de la literatura, me lanzo a publicarlos, no sin retocar algo su forma y modernizar un tanto los datos científicos en que se fundan.

Si el público docto gusta de estas bagatelas literarias, a la serie actual seguirá otra hasta completar la docena de cuentos; si, por el contrario, y es de presumir, mis

---

1 Apólogo: Relato o composición literaria en prosa o en verso que proporciona una enseñanza o consejo moral.

sermoneos científicos y trasnochados lirismos no hallan gracia a sus ojos, el resto de estas composiciones dormirá el sueño de los engendros malogrados, que debe ser harto más profundo que el llamado *sueño del olvido*.

El subtítulo de *narraciones pseudocientíficas* quiere decir que los presentes cuentos se basan en hechos o hipótesis racionales de las ciencias biológicas y de la psicología moderna. Será bien, por consiguiente (aunque no indispensable), que el lector deseoso de comprender las ideas y modos de expresión de los personajes de estas sencillas fábulas, posea algunos conocimientos, siquiera sean rudimentarios, de filosofía natural y biología general.

Tocante al fondo y génesis del libro poco tengo que advertir. Las lucubraciones, más o menos extravagantes que en él campean representan desahogos o compensaciones dinámicas de un espíritu fatigado por veinticinco años de disciplina y labor científica; pandiculaciones[2] y cabriolas de una imaginación inquieta que tasca[3] impaciente el freno en la noria acompasada del magisterio. Bajo este aspecto, son comparables las presentes narraciones a los regocijados y retozones cuentos de café con que alivia su bilis el lacrimoso y adusto poeta elegiaco[4], o a los lamentos del *cante jondo*[5],

---

2 Pandiculaciones: Movimiento de los músculos del cuerpo para estirarlos.

3 Tascar: Morder (un caballo inquieto) el bocado o freno.

4 Elegíaco: Lastimero o triste. Viene de la palabra «elegía» que es una composición lírica en que se lamenta la muerte de una persona o cualquier otro acontecimiento infortunado.

5 Según la RAE, el jondo es el más genuino cante andaluz, de profundo sentimiento.

compensación sentimental frecuente en los expansivos, jacarandosos[6] y chirigoteros[7] andaluces. Y pues constituyen obra exclusiva de unas cuantas ruedas de la máquina del pensar, o, en otros términos, la descarga motriz de algunos postergados barbechos cerebrales, ocioso será insistir acerca de su pobreza, desgarbo e inconsistencia.

Cinco son los cuentos incluidos en este volumen. En el primero, que rompe plaza bajo la divisa de *A secreto agravio secreta venganza*, el autor se propone simplemente la amenidad, amén de exponer algunos rasgos salientes de la curiosa psicología de los sabios, esencialmente amoral y profundamente egotista (hay excepciones, naturalmente); el segundo y el tercero, bajo una forma demasiado declamatoria y difusa, entrañan tesis filosóficas y científicas más o menos estimables y vulgares; el cuarto, titulado *La Casa maldita*, encierra un transparente símbolo de los males y remedios de la patria (¡perdón, corifeos[8] del naturalismo literario!) y, si hemos de creer a quienes lo han leído, es el menos malo de la colección; en fin, el último, etiquetado *El hombre natural y el hombre artificial*, viene a ser un estudio pedagógico de índole crítica, compuesto recientemente con la mira puesta en las rutinas, enervamientos y decadencias de la educación nacional.

Una advertencia a los suspicaces y maliciosos, antes de terminar. Los personajes de nuestros cuentos

---

6   Jacarandoso: Alegre, desenvuelto.
7   Chirigota: Conjunto que en carnaval canta canciones humorísticas.
8   Corifeo: Seguidor o partidario de una opinión, ideología o partido.

exponen y proclaman, en ocasiones, los más exagerados y contradictorios sistemas, incurriendo, según es de presumir, en no pocas inconsecuencias, ignorancias y candideces. Ello es consecuencia de nuestro empeño en que los protagonistas sean hombres antes que símbolos y ofrezcan, por tanto, las pasiones, defectos y limitaciones de las personas de carne y hueso. Por de contado, el autor no acepta la responsabilidad de las ideas, más o menos disparatadas, defendidas por aquéllos, aun cuando no disimula sus simpatías por la figura moral de Jaime (último cuento) y de D. José (*La Casa maldita*).

A secreto agravio
secreta venganza

I

El Dr. Max v. Forschung, profesor ordinario de la Universidad de Wurzburgo, *Gemeinrath*, miembro de la *Phys. und Gessellschaft*, afortunado autor de brillantes descubrimientos fisiológicos y bacteriológicos, vivía todo lo feliz que pueden vivir los sabios a quienes desvelan y desasosiegan la fiebre devoradora de la investigación y el afán de emular gloriosas reputaciones. Cincuenta años tenía, y era alto, enjuto, pelirrojo, con ojos verdes llenos de bondad, labios delgados que expresaban la ironía, y palabra sencilla y precisa, como acostumbrada a traducir la verdad sin velos ni retóricos artificios. Visto de perfil mostraba una de esas cabezas prolongadas en forma de martillo, que parecen expresamente fabricadas para golpear obstinadamente en los hechos hasta arrancarles chispas de luz. Ligeramente agobiado de espaldas y flaco de brazos y piernas, semejaba a la cepa[9] en invierno; como ella, ofrecía exterior seco y desapacible, y producía, llegado el calor del pensamiento, frutos bellos y sabrosos. En fin, nuestro sabio, sin ser deforme y antipático, era lo bastante desgarbado y vulgar para no hacer del amor, cual la mayoría de los hombres, la perenne preocupación de la vida.

Hallábase a la sazón Forschung en plena fecundidad científica. Cada seis meses descubría un microbio patógeno, y cuando por excepción no hallaba nada nuevo, sabía demostrar *ce* por *be* que los microbios descritos por los bacteriólogos rivales eran miserables bacilos descalificados o embolados, incapaces por ende de virtud patógena en el hombre y en los animales. Ya se comprenderá que semejante aseveración no agradaba a los adversarios del maestro, que hubieran preferido topar con gérmenes morbosos capaces de llevar la desolación a media humanidad. Durante medio siglo, Forschung permaneció célibe porque no tuvo tiempo de enamorar a las mujeres ni entró en sus cálculos complicar la vida con el cuidado de hijos y esposa. Y, sin duda, habría continuado indefinidamente soltero, y probablemente dichoso, si el pícaro Cupido, intrigando a hurtadillas de Minerva, no le hubiera inoculado la terrible toxina del amor.

Miss Emma Sanderson, americana, con veinticuatro años, lozana, rubia y apetecible, y por añadidura

---

9 Cepa: Tronco de la vid, del cual brotan los sarmientos, y, por extensión, toda la planta.

doctora en Filosofía y Medicina por la Universidad de Berlín, fue la encargada por el destino de despertar en el candoroso sabio los impulsos un tanto adormilados de la conservación de la especie.

Disculpemos al enamorado cincuentón; en su lugar, ¿quién no habría hecho lo mismo? ¡Al promediar de la vida se ponen tan fríos los laboratorios y tan egoístas los amigos! Además mediaban circunstancias atenuantes; porque la citada Emma, aparte de ser huérfana (lo que no me negarán ser excelente condición), y poseer una belleza sana, arrebatadora y coruscante[10], tuvo el capricho, verdaderamente diabólico, de constituirse en ayudante privado del profesor, quizás con el propósito —esto se decía al menos— de estudiar y dominar los preciosos métodos de investigación de Forschung, y exportarlos después a la libre América sajona. ¿Qué había de suceder? Forschung deseó ardientemente conocer un nuevo terreno de cultivo del cual no tenía sino vagas y muy atrasadas noticias. Por su parte Emma acabó por persuadirse de que no era mal negocio llegar a ser la esposa de un príncipe de la ciencia, de un *Gemeinrath*, que ganaba 50 000 marcos anuales y usaba además el aristocrático *von* delante de un nombre gloriosísimo...; y así, dejando a un lado preámbulos y gazmoñerías, aceptó la mano del sabio.

Seamos imparciales. Confesemos hidalgamente que la gallarda americana distaba mucho de ser una ambiciosilla vulgar. Durante dos años de cotidiana convivencia científica, de íntima comunión espiritual, Emma

---

10 Coruscante: Que brilla.

se prendó o creyó prendarse del prestigioso maestro. La gloria fascina a los espíritus esclarecidos y cultivados, y la simpática doctora, que había perfumado con su belleza estufas y autoclaves[11], microscopios y matraces[12], acabó por tomar cariño a aquel edén microbiano, donde tantas veces había sonado el excelso *fiax lux* de la creación científica.

Es preciso reconocer —y lo decimos con envidia— que el protagonista de esta historia logró una dicha rara vez otorgada por la fortuna. ¡Gran ventura juntar en un solo cuerpo esposa y ayudante; confidente del espíritu y de los sentidos; consejero sagaz, capaz de comprender las zozobras del alma (en esas horas de angustia en que el microscopio parece tenebroso pozo y la estufa caja de Pandora), y ejecutor fiel y rapidísimo de las intuiciones experimentales! Pero no nos distraigamos.

Una vez casados, se guardaron mucho los novios de incurrir —dicho sea en su descargo— en la horrible cursilería de pasar la luna de miel en París o Suiza, como cualquier matrimonio burgués de tres al cuarto, o el *commis voyageur*[13], que aprovecha para el viaje de novios el billete a *moitié prix*[14]; antes bien decidieron utilizar el ardoroso entusiasmo de los primeros meses para realizar una científica, fecunda e interesante

---

11 Autoclave: Cámara que se utiliza para llevar a cabo reacciones químicas a alta presión y temperatura.

12 Matraz: Vaso de vidrio o de cristal, de forma generalmente esférica y terminado en un tubo estrecho y recto, que se emplea en los laboratorios químicos.

13 Commis voyageur: Literal del francés «viajante de comercio».

14 *Moitié Prix: Litral del francés «a mitad de precio».*

exploración. Y así, pertrechados de los instrumentos de trabajo, recorrieron Grecia y Egipto, la Siria y la Persia, teniendo la suerte de hallar y cultivar juntos varios microbios virulentos, entre otros, cierto bacilo inédito, responsable de graves dermatosis de los indolentes pueblos orientales.

Repatriados que fueron, prosiguieron con más ahínco y fervor, si cabe, sus investigaciones sobre la biología del nuevo parásito, descubrieron un suero eficaz contra sus efectos, y publicaron, en fin, una extensa y luminosa Memoria, ilustrada con espléndidas cromolitografías, en los *Zeitschrift für Hygiene und Bakteriologie*.

Casi al mismo tiempo de aparecer tan interesante comunicación, la gallarda y animosa colaboradora daba a luz otro microbio, es decir, un niño robusto y hermoso, como incubado al fin por el ardiente sol de Palestina... No hay que decir que el retoño recibió el nombre de Max, y el microbio el de *bacillus Sandersonni*, en honor de la simpática compañera.

Había llegado el Dr. Forschung al cénit de sus aspiraciones. Cuatro cosas había que llevaban su nombre: un microbio patógeno (no confundirlo con el recién descubierto), un hijo, una mujer guapa y una calle de la ciudad nueva, la elegante *Forschungstrasse*, plantada de copudos tilos, como la tan conocida *Unter der Linden*, de Berlín.

¿Qué podía pedir más? ¿Tener envidiosos? Los tenía a docenas. ¿Adversarios encarnizados? No carecía de ellos. Nada faltaba a su gloria... más que la desgracia. Y el bondadoso sabio la llegó a conocer... Sí; sufrió desengaños amorosos como el vulgar y prosaico filisteo a quien abandona la histérica y no comprendida esposa; llegó a rugir de celos y desesperación, al par de cadete primerizo en amores... Pero no anticipemos los sucesos, ni alteremos el orden de la narración.

Tres años después de la expedición a Oriente cayó el sabio en gran abatimiento. Polémicas científicas no exentas de acrimonia y de personalidades, entabladas con insolentes contradictores, que no podían perdonarle el haber relegado sus adocenadas figuras a segundo término; profundas meditaciones y porfiados experimentos para reconquistar la embriagadora actualidad, habían minado su salud y agriado su carácter. La fiebre devoradora de la nueva verdad; el afán de sorprender el hecho decisivo, salvador para su teoría, aplastante para los adversarios, llegó a convertirse en una obsesión angustiosa. Ante ella, ¿qué significaban los demás sentimientos? Y según suele acontecer, la hoguera del entendimiento restó combustible a las ofrendas del amor.

Es preciso reconocer que, a los cincuenta y tres años, y con mujer joven y bonita, el culto excesivo de la ciencia es un tanto peligroso... Bien a su costa aprendió Forschung esta triste verdad. Pero relatemos ordenadamente los hechos.

Comenzó nuestro sabio por notar que el ambiente afectivo del hogar había cambiado para él. Y es que, ante la indiferencia del doctor, Emma había reaccionado a su modo. A las impetuosas fugas del sentimiento sucedieron una frialdad y una reserva que inquietaron profundamente al sabio. Cierta conjetura inquietante, débil e indecisa al principio, más acentuada y colorida después, vigorosa y torturante al fin, aparecía y desaparecía en su mente, sacudiendo dolorosamente las fibras más íntimas de su ser.

En vano trataba de descartarla; sus esfuerzos solo servían para que la vana sombra acusara sus contornos, se cuajara en carne y adquiriera vibrante realidad. Al fin, como si la fantasía y la razón hubiesen terminado su labor creadora, y la voluntad, domada ya, se hubiera adaptado enteramente a la desconsoladora visión, exclamó lleno de amargura:

«¡Es indudable! Por el alma de mi mujer ha pasado un hombre... y ese hombre no puede ser otro que Mosser, mi atolondrado y enamoradizo ayudante...».

El doctor Heinreich Mosser, *privat docent* de la Universidad y preparador del profesor Forschung, era el acabado tipo meridional, tan admirado por las pálidas y pudibundas hijas del Norte. De bizarro continente y elevada estatura, lucía color moreno mate, nariz aguileña y ojos negros, grandes, incendiarios, fascinadores, con atracciones de abismo y provocaciones de D. Juan irresistible. Toda su morena y arrogante figura parecía formada expresamente para realzar, con un fondo de sombra y de misterio, los nítidos y rosáceos fulgores de la rubia carne sajona.

Para acabar el retrato, mencionemos su cabellera negrísima y rizada, excelente marco decorativo de impecable busto, y una barba puntiaguda, acicalada y en bucles, que daba a su fisonomía un no sé qué de hierático[15] y augusto; ese aspecto de las testas orgullosas, correctas y solemnes de los soberanos de Asiria, tal como aparecen en los bajorrelieves de Nínive[16]. Sin duda por esto sus amigos de *brasserie* apodaban a Mosser el *terrible Assourbanipal*.

Quizás el tiempo, que todo lo gasta, y las preocupaciones científicas, que son el mejor derivativo de las almas atribuladas, hubieran acabado por borrar del ánimo de Forschung la inquietante conjetura, si la Providencia, que gusta disfrazarse de casualidad, no hubiera hecho surgir al infame delator... ¿Quién fue éste? En un Laboratorio, ¿quién podría ser sino el terrible microscopio?

Un día, trabajando aislado en su Laboratorio, vio el doctor, lleno de asombro, sobre el cristal opalino que le servía de fondo para dar resalte a las preparaciones, dos cabellos largos: lacio y rubio el uno, ensortijado y negro el otro, y enlazados en íntimo y redoblado abrazo...

Claro es que el hecho en sí no tenía nada de particular. Aquel Laboratorio era visitado diariamente por multitud de estudiantes adornados de cabelleras de muchos colores. Lo sorprendente, lo desconcertante para el pobre Forschung, fue que el cabello negro, visto al microscopio, coincidía exactamente en dimensión,

---

15 Hierático: Dicho de un estilo o de un ademán: Que tiene o afecta solemnidad extrema, aunque sea en cosas no sagradas.

16 Nínive: (en acadio: Ninua, en árabe: Nínawa) fue una importante ciudad asiria, dentro de la actual Mosul en Irak, descrita en el Libro de Jonás como «ciudad grande sobremanera, de tres días de recorrido». Es en la actualidad una inmensa zona de ruinas.

color y longitud con el del ayudante Mosser; mientras que el cabello rubio correspondía enteramente a las áureas y espléndidas hebras de la crencha[17] de Emma. Si cupiera alguna duda sobre la procedencia de los citados filamentos, la habría disipado el resultado del análisis micro químico: en el oscuro mostráronse algunas minúsculas gotas de esencia de bergamota, afeite favorito de Mosser; y en el rubio viéronse restos de esencia de orégano, perfume preferido por Emma. Ambas esencias se hallaban en el Laboratorio, donde según es notorio se emplean para aclarar los cortes histológicos.

Pero lo que sacaba de tino al desdichado sabio era la postura acusadora, la íntima trabazón de las dos hebras. ¡Amargas y abrumadoras suposiciones iban y venían por la mente de Forschung, estremeciéndole con sacudidas trágicas! ¡Ya no era posible vacilar! Aquellos abrazos y serpenteos de dos órganos microscópicos eran algo más que un símbolo; representaban en realidad la imagen fiel de otros abrazos y serpenteos macroscópicos, que el doctor no podía imaginar sin sentir al propio tiempo el corazón arrebatado por la ira!

— ¡Santo Dios! se decía el bueno de Forschung, calmados un tanto sus agitados nervios. ¿A qué grado de intimidad y de criminal abandono habrán llegado las cabezas y cuerpos de los desleales para que sus cabellos se hayan entrelazado de tan inextricable manera?

---

17 Crencha: Raya que divide el cabello en dos partes. Cada una de las partes en que queda dividido el cabello por una crencha.

Y adoptando una expresión fisionómica entre amarga e irónica, en la cual había un destello de la pasión inquisitiva del sabio, añadió:

— He aquí un oscuro problema psico-fisiológico que debo resolver sin pérdida de momento. Lo exige mi honra ultrajada; lo pide también la prosecución de mi obra científica, cuya paralización colma de satisfacción a mis injustos adversarios... Todo es preferible a vivir en densas tinieblas... todo, incluso el desencanto del amor y de la fidelidad. Y me vengaré secretamente, evitando el escándalo y las burlas del mundo..., por procedimientos científicos originales, que ignorarán hasta las mismas víctimas...

Como se ve, aun en medio de los arranques de la indignación, el investigador se sobreponía al marido. La idea de caer en la vulgaridad, vengando el ultraje al honor conyugal según la fórmula muscular del hombre de la edad de piedra, es decir, apelando a reacciones motrices violentas compartidas con toda la animalidad, lastimaba infinitamente su amor propio.

Y es que el sabio posee mentalidad eminentemente aristocrática. ¡Los que le conocen, únicamente por sus obras, creen — inocentes — que trabaja para la humanidad! ¡No tal; labora para su orgullo! El investigador ama el progreso... hecho por él. Cuando la prensa da cuenta de la aparición de una verdad nueva, triunfadora de la distancia, del dolor o de la muerte, el mundo se postra ante el genio, entonando clamorosos hosannas. Solo los hombres de laboratorio aplauden fríamente, con sordina... cuidando de disminuir el interés o la originalidad de la invención, cuando no guardan —que también ocurre— sepulcral silencio. Y, sin embargo, si prescindimos del resorte íntimo egoísta que mueve la inteligencia investigadora y consideramos exclusivamente los efectos sociales de cada descubrimiento, la pretensión altruista del sabio se confirma; sus inventos benefician positivamente a la humanidad. Disípase esta aparente contradicción recordando que, en ciencia como en amor, el protagonista es engañado por la Naturaleza. En virtud de una ilusión irremediable, el sabio y el amante creen, tocante a sus respectivas funciones, trabajar, *pro domo sua*[18], cuando en realidad no hacen sino obrar en provecho y gloria de la especie. ¡Oh, qué soberana invención, qué poderosas palancas son para el progreso, el orgullo imbécil y el vano afán de gloria!

Pero apartando embarazosas digresiones, reanudemos el hilo de la narración. Habíamos quedado en que el atribulado Forschung sospechaba de la lealtad de su esposa, y que trastornado por su calenturienta imaginación (al fin imaginación de sabio), daba como reales las más livianas y criminales complacencias. Y con todo eso, fuerza es confesar que el celoso marido poseía tan solo barruntos, vislumbres... no demostración perentoria de la deshonestidad de Emma. El mismo vino al fin a reconocerlo, conviniendo en que, antes de ejecutar la terrible venganza premeditada, era de todo punto necesario convertir los vagos indicios en pruebas flagrantes y acusadoras.

---

18 Pro domo sua: Título que se ha tomado de un discurso de Cicerón, que se emplea para significar el modo egoísta con que obra alguno, exclusivamente en su provecho. El discurso de Cicerón era contra Claudio, quien había destruido su casa y confiscado sus bienes, y este reclamó su restitución tras el exilio.

Por desgracia, nuevas exploraciones minuciosas de los muebles del laboratorio aportaron datos de gran importancia.

Cierto día, examinando con una lente la *chaise longue* de la biblioteca aneja al Laboratorio, aparecieron nuevas parejas de acusadores cabellos y otras señales harto significativas, esto es: hilos de seda de la blusa de Emma en íntimo consorcio con briznas de lana procedentes del terno[19] gris del ayudante. A mayor abundamiento, mostrábanse en el mullido de la meridiana depresiones insólitas, moldeamientos y rozaduras, reveladoras de que el fatigado mueble había crujido al compás de los más fogosos ímpetus de la pasión contenida. ¡Qué profanación! ¡Deshonrar así aquel cómodo diván cuyo suave y fresco terciopelo había apagado tantas veces la fiebre del sabio, cuando tras interminables horas de fatiga mental buscaba ansiosamente, en el recogimiento y la meditación, la clave de los imprevistos resultados de las experiencias del día!

Ansiando saber toda la verdad, decidió nuestro sabio no cejar en sus pesquisas, pero realizándolas sin despertar sospechas en los venturosos amantes; los cuales, a guisa de microbios cultivados en cámara húmeda, nadaban y se refocilaban[20] lindamente, bien ajenos de presumir que eran blanco de obstinada observación.

Al efecto, dispuso bajo las patas del consabido mueble, y disimulados por la alfombra, cuatro receptores

---

19 Terno: Conjunto de pantalón, chaleco y chaqueta, u otra prenda semejante, hechos de una misma tela.
20 Refocilar: Regodearse, recrearse en algo grosero.

Marey[21], unidos, mediante tubos de caucho, a un aparato registrador instalado en el interior de un armario. El mecanismo, movido eléctricamente, estaba de tal suerte arreglado, que solo podía entrar en función en el acto de gravitar sobre el diván dos personas cuyo peso total excediera de nueve arrobas[22]. Y dispuestas así las cosas, esperó tranquilo, como cazador en tollo, a que los tórtolos se pusieran a tiro, y se denunciaran, personal e inconscientemente, en las gráficas del aparato.

Transcurrieron algunos días; el papel ahumado continuaba incólume. Mas ¡ay! cierta noche, de regreso Forschung de la Real Academia de Ciencias físico-naturales, en donde leyó extensa comunicación, advirtió con el estupor consiguiente que dos personas habían descansado sobre el mueble... mejor dicho, ¡que no se limitaron modestamente a descansar...! Alelado, contemplaba el bendito señor la larguísima gráfica, elocuente y categórica como un documento científico, la cual acusaba a los traidores, no con vagas generalidades, sino marcando con feroz complacencia las fases todas del repugnante delito. Comenzaba la gráfica con ligeras inflexiones; minutos después las curvas se accidentaban mostrando grandes valles y montañas; luego el ritmo adquiría desusada viveza, desarrollándose en paulatino crescendo, hasta que por fin, llegado el *allegro*, una meseta audaz, elevadísima y valientemente sostenida, cual calderón formidable, cerraba la inscripción que

---

21 Tambor de Marey: Dispositivo mecánico que se usaba antiguamente en medicina para registrar en papel los movimientos del corazón, como los electrocardiogramas actuales.

22 Arroba: Peso equivalente a 11,502Kg.

retornaba lánguida y mansamente al primitivo reposo..., quizás a la línea recta de la desilusión y de la fatiga...

¡Ya no cabía duda! ¡Su ingrata esposa, la que se decía enamorada del sabio, la que había jurado consagrarse de por vida a cuidar de la preciosa existencia del glorioso investigador, había olvidado su decoro y manchado el inmaculado honor del príncipe de la ciencia! ¡Ah! ¡Tamaño ultraje pedía venganza... y venganza terrible!

II

Por la época en que se desarrollaron los sucesos referidos debatíase calurosamente en los Congresos médicos y Academias científicas si la tuberculosis era o no transmisible de los animales al hombre; cuestión importante, porque de su definitiva solución dependía la legitimidad o improcedencia de ciertas medidas profilácticas. Divididos estaban los pareceres. Ciertos sabios, a cuya cabeza se puso el ilustre Koch, se declararon *pluralistas*, y afirmaban que el bacilo tuberculoso humano es incapaz de transmitirse a ciertos mamíferos, singularmente a la vaca. Los otros bacteriólogos, entre los cuales se contaba Forschung, sostenían con igual tesón que el microbio de la tuberculosis del buey, del conejo, del cavia, en fin, de la mayoría de los animales domésticos, era susceptible, exaltada artificialmente su virulencia, de provocar constantemente en la especie humana una tisis genuina.

En pro de sus respectivas tesis alegaron ambas escuelas, luminosas y al parecer irrebatibles experiencias; pero el problema permanecía en pie, porque nadie contaba en su favor con el único experimento decisivo, a saber: la producción experimental de tuberculosis humana inoculando microbios tomados de los demás animales. Naturalmente, respetables sentimientos de humanidad y de moral científica vedaban la ejecución de tan radical y temerario experimento.

Adivinará, sin duda, el lector, después de lo expuesto, cuáles eran las intenciones del rencoroso Forschung: convertir en conejos, en *anima vili*[23], a los atolondrados amantes. Pero el astuto del doctor imaginó la experiencia de suerte que, sin perjuicio de su alcance científico, constituyera una prueba acusadora e irrefragable de la culpabilidad de los adúlteros. Pie aquí, de qué ingeniosa manera puso en práctica su maquiavélico plan.

Las más de las tardes, terminado el trabajo experimental, Mosser el ayudante pegaba y rotulaba las etiquetas de las preparaciones y tubos de ensayo, faena que, a fin de evitar confusiones, con nadie compartía. Ahora bien; una noche recogió el profesor todas las etiquetas no utilizadas y se entretuvo en cubrir mañosamente el lado engomado con cierta solución de gelatina salpicada de finísima picadura de cristal y de gérmenes muy virulentos de la tuberculosis de la vaca... y esperó,

---

23 Anima vili: Locución latina que se emplea cuando un experimento médico u otro ensayo debe practicarse antes en un animal que en el hombre.

con la cachaza[24] del pescador de caña, el resultado del terrible experimento.

Los efectos no se hicieron aguardar... A los veinte días de puesto el cebo, tuvo Forschung la *viva satisfacción* (como hombre de ciencia, naturalmente) de sorprender, en los labios y punta de la lengua de Mosser, unas pequeñas pápulas de aspecto de tubérculo incipiente, a las que el infeliz ayudante, engañado por la exigüidad e indolencia de la lesión, no prestó ninguna atención. En el atolondramiento causado por la alegría de haber conquistado importante verdad científica —la transmisión al hombre de la tuberculosis bovina—, tentado estuvo Forschung de examinar microscópicamente el nódulo inflamatorio, para ver si se presentaba el bacilo de Koch; pero comprendiendo cuán imprudente hubiera sido semejante examen, renunció a él, limitándose a su papel de observador meramente clínico. Y para que nuevas fortuitas inoculaciones no vinieran a complicar el resultado y a poner quizás sobre aviso al descuidado mancebo, destruyó todas las etiquetas contaminadas, sustituyéndolas por otras inofensivas.

Transcurrieron veinte días de mortal ansiedad, durante los cuales Forschung exploraba diaria y disimuladamente los labios y boca de su mujer. Comenzaba ya a arrepentirse de la mala obra hecha a su ayudante, cuando una mañana divisó en la comisura labial de Emma una pupa dolorosa, que resultó ser, analizada en secreto por el doctor, un genuino y característico tubérculo. Para colmo de evidencia, el método de coloración

---

24 Cachaza: Coloquialmente significa parsimonia o lentitud.

de Ziehl-Nellsen denunció la presencia de numerosos ejemplares del microbio tisiógeno de Koch.

¡La incógnita se había despejado enteramente! Fácil era reconstruir ahora los hechos experimentales. El germen había prendido primeramente en los labios de Mosser, desde los cuales, emigrando en alas de un beso, o, lo que es más probable, en las de una ruidosa e inacabable traca de besos pecaminosos, pasó a la dulce y sabrosa boca de Emma. ¡Lástima grande fue que la mal aconsejada doncella no explorara antes lo que deseaba besar! ¡Pero cualquiera consigue que la pasión enardecida use desinfectantes y tenga la precaución de *microscopizar* previamente al objeto de sus ansias!

Resulta, pues, que el doctor Forschung alcanzó un éxito admirable como sabio; pero como marido… De todos modos, quedaba terriblemente vengado, y además había prestado a la bacteriología inolvidable servicio. Justificando previsiones teóricas, él aportó antes que nadie la prueba decisiva de la transmisibilidad de la tuberculosis de los animales al hombre. Las revistas higiénicas y médicas iban a hablar con encomio de sus nuevas contribuciones científicas; sus adversarios, los pluralistas, recibirían dura lección. Un triunfo más se añadiría a la inacabable serie de sus títulos, méritos, servicios y descubrimientos…

A la verdad, el recuerdo del ultraje hecho a su honor conyugal no le dejaba dormir. No amaba ya… al menos eso creía él. Indiferente a los hechizos de la hermosura, sacrificaba ahora exclusivamente en el augusto altar de la ciencia. Había resuelto, además, apartarse definitivamente del ídolo, antes tan bello y adorable, y ahora afeado por la enfermedad... Y con todo eso —repetimos— no era feliz...

¿Por qué? Difícil es explicarlo. Pues la infamia no existe, no puede existir, cuando, según ocurría en el presente caso, la deshonra y el castigo se substraen al escándalo del mundo...

¡Ah, es que, el sabio continuaba siendo hombre! En la conciencia como en el cielo continúan brillando astros ha tiempo extinguidos; en otros términos, perduran consecuencias de causas morales descartadas por la razón. En virtud de este mecanismo psicológico, se explica un fenómeno afectivo singular: el que Forschung sintiera vivamente lo cómico y grotesco de su figura, como si, por desdoblamiento de su ser, parte de su personalidad se hubiera convertido en espectador, y contemplara socarronamente a la otra, clavada en la picota del ridículo.

Y, en todo caso, aun dando por supuesto que la escéptica filosofía del doctor le hubiera vacunado contra los efectos del «qué dirán», siempre le habrían quedado abiertas y sangrando dos heridas dolorosas: el enojo del amor propio ofendido; la desilusión de la soñada felicidad.

III

Tres meses después del anterior suceso vegetaba el sabio en la mayor soledad y recogimiento. En su odio a la familias humana se había separado hasta de su inocente hijo el pequeño Max, a quien educaba una hermana del doctor, la señora Anna Forschung, casada con un profesor de Filosofía. En cuanto a Emma y Mosser, habían sido llevados, por consejo de los facultativos y con aprobación de Forschung, a un célebre Sanatorio de tuberculosos del Tirol.

Allí, a la vista de las nieves eternas, y bajo un cielo espléndidamente azul en verano, languidecían los amantes, progresivamente extenuados por la fiebre, el insomnio y los sudores. A pesar de lo cual, se sentían relativamente dichosos. Al fin, moraban bajo el mismo techo, aunque en departamentos diferentes; y los días en que podían abandonar el cuarto y salir al corredor o a la galería, hallaban, con el consuelo de verse, la dulce satisfacción de comunicarse sus penas y reconfortar sus corazones.

La juventud doliente es optimista: no cree en la muerte, ni en la desventura. Pero entre todos los optimismos, descuella por inverosímil el del tuberculoso. Postrado y sin fuerzas en el lecho, proyecta excursiones por las altas montañas; incapaz de rebullirse, se imagina un atleta; luchando con la muerte, piensa en el amor... En ninguna enfermedad crónica y mortal procede la piadosa Naturaleza con más exquisitos miramientos. ¡Tan solo en el triste desfallecer del tísico aparece la figura de la Parca, velada y embellecida con los triunfales atavíos de himeneo[25]!

Tal le ocurría sobre todo al desgraciado Mosser. Empeoraba por momentos, y se juzgaba próximo a la convalecencia. Cualquier cambio, por nimio que fuera, reputábalo de buen augurio. Una noche de calma, ligera remisión de la fiebre, la cesación de la hemoptisis, hasta un rayo de sol alegrando el ambiente, y arrebolando fugitivamente las céreas mejillas, bastaban para que el alentado mancebo olvidara su terrible dolencia y forjara para lo futuro las más dulces y halagüeñas ilusiones. Complacíase, sobre todo, en sus ratos de amoroso coloquio con Emma, en dar rienda suelta a la fantasía. Y soñaba con huir en compañía de la gentil enamorada a la libre y despreocupada América del Norte. Allí, lejos, del viejo mundo, emancipados de la autocracia de sabios egoístas y antipáticos, consagraríanse sin reservas a la inefable dicha de amarse, creando un hogar tranquilo y venturoso. Ni le inquietaba la vida material... Emma poseía algunos bienes en su país: además, con los conocimientos científicos adquiridos en el Laboratorio de Forschung, no le sería difícil a él granjear una plaza de profesor en cualquier Universidad americana,

---

25 Himeneo: Boda o casamiento.

acaso en Boston, la Atenas yanqui, metrópoli de la *Harvard University*, primera entre las primeras...

La simpática Emma, cuya belleza se había espiritualizado con el severo buril de la fiebre, asentía dulcemente a los alentadores proyectos de Mosser; pero, a decir verdad, sin gran entusiasmo, como quien se reserva el derecho de cambiar de opinión. En realidad, no participaba de las risueñas esperanzas del amante: una vaga inquietud, una indefinible tristeza embargaban su alma, cortando el vuelo de sus dorados ensueños. Por otra parte, la idea de abandonar para siempre al hijo de sus entrañas, traicionando descaradamente al sabio bueno y generoso cuyo glorioso nombre llevaba, le hacían estremecer de terror. Además, ¿podía abrigar esperanzas de curación definitiva? Al mirarse diariamente al espejo veía, descorazonada, que la calentura había hundido sus ojos, nimbándolos[26] de azul, y que las rosas de sus labios se habían trocado en azucenas. Verdad es que, desde hacía dos o tres semanas, se sentía mejor y recobraba fuerzas; pero, ¡cuán lentamente!

Una mañana de Septiembre, precedida de una noche de tenaz insomnio y fatigosos y pertinaces accesos de tos, encontró Mosser a su amante en la galería. Adelantáronse instintivamente hacia la balaustrada, y cogiéndose las ardorosas manos pasearon su mirada por el grandioso panorama de los Alpes.

Eran las nueve de la mañana. El sol brillante y dorado se elevaba majestuosamente sobre el horizonte, entibiando el ambiente e irguiendo hierbas y flores.

---

26 Nimbar: Rodear de aureola una figura o imagen.

Heridos oblicuamente por los amarillentos rayos, refulgían los *glaciers* con tonos ebúrneos[27], mientras que en los profundos repliegues de la nieve respetados por el sol, reflejaba el cielo tonos azules. Oíase a lo lejos el sordo rumor de los despeñados arroyos y el mugido atronador de las cascadas; y más cerca, al pie de la colina en que se levantaba el Sanatorio, sonaba el hacha del leñador, cuyos golpes acompasados y secos estremecían la selva y arrancaban ecos lejanos de las ingentes peñas. Remontando el valle por el vecino camino, venía guiando una carreta de bueyes robusto aldeano, la garganta y los brazos al aire, y en cuyos músculos, dorados a fuego de sol, brillaban, como en broncínea estatua, metálicos reflejos; y detrás seguía tropel pintoresco de muchachas frescas, rozagantes y alegres, cargadas con pesados cántaros de leche. En fin, a la derecha, en el arranque del sendero de las neveras, un grupo de excursionistas preparaba sus arreos para lanzarse a la conquista de los picos gigantes, silenciosos y augustos, bajo su milenaria túnica de nieve inmaculada...

Aquel latir de sangre roja y rebosante, aquel rumor de vida potente, de vibrante energía humana, produjo, por acción de contraste, penosa y melancólica impresión en el ánimo de Mosser. En cuanto a Emma, sombría tristeza velaba su frente; sus ojos brillantes como carbunculos[28] en fondo de amatista vagaban indecisos contemplando lánguidamente ora las escenas rientes del apacible pasaje, ora el rostro del abatido y

---

27 Ebúrneo: De marfil o parecido al marfil.
28 Carbúnculo: Rubí.

caviloso Mosser... De repente, como impulsada por un pensamiento hace tiempo contenido, exclamó:

—¡Ah, Mosser, cuán malos somos! ¡Cuánto mejor fuera que sofocáramos una pasión criminal que ha de causar nuestra desgracia! ¿Acaso esta dolencia no es ya un castigo del cielo?,

—¡Amada Emma, tú deliras! ¿Castigo llamas al feliz accidente que nos reúne? Cierto que la enfermedad ha paralizado nuestros cuerpos, pero ¿no ha emancipado nuestras almas? ¿No hallas consuelo y fortaleza en las dulces confidencias de nuestro corazón, en la libre expansión de nuestros anhelos y esperanzas?

—¡Sí; pero es cosa bien triste nuestra libertad! ... ¡la libertad del dolor! Y comprimiéndose la frente, como si quisiera desechar una idea obsesionante, añadió:

—Deseo, Mosser, hacerte una confidencia. Vivo desde hace tiempo atormentada por una cruel sospecha. Presumo que mi marido ha descubierto nuestra pasión, y al vernos heridos de muerte, nos ha abandonado a nuestro triste destino...

—¡Cómo! ¿tú crees?... ¿En qué fundas tus presunciones?

—En dos hechos harto elocuentes y significativos: su indiferencia extraña hacia mí, que se remonta a una época poco posterior al comienzo de nuestra pasión, y la singular complacencia, verdaderamente incomprensible en un esposo suspicaz y celoso, de permitirte acompañarme al Sanatorio.

—Permite, adorada Emma, que te diga que ambos hechos demuestran precisamente lo contrario.

Recuerda que hace cuatro meses, enfermos los dos, y yo menos que tú, le rogué me consintiera seguirte a este establecimiento, para velar por tu salud y noticiarle los progresos de la cura. Forschung no solo accedió a mi ruego, sino que agradeció cordialmente mis buenos oficios. Esta confianza, ¿no demuestra plenamente que ignora nuestros sentimientos?

—Quizás... Quiero creerte... De todos modos, hay que convenir en que son bien extraños su silencio y ausencia de más de tres meses. ¿No te parece insólita semejante conducta en un hombre al parecer enamorado de su mujer?

—Dices bien, «al parecer»... Aunque tenga que sufrir algo tu amor propio de mujer divina y adorable, permíteme expresarte que los hombres enfrascados en la investigación no aman más que a la ciencia. Entre una belleza y un microbio, optan por éste. Para ellos la mujer representa, cuando más, un fugitivo y perturbador episodio de la edad juvenil. La pasión por la gloria no consiente sentimiento rival. Dime: ¿si yo persiguiese afanosamente el aura engañosa de la celebridad, ¿me embriagaría ahora en el perfume de tu aliento, me embelesaría con la luz de tus ojos y cifraría mi dicha en sondear tus más secretos sentimientos e ideas?

Y, viendo más resignada a su adorada Emma, prosiguió:

—Yo encuentro muy natural la conducta de tu marido, dado su ferviente amor a la gloria y al progreso. No ignoras, sin duda, que el ilustre doctor Funcke, director de este Sanatorio, es grande admirador y amigo de Forschung, el cual, no solo le remite enfermos, sino sueros, vacunas y tuberculinas a ensayar para la cura de diversas infecciones crónicas. Tal ha sido a mi entender la principal razón que movió a tu marido a internarnos en este famoso establecimiento, donde se nos trata —fuerza es confesarlo— con miramientos exquisitos... cual corresponde a los deudos de un sabio ilustre...

Un silencio penoso, solo roto a intervalos por dolorosos accesos de tos, siguió al referido coloquio. Y como viese Mosser que el velo de sombría tristeza volvía a nublar los ojos de su amada, cogió una de sus manos, y después de cubrirla de besos febriles, añadió:

—No temas, hija mía. Nuestra enfermedad, la terrible gripe que nos tiene postrados, va mejor. Recobraremos —no lo dudes— la fuerza y la salud. Tranquilízate, y sabe que cualquiera que sea el giro de los sucesos, de mi cuenta corren tu seguridad y tu dicha...

Y creyendo adivinar la causa de la angustiosa melancolía de su amante, prosiguió, dando a sus palabras acento de alentadora confianza:

— No te preocupe tu hijo. El día, no lejano, de la dichosa emancipación, lo recobrarás... y lo recobrarás de buen grado... Es tan generoso, tan indulgente, tan conocedor de las humanas debilidades el bonachón de tu marido, que...

En aquél instante trajo una camarera el correo, dejando sobre la mesa algunos diarios y revistas científicas. Repasábalos Mosser casi maquinalmente, cuando, al pasar la vista por un artículo científico, palideció de pronto, presa de la mayor ansiedad. Conforme avanzaba en su lectura, la disnea le ahogaba, palpitábale el corazón violentamente, y, al fin, sin poder contenerse, salieron de sus labios, furiosas y entrecortadas por roncos estertores, estas exclamaciones: ¡Canalla! ¡asesino! ¡miserable!...

Estremecióse la pobre Emma de terror, al observar la exasperación de su amigo; pero reuniendo sus fuerzas tuvo entereza para arrancarle la revista de las manos, y leer, con voz mojada por las lágrimas, y trémula por los sollozos, lo que sigue:

«Me confieso —escribía el doctor Forschung con arrogante seguridad— unitarista convencido en lo que atañe a la etiología de la tuberculosis. En mi sentir, todos los bacilos de esta terrible enfermedad reconocen el mismo origen y pertenecen a la misma especie botánica; las diferencias que en punto a virulencia y a preferencias y acantonamientos sobre ciertos animales ofrecen, son susceptibles de borrarse fácilmente, sometiendo dicho microbio a procederes de crianza y exaltación especialísimos. Merced a mi método de cultivo, el bacilo tuberculígeno aviario, el pisciario, el de la tortuga, el bovino, etc., conviértense en patógenos para el hombre, en el cual provocan gravísimas infecciones. De ello habíamos dado ya pruebas irrecusables con nuestras antiguas experiencias de inoculación del bacilo humano en los animales; faltaba, empero, la demostración definitiva, perentoria de la transmisibilidad de la tuberculosis bovina al hombre. Motivos de un orden moral muy elevado nos detenían en el dintel de la ansiada verdad.

» Por fortuna, el azar ha salido a nuestro encuentro ofreciéndonos la codiciada prueba. Por uno de esos descuidos inevitables en el laboratorio mejor ordenado, vertióse, casualmente, una pequeña cantidad de cultivo puro del bacilo de la tuberculosis bobina sobre el cajón de las etiquetas. Este cultivo era tan virulento, que un fragmento de gota mataba el conejo de Indias en pocos días, por septicemia, es decir, con una tuberculosis rapidísima, sin tubérculos (tipo Yersin). Un buey, un perro, una cabra, inoculadas de igual modo, sucumbieron en menos de ocho días. Por desgracia, el infortunado mozo encargado de pegar las etiquetas, bien ajeno de la contaminación ocurrida, continuó, según costumbre, humedeciendo la goma con la punta de la lengua. A los quince días del referido descuido mostró en los labios hinchados un genuino tubérculo miliar, seguido rápidamente, gracias a la irresistible virulencia del germen, de infartos tuberculosos submaxilares y metástasis en el pulmón. Transcurrido menos de un mes de esta infección accidental, se presentó otra lesión igual en los labios y boca de la infeliz esposa del mozo del Laboratorio, la cual, a pesar de mis formales prohibiciones, no quiso sustraerse a las peligrosas efusiones del amor conyugal.

» Ocioso es decir que nos hemos asegurado de la naturaleza del mal, analizando, con las prudentes reservas, los productos patológicos, en los cuales hormigueaba el bacilo tisiógeno de Koch.

» En la actualidad ambos pacientes. están en observación en un acreditado Sanatorio suizo. Por informes recientes, podemos declarar que la tuberculosis se ha generalizado gradualmente, sobre todo en el varón, suscitando graves metástasis en el pulmón, hígado y bazo. Todo hace presumir un funesto desenlace, no obstante el racional tratamiento y exquisitos cuidados prodigados por el reputado doctor F., que dirige la cura (a mis expensas naturalmente, pues no debo olvidar que los pacientes contrajeron su dolencia en mi Laboratorio). Espero, dentro de poco, que el protocolo de autopsia del más grave de los casos, es decir, del varón, demuestre...».

Al llegar aquí, el desdichado Mosser, perdiendo la relativa calma con que escuchaba el tremendo relato, estrujó rabiosamente la revista entre sus puños crispados, en tanto que Emma, cubriéndose de mortal palidez, caía al suelo desvanecida. En el colmo de la desesperación, y con ademanes de loco furioso, desatóse el amante en violentos apostrofes e imprecaciones.

—¡Esto es execrable, inaudito! —decía—. ¡Ah, miserable! ¿Conque esperas nuestra autopsia? ¡Te equivocas!... ¡El autopsiado serás tú! ¡Corro hoy mismo a encontrarte, y verás cómo, a pesar de tus microbios exaltados, me sobran energías para estrangularte con mis manos!...

La escena desgarradora que se desarrolló después entre los amantes es de las que la pluma se resiste a traducir... de las que demuestran la insuficiencia y palidez del lenguaje emocional. Hay también un pudor para la pena honda... Respetémoslo.

¡Infortunados amantes! ¡Ellos que habían contado, inocentes, con el perdón o la condescendencia de

Forschung! ¡Y vengarse así, de manera tan rastrera y solapada, haciendo alarde de una frialdad de corazón mil veces más abominable que los furores de la ira! ¡Qué vileza, aprovechar una infidelidad, provocarla quizás, para convertir esposa y amigo en miserables animales de experiencias!...

IV

El desdichado Mosser, minado hasta lo hondo por la terrible infección, no pudo satisfacer sus terribles propósitos de venganza. Aquella misma noche fue atacado de copiosísima hemoptisis, sufriendo días después disnea tan angustiosa y agravada con fiebre tan intensa, que el Dr. Funcke perdió toda esperanza de salvarle.

¡Poco después murió el infeliz amante, en la triste soledad de su departamento, sin que la pobre amiga de un día, recluida en el lecho por el recrudecimiento del mal, hubiera tenido el consuelo de velar y recoger el postrer aliento del escogido de su corazón! Por otra parte, aunque su salud le hubiese consentido rendir a Mosser los últimos piadosos tributos de la amistad y de la gratitud, el severo reglamento del Sanatorio, que prohibía la promiscuidad sexual en las salas, se lo hubiera vedado. Para su alma, Mosser comenzaba a ser más que un esposo; ¡para el mundo era solamente un extraño!...

Transcurrieron dos meses más. Despuntaba el invierno, que se estrenaba, en aquellas soledades alpinas, con copiosas nevadas. Con la aparición del frío, Emma recobró algo sus fuerzas, agotadas casi por la tremenda crisis que acaba de pasar. Un ligero carmín coloreó sus mejillas, y en sus claros ojos, humedecidos por lágrimas de sincero arrepentimiento, brilló por primera vez un rayo de esperanza. Poco a poco se apagaban las vibraciones del dolor y renacía la calma del espíritu, tan propicia a la restauración de las fuerzas como a la clara visión de los acontecimientos pasados. Con la serenidad del corazón, sobrevino un sentimiento de justicia. Y al bucear, a través de los sombríos recientes acontecimientos, en las imágenes ríentes de su memoria, advirtió que el recuerdo de Forschung perdía progresivamente sus tintas sangrientas y su gesto melodramático, humanizándose y suavizándose, en tanto que la imagen del romántico e impetuoso Mosser palidecía cada vez más, alejándose sucesivamente de la vibrante actualidad hasta parecer ensueño vano próximo a desvanecerse.

Impregnada de esa benevolencia precursora del arrepentimiento, llegó Emma hasta a disculpar la sañuda venganza de su marido, tan fríamente imaginada como inexorablemente cumplida.

—¿Acaso no ha tenido razón en el fondo? —exclamaba en sus soliloquios—. Cierto que obró alevosamente; ¿pero no fue también alevoso el agravio? Hubo, sin duda, en Forschung arrebato y desproporción evidente entre la ofensa y el castigo, toda vez que yo no me abandoné ciegamente a los caprichos del amante... De todos modos, debió haberse conducido con más prudencia, provocando una explicación de mi parte, y acaso... Pero seamos sinceros: mi corazón no le pertenecía ya, y tarde o temprano, la pasión contagiosa de aquel hombre ardiente, que me fascinaba con sus miradas y enloquecía con sus apasionados acentos, me hubieran conducido al deshonor y al escándalo...

Emma decía la verdad. En realidad, era menos culpable de lo que parecía.

El afecto hacia Mosser fue una inclinación sensual, de piel a fuera, sin raíces en el corazón y en el espíritu: simple efecto de sugestión —ardiente y avasalladora si se quiere— pero fugaz como todas las sugestiones. Por eso, desaparecido el hipnotizador, cesó el encanto. En presencia de Mosser, bello con belleza leonina, rebosante de juventud y de vigor, sentía desfallecer sus sentidos y anublarse la voluntad; pero en cuanto perdía de vista al irresistible seductor, la razón recobraba sus fueros, imponiéndose a los nervios sobreexcitados. Y no obstante semejantes eclipses de la voluntad, y a despecho del idílico dúo amor, cantado briosamente durante medio año, la esposa extraviada no llegó a manchar el honor conyugal, al menos en la medida en que la moral al uso gradúa las faltas irreparables. Hubo ciertamente complacencias criminales, arranques y efusiones de cariño más o menos sensual, efusiones que despertaron las sospechas del marido y motivaron el drama; pero —repetimos— quedó sin vadear el Rubicón[29] de

---

29 La expresión «pasar el Rubicón» significa dar un paso decisivo arrostrando un riesgo.
Esta expresión viene basada sobre una anécdota histórica. El Rubicón era un pequeño río que separaba a Italia de la Galia Cisalpina. El

la honra. Es que, en medio de su impresionabilidad, Emma, como buena americana, era harto calculadora y prudente para entregarse sin reservas, y exponerse a perder, acaso para siempre, una situación moral y económica, excelentes y envidiadas.

Además —¿por qué no decirlo?— durante aquellas, homéricas luchas entre el querer y el deber, vino en su socorro, deteniéndola en la pendiente de las últimas concesiones, un delicado sentimiento de maternidad. Poco antes de iniciar sus intimidades con Mosser, Emma se hallaba en estado interesante..., ¡y se estremecía de terror ante la posibilidad de que, un día, las consecuencias de los extravíos de la madre recayeran en la cabeza de un ser inocente!

¡Ah! si Forschung hubiera juntado al genio y a la gloria la juventud y la belleza, ¡cuán feliz hubiera sido

---

Senado romano, para impedir el paso de tropas procedentes del Norte, declaró sacrílego y parricida a aquel que con una legión o con sólo una cohorte pasara el Rubicón. Sin embargo, Julio César, a quien el Senado había rehusado nombrarle Cónsul y a quien, por instigación del cónsul Pompeyo, había ordenado dejar el mando y licenciar a sus tropas, decidió marchar sobre Roma para derribar a Pompeyo.

Cuando en el año 49 antes de Jesucristo, César llegó a orillas del Rubicón, después de unos momentos de reflexión acerca del peligro que entrañaba franquear dicho río, se decidió a vadearlo, diciendo: *Alea jacta est* (La suerte está echada). Sabía que este hecho desataría la Guerra Civil contra Pompeyo. Pero no porque ese río marcara el límite de Italia con el resto de provincias, sino porque ningún gobernador podía salir con su ejército del territorio asignado sin consentimiento.

Pompeyo, consternado ante el rápido movimiento de su enemigo, huyó de Roma, con numeroso séquito de senadores y aristócratas, y César entró en la capital sin derramar una gota de sangre, persiguió a los fugitivos hasta el mar, y marchó a España a combatir al ejército de Pompeyo.

Emma! ¡Qué dicha sentir satisfechos a un tiempo la inteligencia y los sentidos, la vanidad y el orgullo! Desgraciadamente, tamaña fortuna suele ser quimera irrealizable. Gloria, riqueza, consideración social, representan casi siempre el equivalente de un desgaste de lozanía y juventud. Desear simultáneos, y encarnados en un solo hombre, dones raros y exquisitos que la Naturaleza suele otorgar a hombres diferentes o, cuando más, a fases sucesivas de una misma existencia, es pretender que la semilla sembrada en la tierra no destruya sus próvidos cotiledones, ni disipe su vital energía al expandirse en lozano tallo y en flor hermosa y fragante.

V

La carta que el Dr. Forschung recibió de su mujer, dos meses después de la muerte de Mosser, fue un desahogo del corazón, un conmovedor relato de amarga desilusión y sincero arrepentimiento. Como sentimiento central y dominante campeaba el amor maternal. Deseaba Emma ver a su marido para implorar su perdón; pero ansiaba, sobre todo, abrazar al hijo de sus entrañas, purificándose y templándose en el Jordán de la ingenua inocencia y de los afectos vivos y eternos...

La carta terminaba declarando que en los devaneos de la esposa habían tenido mayor parte los sentidos vía fuerza de la juventud que los impulsos del corazón.

—Solo la porción más débil y grosera de mi alma —le decía— estuvo a punto de rendirse; pero lo mejor de ella, el amor y veneración al sabio ilustre, el culto a su nombre inmaculado, la gratitud afección al padre y al esposo, se salvaron por completo. Si en algo pequé, harto castigada estoy. Soy absolutamente sincera. Cara a la muerte ¿puede fingirse?

Si algún lector ha tenido la paciencia de seguirnos hasta aquí, dirá de seguro. «Los hombres de ciencia son fríos, orgullosos; poseen alma de sicario o de inquisidor; solázanse torturando inocentes animales de laboratorio, porque no pueden cebar su cruel curiosidad en la carne palpitante del prójimo...».

¡Error profundo! Basta leer ligeramente los trabajos de los sabios para cerciorarse de que poseen un corazón exquisitamente sensible, más sensible que el de los demás hombres. Si no gozaran de mayor impresionabilidad, ¿sabrían descubrir nuevas verdades? Si no fueran susceptibles y puntillosos en cuestiones de prioridad, ¿caminarían en pos de la gloria? ¡Cuántos de ellos, aborrecidos injustamente por las sensibles solteronas de las Sociedades protectoras de animales (el tercer sexo humano, según Ferrero), no duermen el día que han verificado vivisección sangrienta y emocionante!

Forschung era muy sensible a las heridas de la dignidad. Precisamente, a causa de esta hiperestesia[30] del honor, se había vengado, y había sentido amarguísimamente la deslealtad de su mujer. Pero ahora, lleno

---

30 Hiperestesia: Sensibilidad excesiva y dolorosa.

de generosa indulgencia, estaba pronto a olvidar su resentimiento.

A la verdad, las cosas habían cambiado mucho. No hay como la muerte para simplificar los problemas de la honra. El único posible pregonero de su desgracia conyugal había enmudecido para siempre; y en el corazón del sabio, volvía progresivamente a renacer el antiguo amor a Emma, cuya aflictiva situación moral deploraba cordialmente. Conocía además, por los frecuentes informes de su amigo Funcke, el notable alivio de la enferma, y confiaba en su total restablecimiento, o por lo menos en una mejoría temporal que consintiera el ensayo de remedios heroicos. Sobre esto, según veremos, tenía su plan.

A la sumisa carta de Emma contestó Forschung sobre poco más o menos: «Mi querida y un tanto extraviada esposa: Disculpo tus debilidades, de que me reconozco un poco responsable. Olvidé que el cerebro es un centro reflejo y el albedrío un radiómetro que se cree libre porque no ve la luz. Debí haber cuidado de tus impresiones y compartido equitativamente mi sensibilidad entre mis dos ídolos: la ciencia y tú, o por mejor decir, tú y la ciencia, y aun cometer de vez en cuando alguna infidelidad al segundo para evitar las represalias del primero. Tus claros ojos valían algo más que el ocular del microscopio, y tus pestañas merecían observación más atenta y ahincada que todos los bacilos y espirilos de mis cultivos. Pero, en fin, aún puede ello enmendarse. Un descubrimiento prodigioso que acabó de hacer me asegura tu curación definitiva. Vivirás, pues, y gozarás de robusta salud y alegría, para que puedas servir conjuntamente de testimonio del soberano poder de la ciencia y de la lealtad de tu arrepentimiento. Se me olvidaba: dentro de pocos días llegaré con tu hijo al Sanatorio».

VI

Y en efecto, cierta mañana del mes de Febrero llegó el doctor en compañía del encantador Max, desarrollándose la escena que el lector puede figurarse. La pobre Emma tuvo la inefable fruición[31] de estrechar en sus brazos a su inocente hijo, y de recibir del padre irrecusables y conmovedores testimonios de indulgencia. Enternecido y ocultando furtivas lágrimas, Forschung llevó su piedad hasta imprimir un beso apasionado en los descoloridos y suplicantes labios de su esposa...

—¿Qué haces? —exclamó Emma consternada. ¿Olvidas cuán contagiosa es mi enfermedad?

—No temas; conozco harto esos microbios y sé el modo de refrenarlos. Traigo para ti, según te anuncié en mi carta, un suero antituberculoso, de cuya eficacia estoy absolutamente seguro. Es un secreto terapéutico que no he divulgado todavía...

» Imaginabas que tu esposo te había abandonado, y te equivocabas de medio a medio. Desde el punto

---

31 Fruición: Complacencia, goce.

y hora que estalló tu enfermedad concebí la sospecha de que acaso tu culpabilidad no era tan grande como las apariencias mostraban; que quizás tu nerviosidad excesiva y la vehemencia y sensualidad del fingido Romeo te habían impresionado fuertemente, sin rendir empero completamente tu corazón; y pensé además que, cualquiera que fuese el grado de complicidad de tu voluntad desmayada, no estaba yo autorizado para castigar de muerte a los culpables, sino a lo sumo para realizar alguna severa demostración que, atajando el extravío en sus principios, cediese en provecho y enseñanza de la humanidad. Solo en la guerra es permitido matar; únicamente en la reñida batalla por la ciencia librada, en honor e interés de la raza humana, es lícito sacrificar alguna víctima propiciatoria.

» Estas consideraciones, y el ver el grave giro que tomaba la enfermedad (cosa que no esperaba), me incitaron a trabajar febrilmente en el hallazgo de un método terapéutico racional, capaz de luchar ventajosamente contra el microbio o contra la acción de sus toxinas. Tu amor y el afán de salvarte multiplicaron mis fuerzas y me dieron la clarividencia necesaria para el acierto. Al principio, los conejos tuberculosos tratados con dicho suero antibactericida y antitóxico, experimentaban no más fugaces alivios; después, modificado el procedimiento de elaboración del remedio, las mejorías se sostenían; en fin, a fuerza de tanteos y de interminables pesquisas, logré un producto que detiene bruscamente en los animales (incluso en los de gran talla) el curso del mal, aniquilando los bacilos y promoviendo franca convalecencia.

—He aquí —dijo, mostrando a Emma un tubo cerrado a la lámpara, donde brillaba un líquido ambarino y viscoso el precioso elíxir—. A fin de darle la concentración y virtualidad indispensables, he debido sacrificar treinta cabras y diez caballos. ¡Caro cuesta el remedio!, pero tu salud y mi felicidad bien merecían este pequeño sacrificio. ¡Lástima grande que el atolondrado y petulante Mosser haya sucumbido antes de mi salvador descubrimiento!

La pobre Emma, transfigurada por la felicidad y la emoción solo pudo responder:

—¡Ah, mi querido Max, cuán bueno eres!...

VII

Gracias al empleo del suero de Forschung pudo Emma, al cabo de mes y medio, abandonar completamente curada el Sanatorio.

Un viaje a Italia en compañía del esposo, cada vez más enamorado de su cara mitad, acabó de fortalecer la naturaleza de Emma, renovando, con la lozanía del color y la turgencia del rostro, la ingenua y comunicativa alegría de otros tiempos. Fue una segunda luna de miel, que les recordó la inolvidable gozada bajo el ardiente sol de Oriente, entre palmeras y sicomoros[32].

Aquella excursión fue como una esponja que borró dolorosos recuerdos y preparó a los esposos para nueva y fecunda existencia. Recobrada la tranquilidad del hogar, Forschung se entregó con crecientes entusiasmos a las tareas de la investigación y de la enseñanza. Y para colmo de ventura, Emma dio a luz con toda felicidad una hermosa niña, limpia de la temible tara tuberculosa y con los ojos amarillo-verdosos y el bermejo pelo de Forschung. Estos cabellos tranquilizaron al sabio tanto como aquellos otros le atormentaron.

Pero el afortunado investigador era demasiado conocedor de las flaquezas del corazón humano y de la psicología de su mujer, cuya impresionabilidad y sugestibilidad temía, para exponerse a nuevos contratiempos. Por prudencia, Emma dejó de asistir al Laboratorio oficial y de alternar con los alumnos y ayudantes. Ocupábanla ahora las faenas y cuidados del hogar y la vigilancia y educación de sus hijos, dulces tareas de madre que ella no cambiara por todos los Mossers del mundo. Y en los ratos libres ayudaba solícitamente al sabio, ordenando la biblioteca, dibujando y fotografiando preparaciones microscópicas, consultando textos y monografías —para simplificar las pesquisas bibliográficas exigidas por las publicaciones de

---

32 Sicomoro: Árbol de la familia de las moráceas, que es una higuera propia de Egipto, con hojas algo parecidas a las del moral, fruto pequeño, de color blanco amarillento, y madera incorruptible, que usaban los antiguos egipcios para las cajas donde encerraban las momias.

Forschung— y contestando la correspondencia. Esta actividad incesante, unida al desdén de las equívocas satisfacciones de la vanidad, descartaron de su alma enfermizos y peligrosos romanticismos. El amor de madre, precioso derivativo moral, amortiguó el ardor de sus sentidos, que no se estremecían ya ante las subyugadoras miradas de los arrogantes Lovelaces.

A pesar de lo cual, repetimos, Forschung no se hacía ilusiones. El contraste físico entre los esposos se acentuaba de día en día. El rudo batallar de la ciencia había consumido el vigor del sabio que, al mirarse al espejo, descubría con pena sus sienes deplorablemente blanqueadas por las canas, ¡esa ceniza del pensamiento! y el vértice de su cráneo calvo, liso y brillante, como lamido al fin por el eterno rodar de las ideas.

En cambio la arrogante Emma, refractaria a la acción del tiempo y a los desgastes que, hasta en las más vigorosas y estoicas naturalezas, produce el oleaje del dolor, conservaba admirablemente su belleza, y aun parecía haber crecido en gracias y seducciones. El dulce sosiego del corazón, confortativo de primer orden, había prestado a sus ojos esa brillantez y finura de dibujo propios de la niñez; y sus cabellos, antes excesivamente pálidos, ostentaban ahora un rico y jugoso tono bistre dorado, que realzaba maravillosamente la inmaculada blancura del cutis. Evolución tan divergente de la morfología exterior de los cónyuges preocupaba profundamente a Forschung, quien por cada día se encontraba más disonante y ridículo, cuando, por imposiciones de la higiene o los mandatos de la cortesía, debía acompañar a su esposa en paseos y visitas.

—¡Ah, si yo pudiera, —pensaba el sabio para su capote—, descubrir un suero que me rejuveneciera como a Fausto, o que al menos contuviera mi decadencia y me consintiera esperar tranquilo el dulce y lento declinar de mi querida Emma!

Mas por desgracia —añadió— el filtro de larga vida, el hallazgo de la maravillosa y vivificadora fuente de Juvencio es loca quimera.

¡Qué sueño tan hermoso! ¡Y qué insistente en el dintel de la vejez, precisamente en la edad en que la Naturaleza debiera, por piedad al menos, infundir al hombre deseo de inercia, acomodación sumisa a la muerte y al olvido! ¡Ahí es nada! ¡Remontarse, desde la vecindad del mar de la muerte, por el río impetuoso del tiempo hasta cerca de la montaña, y pararse en las orillas del bullicioso arroyo de la juventud, es decir, enfrente de los más ríentes y floridos vergeles y de las más luminosas y seductoras perspectivas! ¡Qué sublime delirio!

Desdichadamente para los Faustos, la vida, función de la materia y del tiempo, representa un mero mecanismo, y se halla sujeta, cual las máquinas de la industria, a irreparable desgaste. Nuestro dominio, más nominal que real sobre el maravilloso Clavileno[33] sobre que cabalgamos a través de un cielo de ilusiones y de

---

33 Clavileño es el nombre del caballo de madera con el que unos duques gastan una broma a Don Quijote y Sancho Panza en la segunda parte de la novela de Miguel de Cervantes.
Clavileño el Alígero, como su nombre y apodo indican, es una estructura de madera en forma de caballo con una clavija en la cabeza con la que se controlan sus movimientos, que les es presentada a los burlados como un ser capaz de volar con ligereza hasta los cielos.

esperanzas, se reduce a reglar la velocidad del motor, consumiendo más o menos rápidamente la provisión de energía que se nos otorgó al nacer. El ocioso economiza combustible, creyendo vivir más, y suele vivir menos, porque la pereza del movimiento acarrea la oxidación de la máquina, y el carbón, o dígase grasa, sobrecarga y entorpece el corazón vacío de sentimiento y el cerebro huero[34] de ideas. El sabio, el artista, el héroe, el jornalero, fuerzan la máquina y agotan el carbón antes del término natural del viaje..., cuando no descarrilan ora en los áridos campos de la neurastenia y del *surmenage*, bien en el abismo aterrador de la locura. Solo el morigerado, el que sin derrochar el combustible camina a regular velocidad, suele llegar sin averías a la decrepitud, término natural de la existencia...

—Mas —continuó Forschung, por cuya mente pasaron rápidamente los transcriptos pensamientos— puesto que en el orden de los procesos fisiológicos es más fácil correr que pararse o retroceder, ¿por qué (viniendo a mi caso particular) en vez de soñar con el absurdo de igualarme con mi mujer, no intento igualarla conmigo? Hemos rechazado por utópico el elíxir de larga vida; ¿pero lo será también el encuentro de un suero

---

La Dueña Dolorida (la Condesa Trifaldi) les asegura que sólo si Don Quijote y Sancho cabalgan por el firmamento a lomos de Clavileño podrán quedar libres ella misma y otras doncellas del crecimiento de las espesas barbas que las aqueja por causa de un encantamiento. Cuando el encantador Malambruno envía la máquina, Sancho, aterrorizado, se niega pero por fin acepta con reticencia. Ambos montan en la grupa del caballo con los ojos vendados y una serie de movimientos y trucos les hacen creer que en realidad están volando.

34 Huero: Vano, vacío y sin sustancia.

de envejecer? Un sabio ilustre ha considerado posible el descubrimiento de substancias capaces de detener la decadencia del cerebro, cuyas células serían víctimas —en su sentir— de la insaciable voracidad de los fagocitos o elementos conectivos. He aquí una terapéutica que me parece bastante problemática, por fundarse verosímilmente en un falso supuesto; no obstante, si la conjetura de Metchikoff[35], el sabio aludido, hubiera de tomarse en serio (por fundarse en hechos reales, es decir, en la existencia dentro de las células nerviosas y musculares juveniles de substancias quimiotécticas negativas que mantuvieran a raya a los fagocitos), nada tendría de particular, discurriendo desde mi punto de vista, que en los tejidos seniles habitasen también otras materias reclamos excitadoras, en sentido positivo, de la acción fagocítica determinante de la destrucción y ruina de los órganos nobles...

Al llegar aquí interrumpió el sabio bruscamente sus reflexiones, exclamando:

—¡Entendámonos! Me agradaría hallar un suero de envejecer, pero que envejeciera solamente por fuera, superficialmente, reservando los órganos nobles y algunas

---

[35] Iliá Ilich Méchnikov (Járkov, 16 de mayo de 1845-París, 16 de julio de 1916). Fue un microbiólogo ruso, Premio Nobel de Fisiología o Medicina en 1908 (compartido con Paul Ehrlich) por sus trabajos sobre la fagocitosis y la inmunidad. Observó células tipo ameba avanzando en tropel hacia un cuerpo extraño (una espina) clavado en una larva de estrella de mar traslúcida. Aquí es donde se dio cuenta que se libraban batallas y también existía lucha por la supervivencia. Además de estos estudios, llegó a conjeturar explicaciones que trataban sobre el destino del hombre, o sea, envejecer, y la muerte. A esta nueva ciencia la llamó *gerontología*, y a la ciencia que estudiaba la muerte en sí *tanatología*.

graciosas ruedas de la máquina vital; un suero, en fin, que, a ser posible, se limitara a madurar un tanto la peligrosa belleza de mi mujer, añadiendo algunas canas a su espléndida cabellera, modelando discretamente en su turgente y nacarino rostro algunas suaves arrugas, esfuminando con un poco de gordura la finura y elegancia de las líneas, imprimiendo, en fin, al conjunto el sabor y colorido del fruto sobresazonado y un tanto empalagoso...

Todas las maravillas de la civilización han sido alguna vez puras fantasías de soñadores. Pero a lo mejor llega una cabeza sólida y obstinada, reflexiona profundamente, y el ensueño del poeta se convierte súbitamente en hecho real, en criatura industrial viva y pujante, generadora de riqueza y fecunda en goces morales e intelectuales.

Así ocurrió con la estrafalaria fantasía de Forschung. Desechóla al principio, cual quimera irrealizable; se paró después a meditar sobre ella; y conforme se engolfaba en el análisis, advirtió que el descubrimiento del suero de la decadencia, sin ser empresa llana, representaba un problema abordable en principio. Animado por este primer resultado llevó la cuestión al terreno experimental; desentrañó la composición morfológica y química del tegumento de los decrépitos; determinó las causas próximas de la calvicie y canicie, de la flojedad elástica del rostro generadora de arrugas, de la atrofia de glándulas y panículo adiposo. Y burla burlando, nuestro sabio, habilísimo en el manejo de los cubiletes de la química, logró extraer de la piel y tejidos internos de perros seniles, gatos y caballos avejentados y caducos, un principio (semejante al encontrado en los órganos de los hombres centenarios) susceptible, a pequeñas dosis, de atrofiar las glándulas cutáneas, de decolorar el cabello y fruncir la piel.

Verificáronse las primeras experiencias en un asilo de caridad, con veinte prostitutas incorregibles y sifilíticas. Brillante fue el resultado. Quince días después de la inyección subcutánea del estupendo licor, muchachas de dieciocho a veinticinco años quedaron convertidas en señoronas de cuarenta y cinco, y fueron regeneradas por completo; que no hay mejor moralizador que la pérdida de la belleza. Pero lo que satisfizo más a Forschung fue el observar que el remedio poseía acción puramente local limitada, con exigua difusión en superficie, al territorio cutáneo inoculado.

La *senilina* —así la bautizó el sabio— gozaba de innegables virtudes *antitegumentarias*, es decir, marchitadoras del cutis y partes accesorias, respetando íntegramente el vigor de los órganos internos. Seguro ya el previsor marido de los efectos fisiológicos de la *senilina*, dio parte a su cara mitad del prodigioso descubrimiento, así como del doloroso sacrificio que estimaba prudente imponer a su hermosura, a título de futura garantía de la paz y felicidad del hogar. La dócil Emma, que al fin era mujer y le gustaba agradar, arriesgó al principio algunas tímidas observaciones; pero como éstas fueran mal acogidas, resignóse al experimento, no sin que antes la tranquilizara Forschung asegurándola que la madurez solo interesaría un área insignificante del organismo, a saber, el rostro y el cabello, y que las gentes, si es que reparaban en el cambio, se limitarían a añadir a sus veintiocho Abriles unos cinco o seis Eneros a lo más.

Y a fin de efectuar con libertad la transmutación, emprendieron los esposos viaje de placer. A la manera del cinematografista, que para mejor ilusionar al público procede al cambio de las vistas fotográficas durante los eclipses instantáneos del foco eléctrico, así Forschung, al objeto de recatar el tránsito violento de las dos fases de juventud y madurez de Emma, apagó la luz de la curiosidad, ausentándose de Wurzburgo y pasando larga temporada en Inglaterra y en los Estados Unidos.

Meses después, regresada del viaje la pareja, los amigos y conocidos de Forschung sufrían un ataque agudísimo de curiosidad. Veían a los esposos y no acababan de dar crédito a sus ojos. La vida regalona del hotel, la influencia tonificadora del aire libre y el reposo mental casi absoluto habían rejuvenecido a Forschung; mientras que, por el contrario, la belleza de Emma había declinado visiblemente, adquiriendo esos tonos rojizos y esa amplitud de superficie visible, propios del sol que se pone. ¿Qué había ocurrido?

Nadie lo sabía, pero por lo mismo todos imaginaron lo menos verosímil. Muchos dieron en pensar que la compañera del doctor era una hermana mayor de la infeliz esposa, fallecida sin duda durante el largo y azaroso viaje; sin duda el desaprensivo de Forschung, sin respeto a la memoria de la muerta ni guardar el luto que es de rigor, se había casado o arreglado con la cuñada... ¡Estos genios de la ciencia son tan estrafalarios!

Y a la verdad, esta versión disparatada, que el sabio no trató de atajar, se presentaba con todos los caracteres de la verosimilitud; porque la infeliz Emma ofrecía enteramente el aspecto de una hermana mayor, bastante ajada y marchita, de sí misma. Consolóse, empero, de su transformación al advertir la pasión y vigor crecientes del marido y ef Cándido amor de los hijos, en cuya educación puso el sobrante de ternura no saturado por el corazón de Forschung. El cual, libre de moscones y de cuidados domésticos, pudo entregarse libremente a perfeccionar sus maravillosos descubrimientos.

VIII

Antes de terminar el relato, deseo satisfacer una legítima curiosidad del lector, el cual, si es un poco aficionado a la industria, sentirá comezón por averiguar cuál fue la suerte científica y comercial de la famosa *senilina*. A priori, parece que una panacea contra la juventud sea un mal negocio. No hay que pensar siquiera en buscar consumidores del insólito artículo en las veleidosas coquetas de diecisiete abriles, ni en las cartilagíneas solteronas de cuarenta y cinco otoños, ni siquiera en los viejos alegres y casquivanos de bigote teñido y bisoñé, artificios contra los cuales nada podría, naturalmente, el citado elíxir de envejecer.

Mas, como no seamos dados a juzgar de las cosas por meras impresiones, hemos pedido informes al doctor Forschung (de quien somos fervientes admiradores) acerca del porvenir económico del extravagante remedio.

Y he aquí algunos expresivos párrafos de la interesantísima respuesta:

«Creí en un principio —escribe Forschung— que la *senilina*, fuera del caso particularísimo para que fue imaginada, constituiría una mera curiosidad de laboratorio, uno de tantos cuerpos orgánicos en *ina* descubiertos por la síntesis química, y que, faltos de aplicación industrial, duermen el sueño de los justos en los polvorientos anaqueles de las fábricas de productos farmacéuticos. Por fortuna, nos hemos equivocado. La nueva *senilina*, que debiera llamarse *antifreniatina*, porque ha sido modificada mediante la adición de extracto de cerebro senil y el descarte de algunos principios antitegumentarios, tiene ante sí un espléndido porvenir.

» Por de pronto, ensayada cuidadosamente, en delincuentes y locos, por una comisión de médicos legistas, ha producido, mediante inyección intravenosa, sorprendentes efectos psíquicos; resultando ser un soberano moderador de los impulsos criminales y un maravilloso sedante de la voluntad. En los locos furiosos, cinco gotas cada semana hace inútil la coacción de la camisa de fuerza, y dos gotas diarias determinan en sanos y enfermos la abulia[36] más completa. En realidad, el nuevo producto obra envejeciendo los centros nerviosos, es decir, trayéndolos a la situación de inercia mental, torpeza de memoria, frialdad emotiva y

---

36 Abulia: Falta de voluntad o de energía para hacer algo o para moverse.

misoneísmo[37] característicos de la caducidad; todo ello sin perjuicio de la pujanza de músculos y vísceras, que se mantienen en estado juvenil.

» Pero hay más. Algunos sociólogos individualistas, preocupados por la creciente amenaza del socialismo y anarquismo, han emprendido (con la consiguiente reserva) ensayos de inoculación de la nueva *senilina* en las clases desheredadas, y conseguido resultados verdaderamente alentadores. No menos interesantes son los éxitos obtenidos recientemente por las misiones alemanas del África central. Según carta del Rev. Schaffer, que a la vista tengo, dicha panacea es un poderoso auxiliar de la evangelización, puesto que debilita notablemente el rudimentario sentido crítico de las tribus negras y apaga el ardor y fanatismo de los santones mahometanos.

» En vista de lo cual no extrañará usted una noticia que, en secreto, voy a revelarle. Por conducto de las respectivas embajadas en Berlín, ciertos políticos de aquellas naciones, que cierto estadista inglés calificó de moribundas, me han encargado a toda prisa grandes remesas de la *antifrenilina*, pues desean emprender en gran escala experiencias de pacificación química de los espíritus levantiscos. Pretenden, y acaso estén en lo cierto, que dicho producto es un irreemplazable resorte de Gobierno, toda vez que es susceptible de refrenar las rebeldías de las muchedumbres hambrientas, de desbravar la originalidad peligrosa de pensamiento y de aniquilar de una vez el inmoderado afán de novedades filosóficas y políticas.

---

37 Misoneísmo: Aversión a lo nuevo.

» Gracias, pues, al mercado inagotable representado por los aludidos pueblos, espero ganar millones y adquirir gloria inmarcesible. Por donde verá usted que el doloroso sacrificio de Emma, mil veces más grande y heroico que el de la legendaria Ifigenia[38], no ha sido estéril para la prosperidad de mi familias y la paz y modorra definitivas de la más desdichada parte de la humanidad».

¡Dios mío! ¿Será cierto que los estadistas españoles han fiado el orden social a los efectos salvadores de la *senilina*? Señales harto significativas hay de este definitivo desahucio del alma nacional...

Si ello se confirma y semejante vacunación se establece con carácter obligatorio, preparémonos todos a ganar el cielo, después de abandonar la tierra a los despiertos enemigos de nuestra raza. ¡*Senilinas* a nosotros... en cuyos cartilagíneos cerebros existen ya en proporciones desconsoladoras tantas *misticinas*, *decadentinas* y *misoneinas*, triste legado de edades bárbaras y de una pereza mental de cinco siglos.

---

38 En la mitología griega, Ifigenia (en griego «mujer de raza fuerte») era hija del rey Agamenón y la reina Clitemnestra (a veces se la considera hija de Teseo y Helena criada por Agamenón y Clitemnestra), fue pedida en sacrificio a Agamenón para continuar su navegación a Troya.

El fabricante de honradez

I

El doctor Alejandro Mirahonda, español educado en Alemania y Francia, doctor en Medicina y Filosofía por la Universidad de Leipzig, discípulo predilecto de los sabios hipnólogos doctores Bernheim y Forel, solicitó y obtuvo, de vuelta a su patria, la titular de la histórica, levantisca y desacreditada ciudad de Villabronca, donde se propuso ejercer su profesión y desarrollar de pasada un pensamiento que hacía tiempo le escarabajeaba en el cerebro.

Mas, antes de referir las hazañas del prestigioso personaje, debemos presentarle a nuestros factores. Comencemos por declarar que hay ministerios tan elevados y solemnes, que no pueden realizarse con un físico cualquiera. Un cirujano aspirante a la celebridad debe tener algo de atleta, de guerrero y de inquisidor. Al comadrón le caen pintiparadas manos suaves, afiladas y femeniles, estatura liliputiense y carácter untuoso y apacible. Pero el médico alienista[39] metido a sugestionador, fracasará como le falten el solemne *coram vobis* del profeta y la barba y ojazos de un Cristo bizantino.

Afortunadamente, en el doctor Alejandro Mirahonda casaban maravillosamente la figura y la profesión. Poseía aventajada estatura, cabeza grande y melenuda, donde se alojaban pilas nerviosas de gran capacidad y tensión, barbas tempestuosas de apóstol iracundo, ojos enormes, negrísimos, de mirar irresistible y escudriñador, y de cuyas pupilas parecían salir cataratas de magnéticos efluvios. Eran sus cejas gruesas, largas, movibles, serpenteantes; parecían dotadas de vida autónoma; diríase que, al fruncirse con expresión de suprema autoridad, amarraban entre sus pliegues al interlocutor, fascinándolo y reduciéndolo a la impotencia. Tenía, además, voz corpulenta, con honores de rugido, que sabía domar transformándola, según las circunstancias, en música suave, dulcísima y acariciadora; y labios carnosos, bien proporcionados, de ordinario inmóviles, para dar, por acción de contraste, mayor eficacia a la expresión de los ojos y a los relampagueos del pensamiento, y para imitar también la augusta y misteriosa quietud de la estatua de Apolo en Delfos.

Añadamos a estos atributos físicos, una palabra arrebatadora, colorista, que fluía sin esfuerzo alguno del inagotable depósito de su memoria, voluntad férrea e

---

39 Alienista: Dicho de un médico: Dedicado especialmente al estudio y curación de las enfermedades mentales.

incontrastable..., y se tendrá idea de todo el enorme ascendiente que Mirahonda ejercía sobre sus amigos, deudos y clientes.

Para él, imponer ideas o suprimir las existentes en las cabezas dóciles; causar en las histéricas, y aun en personas sanas y en estado vigil, alucinaciones negativas y positivas, metamorfosis y disociaciones de la personalidad, fenómenos motores y sensitivos..., en fin, cuantos estupendos milagros se atribuyen a santos y magnetizadores..., era cosa de juego. Bastábale para ello una mirada imperiosa o una simple orden verbal.

Durante los primeros meses de su estancia en Villabronca, dedicóse exclusivamente a preparar el terreno de la estupenda experiencia que meditaba. Prestaba casi de balde al vecindario sus cuidados médicos; asistía con su señora —una espléndida rubia alemana que subyugó para siempre con una mirada— a todas las reuniones y saraos; inscribióse como socio en los dos Casinos de la ciudad (el de los burgueses y el de los obreros); contribuyó con largueza al socorro de los menesterosos, y, en fin, a fuerza de ciencia, de amabilidad y de llaneza, captóse de tal modo las simpatías y admiración de sus convecinos, que no alcanzaban éstos a imaginar cómo un hombre de tanto mérito y de tan peregrinos talentos se había allanado a vivir en tan apartado y rústico rincón.

Conforme les ocurre a todos los grandes iluminados, en aquel concierto de simpatías destacaba la sonora y amorosa voz de las mujeres, a quienes turbaba y embobaba la presencia de tan arrogante y viril ejemplar del *animal humano*. Es que la mujer, según afirmó

Madame Necker de Saussure, «posee un *yo* más débil que el del hombre»; un *yo* que se siente flaco y busca instintivamente la fuerza y la voluntad.

Obedeciendo sin duda a un mandato previsor de naturaleza, la hembra verdaderamente femenil se estremece de placer y se siente deleitosamente esclava, al aspirar de cerca el aura del tirano viril y triunfador, del prototipo de la energía y de la inteligencia, del *hombre hombre*...

La admiración contenida y respetuosa en las señoritas honestas, adoptó, en algunas casadas ardientes y Magdalenas sin arrepentir, tonos poco decorosos y actitudes harto provocativas... Una de las más atrevidas y propasadas con el doctor fue la esposa del Registrador, graciosa morena que se aburría y marchitaba entre escrituras y mamotretos; mas nuestro sabio, fiel a su principio de que el fascinador no debe nunca ser fascinado, so pena de perder todos sus prestigios, cerró los ojos y los oídos ante aquella ola amenazadora de amor pecaminoso. Además, digámoslo en su honor, amaba demasiado a la dulce Róschen Baumgarten, a la hermosa y gallarda hija del Norte, a la opulenta heredera que en un arrebato de pasión puso su belleza y sus millones a los pies del ardiente hijo del Mediodía, para no evitar a su cara mitad el menor pretexto de reproche. Ocioso es decir cuánta fue su reputación profesional. Muy pronto la fama de sus curas maravillosas trascendió del término de la ciudad y se extendió a toda la provincia. Parecía su casa iglesia en tiempo de jubileo; y tan alto rayó su crédito de diagnosticador infalible, que se juzgaba torpeza insigne o imperdonable negligencia el morirse sin haber oído de sus labios el ardua, la definitiva sentencia.

Mas no se crea que la esfera de su influencia se circunscribía a los dominios patológicos e higiénicos. Hombre de talento y de sólida cultura, que había viajado mucho y leído más, aspiraba a ser, y lo consiguió rápidamente, el amigo de confianza y el obligado consejero de sus convecinos. Respondiendo a tan meditado propósito, dio en el Casino una serie de conferencias, acompañadas de demostraciones, sobre una porción de temas a cual más interesantes para un pueblo eminentemente agrícola e industrial: higiene doméstica y popular; enfermedades de las plantas; el pauperismo y el problema obrero; las instituciones de caridad y cajas de ahorro; los abonos minerales; la industria pecuaria, etc. En cuyas conferencias, además de embelesar a los oyentes con los primores de una forma impecable cuajada de imágenes felices, lució erudición pasmosa y espíritu práctico extraordinario.

Nada tenía de extraño, pues, que, granjeada tan grande autoridad, acudieran a Mirahonda en demanda de luces el alcalde y el juez, el agricultor y el obrero; los cuales aceptaban de buen grado su dictamen, porque nuestro héroe sabía convencer sin humillar, y adjudicaba generosamente a cada cual la parte de ciencia y de razón que le era debida, descartando hábilmente de todo mal negocio o yerro evidente el factor ético e intencional, y atribuyendo el daño al azar, a la fuerza mayor, a las circunstancias o a la inconsciencia. La gente del pueblo, a quien impresionaban por igual su ciencia y su figura, llamábalo el Cristo.

Como se ve, en torno de aquel hombre singular y extraordinario formábase dorada leyenda, digna de los felices tiempos apostólicos; lo que prueba —dicho sea de pasada— que no obstante los fulgores de la ciencia, una gran parte de la sociedad actual vive todavía en la ingenua y sombría edad en que hablaban los dioses, aterrorizaban los demonios y se hacían milagros.

II

Distaba mucho de ser Villabronca modelo de pueblos pacíficos y morigerados. De día en día cundían el desorden y la liviandad, sobre todo desde que la ciudad, enriquecida con el arribo de opulentos emigrantes, se había hecho eminentemente industrial. A despecho de los sermones del párroco y de los enérgicos bandos del alcalde, la creciente marea de robos, borracheras, riñas, desacatos a la autoridad, depravación de costumbres, subía que era un desconsuelo. El alcoholismo hacía estragos entre los obreros. Ni bastó para atajar la pública inmoralidad la creación de un pequeño cuerpo de guardias de orden público y el aumento del contingente de la Guardia civil. Aquello no podía continuar así. Celebróse en el Casino Junta de clases directoras, de honrados padres de familias, justamente alarmados ante el creciente desorden. Animados de los mejores deseos, cada cual propuso su receta. Se discutió mucho y acaloradamente... Pero los individualistas sacaron el Cristo del Habeas Corpus, del derecho al alcohol... y no se acordó nada.

Entretanto Mirahonda se frotaba las manos de gusto. El momento de la experiencia psicológica se acercaba... y había que preparar aprisa los cubiletes. Cierto día convocó a lo principal del pueblo en el Casino, y anunció, con voz entrecortada por la emoción, que acababa de descubrir, por un azar felicísimo de laboratorio, un suero de maravillosas virtudes.

«Este suero... —decía el doctor— o dígase antitoxina, goza de la singular propiedad de moderar la actividad de los centros nerviosos donde residen las pasiones antisociales: holganza, rebeldía, instintos criminales, lascivia, etc. Al mismo tiempo exalta y vivifica notablemente las imágenes de la virtud y apaga las tentadoras evocaciones del vicio...

Permitidme que os cuente en breves términos el resultado de los experimentos recientemente emprendidos con el referido suero en el hombre y en los animales. Una gota del estupendo licor transformó un lobo furioso en can sumiso, leal y apacible. Con la mitad de la dosis un águila hambrienta aborreció la carne, y un gato olvidó el odio secular a los ratones...

En el hombre son menester dosis mayores para producir efectos constantes de transmutación psicológica. Y aunque las experiencias efectuadas en este dominio abarcan un corto número de personas y de modalidades pasionales, los resultados han sido tan sorprendentes que no resisto a la tentación de referirlos.

Inyectados, bajo la piel de un alcohólico, cinco centímetros cúbicos, perdió el paciente toda afición a las bebidas fermentadas. La misma cantidad aplicada respectivamente a un ratero profesional y a cierto matón de oficio, abolió definitivamente en ellos la impulsión del delito y los convirtió, en pocos días, en personas morigeradas e inofensivas. Con parecido tratamiento han llegado a olvidar sus antipáticos hábitos un morfinómano y una ninfomaníaca. En vista de tan elocuentes hechos, de cada día más numerosos y convincentes, espero no juzgaréis quimérica una esperanza, hace tiempo acariciada por mí e inspiradora de porfiadas y laboriosísimas investigaciones: conseguir, por el empleo de medios exclusivamente materiales y nada coercitivos, la purificación ética de la raza humana y la conversión de los viciosos y criminales en personas probas, decentes y correctísimas. Abrigo la firmísima convicción de que una dosis suficiente de mi suero antipasional, inyectado bajo la piel del cráneo, transformarían en varón impecable al facineroso más empedernido».

E, *incontinenti*, el avisado doctor, que sabía bien que las cabezas fuertes no se persuaden con relatos más o menos verosímiles, sino con pruebas de *visu*[40], irrecusables, procedió a las demostraciones. Hizo seña a sus ayudantes, los cuales trajeron, de una cámara próxima, las personas y animales sometidas a experiencia. Con asombro de la concurrencia, hasta entonces fría y un tanto escéptica, quedaron plenamente patentizadas las

---

40 *De visu* es una locución latina que significa literalmente «con los propios ojos», «visto directamente».

aseveraciones de Mirahonda. ¡No era posible dudar! ¡El estupendo suero antipasional había hecho perder a los animales carnívoros sus sangrientos instintos! ¡Y los hombres se habían transfigurado como si una ráfaga de fe hubiera iluminado y elevado sus almas! La prueba resultó tanto más brillante y abrumadora, cuanto que, las personas en tratamiento —un alcohólico, un fumador, un jugador y un camorrista— eran bien conocidas del público. Y cuando por las referencias de las respectivas familias y amigos se persuadió la concurrencia de la realidad de la transformación psicológica... cuando vio a los tratados rechazar con horror el aguardiente, el tabaco y la baraja... cuando supo por los capataces de las fábricas que aquellos viciosos regenerados no habían faltado durante el mes un solo día a la labor..., entonces un aplauso cerrado, entusiasta, ensordecedor, resonó en la sala, llenando de íntima satisfacción al ilustre conferenciante.

Al día siguiente vio nuestro doctor, a la hora de la consulta, duplicada su habitual clientela. A los enfermos físicos se añadieron los enfermos morales.

Histéricas enamoradas de su criado, muchachos díscolos e incorregibles, maridos borrachos y pendencieros, calaveras corrompidos y noctámbulos, estudiantes gandules y mujeriegos, etc., traídos casi a la fuerza por sus respectivas familias, desfilaron en procesión inacabable para someterse a la famosa vacuna moral.

III

Transcurridos dos meses de la inolvidable conferencia, el entusiasmo y la convicción de las clases directoras de Villabronca fueron tan grandes, que el Ayuntamiento en masa, asesorado por la opinión del Juez, del Registrador, del Presidente del Casino, del Maestro y el Cirujano, declararon, en un bando célebre, la nueva vacuna obligatoria para todas las personas mayores de doce y menores de sesenta años, sin distinción de sexo ni de condición social. Aquellos previsores ediles estimaron sin duda que harto vacunadas están, la vejez con su debilidad y la infancia con su candor.

Al principio, según podrá presumirse, los salvadores acuerdos del cabildo chocaron con algunas dificultades. Los habituales del vicio, y particularmente los viciosos esporádicos, es decir, los que se complacen en echar de vez en cuando una caña al aire, protestaron indignados. En fogosas arengas declararon aquella medida atentatoria a los más sagrados derechos del ciudadano, y hasta ofensiva a la inmaculada dignidad de Villabronca; toda vez que envolvía el supuesto, a todas luces injusto, de la inmoralidad colectiva, y medía con el mismo rasero la probidad y el libertinaje, el respeto a la ley y la violación del derecho.

Tan delicada cuestión fue llevada a las columnas del único periódico local, un semanario titulado: *El Cimbal de Villabronca*, que redactaban el empresario de recreos del Casino, un contratista de carreteras aprovechado, un comandante retirado por no ir a Ultramar, dos estudiantes legistas suspensos a perpetuidad y un abogadete sin pleitos. Estos tales —los intelectuales como ellos se llamaban— discutieron desde varios puntos de vista la manoseada cuestión de la ilegitimidad de las medidas preventivas, al principio con formas moderadas, después con apasionamiento sectario. Semejante campaña, emprendida o inspirada por perillanes y libertinos incorregibles, arreció coincidentemente con la subvención otorgada a *El Cimbal* por los dueños de timbas, tabernas y casas de lenocinio, cuyos industriales recelaron, no sin lógica, una considerable baja en sus vergonzosos negocios si prevalecían los proyectos de Mirahonda.

En cuanto a los proletarios, hallábanse divididos. La mayoría de ellos, sugestionados por la autoridad y generoso altruismo del doctor, y sobre todo por el ascendiente de las mujeres (que Mirahonda tuvo buen cuidado de ganar a su causa), se decidieron por el novísimo tratamiento moral; pero algunas malas cabezas, anarquistas enardecidos, rechazaron redondamente el suero, temerosos sin duda de que esta medicina amortiguara la saña del proletariado hacia la odiosa burguesía, templara en las épocas de huelga la entereza de los trabajadores, y retrasara, en suma, la fecha del triunfo —según ellos cercano— de la tremenda revolución social.

Pero quien con más arrogancia y celo rompió lanzas contra la novísima panacea psicológica fue el padre de almas. En sermones atestados de latines, de lugares de los santos padres y de apotegmas de filosofía moral, intentó probar que las famosas experiencias del médico eran artimañas y tentaciones del demonio, comparables en el fondo a las manipulaciones y experimentos de magnetizadores y espiritistas. Y añadía que, aun en el supuesto caso de que, en la producción de tan insólitos fenómenos, no tuviera Lucifer arte ni parte, siempre resultaría incuestionable que el famoso suero obraba directa y selectivamente sobre las misteriosas fuentes del libre albedrío, restringiendo, por consiguiente, el cauce de la libertad moral y haciendo, por ende, punto menos que ilusoria la responsabilidad civil y el mérito y demérito de las acciones.

Pero nosotros, rindiendo culto a la verdad, diremos que la verdadera razón, no confesada, de esta inquina sacerdotal, era que el fervoroso varón se sentía humillado y molesto al ver cómo un mediquillo advenedizo, ayuno en teología y sagrados cánones, se intrusaba descaradamente en los dominios espirituales, tirando a inutilizar una de las altas y transcendentales funciones de su augusto ministerio: la purificación de las conciencias y la enmienda de vicios y pecados. Por fortuna, la exquisita cortesía del doctor, quien lleno de afabilidad y tolerancia discutía amistosamente con todos; el resuelto apoyo de los ediles y padres de familias; el fervor casi religioso de las mujeres, y, singularmente, lo demostrativo y brillante de las experiencias, aplacaron progresivamente la irritación de los ánimos e impusieron silencio a las conciencias meticulosas. Además, Mirahonda, sabedor del origen y finalidad de ciertas campañas, subvencionó con fuerte suma a *El Cimbal de Villabronca*, cuyos desahogados intelectuales pasáronse con armas y bagajes al contrario bando, convirtiéndose en lo sucesivo en tornavoces de los éxitos del doctor y en eficacísimos auxiliares de sus regeneradoras campañas; hizo *sotto voce*[41] donación de algunos miles de pesetas al comité anarquista local, a título de generosa contribución al fondo de huelgas; y, en fin, no olvidó a la Iglesia, a la que dejó una gruesa manda para misas y limosnas, de cuya inversión y reparto quedó exclusivamente encargado, con facultades omnímodas, el celoso pastor de almas. Con estas y otras habilidades, si no consiguió persuadir enteramente a los recalcitrantes, logró hacerles callar, que era cuanto Mirahonda deseaba.

IV

Había llegado el día de la suprema experiencia. Durante la mañana los ayudantes y la esposa del doctor dispusieron con diligente esmero la *mise en scene*[42]: la

---

41 *Sotto voce*, literalmente «bajo la voz» significa bajar intencionadamente la voz para enfatizar. En español se suele utilizar también la expresión hablar entre dientes.

42 *Mise en scene*: Expresión francesa que significa «Puesta en escena».

mesa con los instrumentos antisépticos; las jeringuillas de Pravaz; la misteriosa redoma donde se guardaba el filtro mágico; un biombo chinesco destinado a resguardar de las miradas profanas el brazo de las damas extremadamente pudibundas; vendajes y otros medios auxiliares de las curas para la eventualidad poco probable de ligera hemorragia o excesivo escozor. Nada se escapó a la previsión de Mirahonda, quien para fortalecer la acción sugestiva del experimento psicológico, pidió y logró que éste se verificase en el salón de las Casas Consistoriales, bajo la presidencia del Alcalde, el Párroco y las personas más distinguidas de la villa. Y como para mover la voluntad no está nunca de más alegrar un poco el estómago, cierto acreditado repostero de Madrid, llamado expresamente al efecto, dispuso en las oficinas de la Secretaría, anejas al salón de vacunación, un bien servido y espléndido lunch. Por último, de amenizar los entreactos se encargó la charanga del Hospicio, ejecutando trozos escogidos de música grave, solemne, monótona y adormecedora... Mas, antes de referir el resultado de la memorable vacunación moral, fuerza es aclarar algunas dudas que seguramente habrán asaltado la mente del lector. Para disiparlas por completo, permítasenos reproducir un substancioso diálogo de sobremesa, sostenido minutos antes de dar comienzo a las regeneradoras inyecciones, entre el eximio doctor y su tierna y un tanto escamada esposa:

—Estoy contento, satisfechísimo de mi obra —dijo Mirahonda acariciándose sus apostólicas y borrascosas barbas—. Hoy vamos, por fin, a recoger el fruto de dos años de siembra fecunda y de constante laboreo...

—Motivo tienes, en efecto, para alegrarte; también yo, colaboradora a mi manera en tus transcendentales investigaciones, me siento dichosa. Soy feliz porque tú lo eres; pero además tengo una razón personal reservadísima para regocijarme...

—¡Adivino!... ¡Oh, las mujeres! ¡Sois siempre las mismas!... ¡Venir ahora con una pequeña historia de celos a arrancarme del cielo de mis triunfos científicos! Para vosotras, fervientes adoradoras de lo particular, de lo individual, ¿qué son la humanidad, la ciencia, la gloria misma, ante la menuda satisfacción de la vanidad o del amor propio?

—Te equivocas. También adoro la gloria; pero ¡bien lo sabes!, mi gloria principal eres tú. Tan grande es tu imagen en mi alma, que apenas columbro la humanidad. Además, mi sentimiento compensa tu inteligencia. Tú eres la fuerza centrífuga, yo la centrípeta. Gracias a mí tus facultades soberanas, que libres se desatarían en un altruismo loco, son encauzadas hacia el hogar y aprovechadas para el saludable egoísmo de nuestra mutua conservación y felicidad... Y lo que calificas desdeñosamente de miserable satisfacción de la vanidad y del amor propio, no es sino la alegría de conservar tu amor... ¡Atrévete a detestar este egoísmo!

—Querida Roschen —permíteme que te diga, aceptando tu punto de vista personal que esa íntima fruición a que aludes —por cierto harto semejante a sabrosa venganza— se justificaría si la grandiosa experiencia de esta tarde viniera a interrumpir complacencias o debilidades pecaminosas; pero, ¿tienes, por ventura, algo que reprochar a tu marido?

—No. Temo únicamente por el porvenir... Perdona mis celos: comprendo que me hacen ridícula... atrozmente antipática, pero no puedo remediarlo. Voy a serte sincera. ¿Quién me garantiza que alguna de esas ardientes y hermosísimas morenas que desfallecen de amor en tu presencia —la mujer del Registrador por ejemplo, que se finge histérica para verte diariamente, y la cual no ha perdido ninguna de tus conferencias, oídas con místico arrobamiento, no llegue al fin a impresionarte y robarme tu cariño?

—Cálmate, hija mía —repuso dulcemente el doctor cogiendo amorosamente una de las manos de Roschen—. Eso no ocurrirá jamás, bien lo sabes. Arden en mí dos grandes pasiones: la gloria y tú: para una tercera no me restan ni corazón ni cerebro...

» Pero hablemos de otra cosa... Comentemos el próximo y transcendental acontecimiento. ¿No es verdad que hemos preparado hábilmente la carnaza? Sin duda morderá el pueblo entero.

—Tienes razón. Fuerza es confesar que te has mostrado previsor y obstinado y no has regateado ningún medio conducente a tu propósito... Pero vas a permitirme una pregunta. No comprendo cómo Mirahonda, hipnotizador extraordinario, Presidente de la Sociedad de estudios psíquicos de Leipzig, inventor afortunado de nuevos y eficacísimos procedimientos de magnetismo animal, sugestionador capaz de producir en estado vigil a personas absolutamente sanas toda suerte de fenómenos nerviosos...; no concibo, repito, cómo ha renunciado en este caso particular a su método habitual y recurrido a una inocente superchería.

—Querida, ¿olvidas que la experiencia moral que nos ocupa en este momento es extraordinaria y harto más difícil que las triviales prácticas de hipnosis individual con fines terapéuticos?

Ya conoces perfectamente mis ideas filosóficas y pedagógicas.

Mil veces he declarado que si el cerebro humano, en vez de desenvolverse en esa tibia, movediza y frívola atmósfera moral formada por borrosas y contradictorias sugestiones de padres, maestros y amigos, se desarrollara en un austero ambiente psicológico, fuertemente recargado de autoridad; si el modelamiento definitivo de los centros del pensamiento se realizara de modo autocrático, por hábiles y enérgicos hipnotizadores encargados del doble cometido de limpiar la herrumbre de la herencia y la rutina, y de imponer ideas, y sentimientos conformes con los fines de la sociedad y de la civilización..., amenguarían rápidamente todas las lacerias[43] que atormentan la miserable raza humana (la holganza y el vicio, la cobardía y la crueldad, el egoísmo y el delito), y el proceso de la redención física y moral de nuestra especie habría dado un paso de gigante.

Para lograr tan brillante resultado, fuera preciso que férreos profesores de energía emprendieran desde la niñez la labor de atrofiar las esferas cerebrales de los instintos antisociales compartidos con la más baja animalidad, hipertrofiando, por compensación, los focos inhibidores y los órganos encargados de evocar las imágenes de la virtud y del deber... Amor a la patria hasta

---

43 Laceria: Miseria, pobreza. Trabajo, fatiga, molestia.

el sacrificio, pasión por la ciencia y la verdad hasta la locura, inclinación a la virtud hasta el martirio, tales son las sugestiones conducentes a fabricar el hombre perfecto, modernísimo, preciado fruto de la educación científica, invencible en la guerra y en la paz, piadoso civilizador de razas inferiores y glorioso escudriñador de todos los arcanos...

» Nuestra actual experiencia no representa —fuerza es confesarlo— más que un ensayo mezquino (dado que debemos actuar pasada la fase educativa y limitarnos a la inhibición de los malos instintos) de este grandioso sistema de transformación humana. Así y todo, sus resultados serán preciosos para la teoría hipnopedagógica y constituirán el primer jalón plantado en esta fecunda y luminosa vía...

—Pero, arrebatado por tu generoso entusiasmo, no me has explicado aún el principio en que se basa tu nuevo procedimiento de reeducar la voluntad.

—Es verdad... me olvidaba. Ello es cosa llanísima. Atiende bien: En una reunión de cien personas, reunidas al azar, solo catorce o dieciséis son hipnotizables y susceptibles de sufrir, previa sugestión, amnesias, parálisis, contracturas, mutaciones emocionales, alucinaciones, etc. Un hipnólogo de gran prestigio, que sepa herir vivamente la imaginación del público, ampliará esta cifra hasta el veinticuatro, quizás hasta el treinta; pero, a pesar de todos sus esfuerzos, le quedará todavía un 70 por 100 de gentes distraídas, despreocupadas, refractarias a la creencia en lo maravilloso, y por tanto irreductibles a la sugestión.

» Ahora bien; en una población grande, como Villabronca, y tratándose de una sugestión colectiva sin acción de presencia, el número de refractarios será muchísimo mayor. Y, sin embargo, para que el éxito corone nuestra empresa, es de toda necesidad la conquista de las cabezas fuertes, de esas que alardean creer únicamente en Dios y en la ciencia. Menester es, por tanto, alejar de esos cerebros rebeldes la idea de una acción taumatúrgica[44] o magnética (que despertaría inmediatamente el sentido crítico) y disfrazar hábilmente la sugestión con la capa de la santidad o del genio. De este modo la imposición se acepta porque se ignora que lo sea. Y el inocente público cae en la singular ilusión de achacar al sabio o al santo un fenómeno obrado por su propia imaginación.

» Y llego ahora a la justificación de la superchería que tanto excita tu curiosidad. Entre los varios modos de dorar la píldora sugestiva y de adormecer el sentido crítico, ninguno tan eficaz como el asociar la sugestión al acto banal de tomar una medicina o de ingerir un suero terapéutico. Si el prestigio científico del doctor es grande, despístase la razón del sujeto que, obedeciendo a natural y lógico impulso, clasifica inmediatamente el fenómeno misterioso en el orden de los que conoce. En el caso actual, nuestro *esprit fort*[45], sabedor de que existen sueros antitóxicos contra la difteria, el tétanos, etc., ¿cómo no ha de persuadirse de la realidad del suero antipasional, sobre todo si ha visto, por sus propios

---

44 Taumaturgia: Facultad de realizar prodigios.
45 *Esprit fort*: Del francés «espíritu fuerte» o «mente fuerte».

ojos, gentes radicalmente curadas con unas gotas del mismo? Por donde se infiere que el auxiliar más eficaz del ortopedista mental es la crasa ignorancia del vulgo acerca del poder soberano de la sugestión, las múltiples formas que ésta reviste, y la deplorable facilidad con que el cerebro mejor construido acepta sin crítica cualquier dogma, por absurdo que sea, impuesto por el talento, el genio o la santidad.

—Según eso, ¿hasta las cabezas mejor organizadas, serenas y reflexivas, serían accesibles a la acción sugestiva?

— ¡Quién lo duda!... Pero con la condición de que el hipnotizador sepa eclipsarse detrás del hombre de ciencia, y provocar fenómenos que traspasen el círculo de los hechos naturales conocidos por los espíritus *d'elite*. Por fortuna, esto no es difícil. Educados en el erróneo dogma del libre albedrío, creemos casi todos que las convicciones religiosas, filosóficas o políticas, representan construcciones lógicas erigidas por la razón, cuando, según es bien notorio, no son otra cosa que el fruto de la imposición, sin pruebas, de inconscientes sugestionadores religiosos, pedagógicos y políticos...

» Pero, hija mía, con nuestras divagaciones hemos olvidado la obligación... Son las dos... Partamos...

V

La función —llamémosla así— se efectuó a la hora prefijada y en medio del mayor orden.

Con gran expectación del público abrióse la sesión con una breve y discreta alocución del alcalde; siguió después un discurso elocuentísimo, fogoso, soberanamente subyugador de Mirahonda, quien apartando modestias y remilgos retóricos, impropios de su misión evangélica, se declaró inspirado por Dios en el portentoso hallazgo de la vacuna antipasional, llamada a redimir a la especie humana de su degradación física y moral; ejecutó luego la charanga una marcha solemne henchida de cadencias reposadas y melancólicas; y, en fin, procedióse a la vacunación, comenzando, según prescribe la cortesía al uso, por la aristocracia de la sangre, del talento y del dinero.

La operación se llevó a efecto sin accidentes y en medio del más religioso recogimiento. El primer día fue inoculada algo más de la tercera parte de la población de ambos sexos comprendida en el bando municipal; en los siguientes inyectóse el resto, salvo una novena o décima parte, que pretextó enfermedad o ausencia, a fin de sustraerse a los efectos sedantes del referido suero, y monopolizar, por consiguiente, vicios y picardías.

Sumiso y dócil el bello sexo en estado de merecer, acudió bullicioso a la *comunión de la virtud*, sacrificando en aras de la concordia y de la paz de los hogares, íntimas satisfacciones de la vanidad y el refinado deleite de la coquetería y del flirteo. Menos entusiastas las casadas frívolas, adivinábase fácilmente en el temblor nervioso con que acogían la jeringuilla, su repugnancia a encadenar, acaso para siempre, un corazón caprichoso y tornadizo.

La traviesa y provocativa mujer del Registrador que, según dejamos dicho, había tenido la desgracia de enojar y encelar a Mad. de Mirahonda, abandonó también su sonrosado cutis al brazo secular de la ciencia, bien es verdad que a regañadientes. Si de ella hubiera dependido, se habría quedado muy a gusto en la orilla; pero no se lo consintió el adusto consorte, harto escamado del fervoroso entusiasmo de su cara mitad hacia el famoso doctor.

En el grupo de vacunadores trafagosos destacaba la arrogante figura de Mad. de Mirahonda, cubierta la rubia cabellera por blanquísima cofia y envuelto el flexible talle en elegante y antiséptico guardapolvo. Ella era la encargada de inocular el suero a las señoras y señoritas más distinguidas y remilgadas; y a fuer de previsor y sabio intérprete de los designios de Mirahonda, graduaba la cantidad del licor... al parecer en proporción con la robustez de las clientes, pero en realidad en armonía con lo peligroso de las femeninas seducciones. Excusado es decir que la pizpireta registradora recibió, con gran contentamiento de su marido, dosis doblada.

Fiel a su método, nuestro doctor reforzaba la influencia sugestiva, encomiando, con acento de profunda convicción, las maravillosas virtudes de la vacuna, y prometiendo a todos, sin perjuicio de la salud más robusta y de la plena y libre satisfacción de los instintos saludables, la inhibición, es decir, el reposo inalterable de los impulsos pasionales, la renuncia definitiva a las ideas tentadoras y, en fin, el perdurable olvido de todo estímulo inmoral, criminoso y anticristiano. Para cada caso sabía variar la fórmula sugestiva, en relación con la historia y pasiones dominantes del cliente. Y de vez en cuando, un grupo de mansos, es decir, de regenerados, cruzaba casualmente, con ademán contrito[46] y expresión seráfica[47], por entre las filas de los candidatos a la virtud, subrayando la imperativa elocuencia del doctor y decidiendo a los desconfiados e irresolutos.

El experimento salió a pedir de boca. Un huracán de virtud, una locura sublime semejante a la que siglos atrás llevó a los hombres a morir por la cruz, estremeció los corazones villabronqueses, penetrando hasta en los recónditos tugurios del vicio y del pecado. Por todos lados asomaban, tocados al parecer de sincero remordimiento, golfos y calaveras, borrachos y jugadores. Nadie quería pasar plaza de vicioso incorregible.

La escena final del último día fue grandiosamente conmovedora. Un grupo de hermosas pecadoras, arrastradas por el contagio general, avanzaron resueltamente hacia el estrado y rindieron el suave cutis, todavía

---

46 Contrito: Que siente arrepentimiento de una culpa cometida.
47 Seráfico: Angelical. Perteneciente o relativo a los serafines.

manchado por coloretes y aromatizado con los acres perfumes de la víspera, a la redentora jeringuilla de la ciencia..., ¡entre el asombro y aplauso de la concurrencia, que no daba crédito a sus ojos!

VI

Estupendos fueron los resultados de la vacuna moral, excediendo los cálculos más optimistas. Cesó enteramente la criminalidad: huidos para siempre parecían el vicio, la codicia y la deshonestidad. Las tabernas, antes vivero de borrachos y hervidero de pendencias, semejaban ahora apacibles y saludables comedores, en los cuales hallaban los jornaleros alimento reparador y sobrios refrigerios. Febril, ansiosamente, como en combate enardecido por la conquista del bienestar, se trabajaba en las campiñas, fábricas y obradores. Reinaron en los hogares el orden y la economía, con sus naturales frutos, la salud, la alegría y el sentimiento artístico. Cerráronse a cal y canto timbas y lupanares. Jamás se remontó más cerca del cielo el penacho de humo de la fábrica, ni resonó más recio y ensordecedor el sublime himno al trabajo vivificador, en graves y augustos acentos cantado por dinamos y locomóviles[48].

---

48 Locomóvil: Dicho especialmente de una máquina de vapor: Que puede llevarse de un sitio a otro por estar montada sobre ruedas.

No menos grandes fueron los progresos en la esfera del sentimiento. Purificóse el amor. El hogar, antes frío por la ausencia del padre y el egoísmo de los hijos, convirtióse en delicioso nido, donde aleteaban mirando al cielo la fidelidad y el candor. ¡Era la edad de oro que retornaba a la vieja y gastada tierra, trayendo, no la ñoña y ruda sencillez del hombre primitivo, sino la amarga pero sabía y fecunda experiencia del hijo pródigo!

VII

Habían transcurrido tres meses más de la memorable experiencia. Las autoridades locales, así como la policía, estaban encantados de una tranquilidad que les permitía dormir a pierna suelta. Y con todo eso, en medio de aquel sosiego y bienandanza, no faltaron espíritus cavilosos y descontentadizos que se mostraron inquietos por el porvenir. Aquella paz octaviana les asustaba. Temían que los habitantes de Villabronca hubiesen sido transformados en autómatas, en máquinas morales, incapaces de sentir el estímulo del pecado, pero impotentes también para los grandes arranques de la generosidad y del patriotismo.

Poco tiempo después, la vida comenzó a ser harto uniforme y aburrida. Algunos estudiantes y militares, llegados de la Corte a principios de la canícula[49], deploraban amargamente tan desoladora atonía. En vano pedían amores, más o menos irregulares, a solteras y casadas. ¡Cuánto echaban de menos la antigua y graciosa coquetería, tan rica en dulces promesas y en sabrosos peligros!

Fieles ahora a sus sagradas obligaciones, las casadas bellas y jóvenes, más seductoras que nunca gracias al irresistible atractivo del pudor, desesperaban a los ricachones y calaverones no vacunados, cuya única profesión y razón de existencia fue siempre la galantería. Abolida en las tertulias la chismografía, sobrevino el hastío. El género chico hacía dormir en el teatro de verano a unos cuantos viejos caducos, solitarios devotos de Talía y de Terpsícore[50]. Cesó en los cafés el encanto de la conversación, porque huyeron de los corrillos y cenáculos la envidia y maledicencia. Vióse entonces cuán difícil es hacer reír sin molestar, quedando patente que los tenidos por ocurrentes y graciosos no eran en puridad sino unos desahogados: en cuanto no pudieron herir hicieron bostezar

Transcurrieron dos meses más. Las quejas tímidamente apuntadas por los descontentos se convirtieron en descaradas protestas. Por cada día la nube del

---

49 Canícula: Período del año en que es más fuerte el calor.

50 Terpsícore, Terpsícora (en griego, «la que deleita en la danza») es, en la mitología griega, una de las nueve musas, hija de Zeus y Mnemósine. Aunque en su origen sus atributos no están delimitados, desde la época clásica se la asocia con la poesía ligera y la danza. En algunas leyendas, es la madre de las sirenas, junto con Aqueloo.

enojo se cargaba de electricidad, amenazando estallar ruidosamente.

Los hombres orden, o por mejor decir, los que viven del orden, comenzaron a trinar contra un estado de cosas que amenazaba, según ellos, conmover los cimientos de la sociedad y la estabilidad de sus estómagos. Lamentábanse los caciques, así republicanos como monárquicos, de la indiferencia de las masas, y entreveían, llenos de pavor, días aciagos[51] en que ellos, los paternales y previsores caudillos del pueblo, tendrían que trabajar para comer. Sin vicios y sin malas pasiones, con salud, economía y trabajo, ¿qué les importaba a los villabronqueses de credos políticos salvadores y panaceas sociológicas infalibles?

Sin embargo, hasta entonces las quejas y murmuraciones no transcendieron a la prensa ni al púlpito. La protesta pública, con escándalo y ruido, inicióla el párroco (del cual se recordará que declinó la vacuna y se dignó solamente autorizarla con su presencia), quien, en un fogoso y antisugestionante sermón, fulminó terribles anatemas contra el doctor. A la verdad, motivo tenía para indignarse al contemplar cómo se había entibiado el fervor religioso de sus feligreses, cómo de día en día eran menos frecuentados los sacramentos y las ceremonias del culto. El mismo desconsolador descenso acusaban mandas piadosas y esos generosos auxilios consagrados por la devoción al adorno de los altares y al esplendor y decoro de las fiestas religiosas. Una vez más se confirmó que el pueblo solo se acuerda de Santa

---

51 Aciago: Infausto, infeliz, desgraciado, de mal agüero.

Bárbara[52] cuando truena. ¿Para qué pedir a Dios lo que el trabajo y la sobriedad proporcionaban? Por otra parte, el exceso de bodas no compensaba la merma de los entierros y de los derechos de pie del altar. Si las cosas seguían por este camino llegarían tiempos nefastos, en los cuales el rebaño emancipado del dogma se pasaría sin pastor...

Aunque no se diese cuenta cabal del mecanismo psicológico de su odio, ello es que el santo varón odiaba cordialmente a Mirahonda, el audaz revolucionario. Eran sin duda parte a esta aversión la desconsoladora ruina de las temporalidades, pero entraban además en juego más hondas causas. Quizás la voz secreta del instinto le decía que el exótico doctor era el apóstol de una religión rival, que venía a robarle en nombre de no sé qué privilegios de la ciencia profana el monopolio de las conciencias. Y el instinto no le engañaba. ¡Ah, si el párroco hubiera leído las revistas psicológicas e hipnológicas! ¡Si por acaso conociera las obras de Mirahonda, publicadas en Archivos y *Centralblats*, a qué extremos de indignación habría llegado en sus excomuniones! Porque Mirahonda era precisamente autor de un celebre libro titulado *La sugestión religieuse et politique*, en el cual presentaba a los sacerdotes como

---

52 Bárbara de Nicomedia, conocida como Santa Bárbara (s.III - s. VI) fue una mártir cristiana, reconocida como santa por la Iglesia Católica. Luego de sucesivas torturas fue decapitada por su padre, al que luego le cayó un rayo que lo mató. El rayo que cayó en su martirio ha hecho que sea relacionada con los explosivos y así es patrona del arma de artillería, cuyo escudo son cañones cruzados, y la torre es la heráldica de los ingenieros y zapadores. El depósito de explosivos en los buques recibe el nombre de santabárbara.

sugestionadores de absurdos dogmas y de prácticas fetichistas groseras, para cuya imposición recurrían, entre otros medios auxiliares: al terror del infierno, a los deliquios de la gloria, a la fastuosidad del culto, a la misteriosa penumbra de la Iglesia, a la monotonía adormecedora del rito y a los lánguidos acordes del órgano. Según la teoría de nuestro doctor, la sugestión religiosa obraba provocando en el cerebro la impresión profunda de la fórmula dogmática, y atrofiando todas las vías de asociación circunvecinas, de las cuales se sirve precisamente el sentido crítico. Para Mirahonda, el dogma religioso filosófico viene a ser un cantón ideal hermético, absolutamente desligado de los principios de la razón y de los datos de la experiencia; algo así cual bloque errático, arrastrado a la llanura por colosal y prehistórico glaciar y sin relación ninguna con el sistema orográfico y petrográfico del país. Limpiar las circunvoluciones cerebrales de tan gigantescos monolitos que interrumpen el curso del pensamiento y esterilizan la labor reflexiva debe constituir, según el citado reformador, la principal preocupación del pedagogo.

Pero volvamos a los volubles feligreses del párroco, entre los cuales no cundía menos el descontento, aunque por motivos harto más terrenales y groseros. Algunos picapleitos, a quienes el doctor olvidó subvencionar, ponían el grito en el cielo al ver que durante un año no había ocurrido en el término ni una estafa, ni un homicidio misterioso, ni un miserable pleito de pan llevar. Desolado y echando pestes de Mirahonda, recorrió el diputado del distrito figones y tabernas, fábricas y campiñas. Según costumbre, no anduvo parco en promesas: supresión de las quintas, abolición del impuesto de consumos, construcción de no sé cuántos puentes, carreteras y pantanos... pero nadie le hizo caso. ¡Aquello era horrible!

Los comerciantes de artículos de lujo advirtieron con terror creciente baja en los ingresos. A ojos vistos arruinábanse joyerías y sederías. Cerrado el camino de la corrupción de solteras y casadas, ¿quién había de comprar ajorcas, anillos y pendientes? Sin culto a la envidia y la vanidad, ¿a qué la seda, las plumas y cintajos? Como notas chillonas destacaban, en aquel coro de descontentos, las amargas quejas de los libertinos, inconsolables al verse obligados a llevar, en plena juventud y lozanía, morigerada vida de cuartel. Eran tanto más dolorosas sus forzadas abstinencias, cuanto que las sacerdotisas de Afrodita habían abandonado el culto y refugiádose en la santa y regeneradora religión del trabajo.

Entre los impenitentes corruptores de esta ralea, señalábanse particularmente dos: un capitán de la reserva, vanamente empeñado en resucitar el amor con que la casquivana mujer del síndico en pasados tiempos le regalara; y cierto mayorazgo petimetre[53] sensual y degradado, que entraba en frenesí al verse desdeñado de infelices domésticas, sobre las cuales había ejercido a mansalva el histórico y sabroso derecho de pernada.

¡Quién lo diría! Hasta las personas más rígidas y de probidad más acrisolada se sentían inquietas y como

---

53 Petimetre: Persona que se preocupa mucho de su compostura y de seguir las modas.

humilladas al sentirse privadas de repente de la veneración y respeto que el vicio tributa a la virtud. En un pueblo de santos, ¿qué podía valer la honradez? En fin, el maestro y el juez, antes acérrimos defensores de Mirahonda y entusiastas del celebérrimo experimento pedagógico, fueron también ganados por los alborotadores y sediciosos.

VIII

Al año y medio de la experiencia el clamoreo de los explotadores se extendió a la masa neutra. Acaso el efecto del suero se había en todos debilitado; quizás la bancarrota pudo más que la virtud, y el estómago venció al cerebro. Ello es que la insubordinación se hizo general. En la sorda tempestad que amenazaba la cabeza del doctor sonaban ya apostrofes violentos y relámpagos de ira.

Para evitar posibles atropellos, las autoridades tomaron cartas en el asunto. Hubo Junta magna en las Casas Consistoriales; cambiáronse pareceres; oyéronse pretendidos agravios. Al cabo, el respeto a la ciencia y al prestigio de Mirahonda impuso temperamentos de templanza. Se acordó nombrar una comisión encargada de rogar al doctor, en nombre de la villa y su cabildo, deshiciese aquel angustioso encanto, aquella desconsoladora parálisis, devolviendo al pueblo, dormido para el pecado, el pleno goce de su albedrío, y por ende la libre expansión y ejercicio de sus malos instintos.

Al ruego debía acompañar una instancia, cuyo texto, escrito en lenguaje nada burocrático, remataba con estos párrafos, henchidos de calurosa sinceridad: «Moveos a compasión. Apartad de nuestras almas esas odiosas anteojeras que no nos permiten contemplar sino el recto y polvoriento camino del deber.

Poned en los adormecidos ojos de nuestras mujeres un poco de gracia y de lascivia. Haced agradable la vida amenizándola con la envidia y los celos, la vanidad y la soberbia, la insolencia y el crimen. Devolvednos el dolor, estímulo de la ciencia y acicate del progreso. Infundid en este limbo gris y silencioso, donde el hastío nos enerva, una chispa del espíritu de Lucifer, con una ráfaga del aliento de Dios. Lograremos así que la virtud tenga precio, la religión culto, y pan y bienestar sobre todo los infelices manirrotos que, cual las setas, engordamos sin fatiga en la podredumbre, es decir, explotando las ignorancias, demasías y locuras del rebaño humano...».

Ante semejante unanimidad de pareceres, Mirahonda, reconociendo por el estado de los ánimos ser imposible una segunda vacunación, cedió; y cedió sin pena, casi con alegría, porque presumió que si la experiencia pasada había sido interesantísima, no le iría en zaga la nueva, es decir, el acto de la contrasugestión, el cual iba a aflojar de repente y sin transición todos los frenos que durante más de un año habían sujetado las conciencias.

Decidido, pues, a llevar su experimento psíquico hasta las últimas consecuencias, convocó Junta de notables y les habló de esta manera:

«Deferente a vuestro ruego, y en vista de que, contra todas las previsiones, el orden, la salud y la virtud os son al presente intolerables, voy a suspender radicalmente los efectos —un tanto debilitados ya en algunos temperamentos excesivamente fogosos— de mi suero antipasional. Precisamente una felicísima coyuntura me ha permitido descubrir cierta substancia, la contraantitoxina pasional, que neutraliza por completo el principio activo del mencionado remedio, retrotrayendo el cerebro exactamente a las mismas condiciones anatomo-fisiológicas de las cabezas no vacunadas».

Y presentando un frasco lleno de un licor transparente, añadió, con el acento de la más profunda certidumbre: «Pie aquí el precioso elíxir. Todo el que beba un centímetro cúbico de él recobrará antes de diez minutos su primitivo ser y estado.

» Mas, antes de poner a vuestra disposición el misterioso filtro vificador de las pasiones, no debo disimular un vaticinio moral poco lisonjero. La antigua antitoxina o panacea ética no destruye los centros encefálicos donde el alma evoca las imágenes pecaminosas, y saborea por anticipado la tentadora fruición del placer prohibido; limítase no más a dejar sin efecto las representaciones y codicias malsanas, inhabilitando, digámoslo así, las vías nerviosas que asocian las esferas de evocación del pecado antisocial, con los focos motores encargados de su ejecución.

» Semejantes vías, entorpecidas en los villabronqueses por larga inacción, quedarán ahora llanas, expeditas, ansiosas de reivindicación y desquite...

» Temed, por tanto, que la carga atrasada de apetitos no satisfechos, de imágenes de actos más o menos reprobables refrenados, alcance de súbito tensión tal, que sea poderosa a romper todos los salvadores diques levantados en la conciencia por la dignidad, la religión y la ley...

» Al tener el sentimiento de anunciaros como probable un desbordamiento general de las pasiones, descargo mi conciencia profesional de un peso agobiador, y correspondo lealmente a la hidalga confianza que todos vosotros, patricios y proletarios, poderosos y humildes, depositasteis en mí al someteros, llenos de fervor y entusiasmo, a los efectos de la regeneradora vacuna moral. Apercibid, pues, sin demora, vosotros los que ejercéis autoridad, esos llamados resortes de gobierno; aumentad y disciplinad la fuerza pública, enervada y enmohecida por inacción prolongada. Acaso con tales previsoras medidas podáis garantir todavía el sosiego público, la honorabilidad del hogar y el respeto de la ley. Pero si, según yo recelo, no conseguís restablecer la normalidad de la vida, se desvanecería de mi conciencia un escrúpulo inquietante. Yo os debo algo... algo que no he pagado aún. Yo estoy obligado a restituir lo perdido a todas aquellas profesiones sociales que, por triste e implacable destino, asocian su bienestar al desorden, al vicio o al delito. Afortunadamente, el próximo desenfreno me permitirá saldar con usura deuda tan sagrada... ¡Quiera Dios que no os arrepintáis!».

Acto continuo los ayudantes del doctor dispusieron sobre las mesas grandes matraces llenos del misterioso licor. Como se ha dicho, bastaba beber media copa de él para sentir el ánimo limpio de toda sugestión moralizadora.

Excusado es decir que los asistentes, incluso el alcalde, sordos a las lúgubres profecías del doctor, se abalanzaron sedientos a los garrafones, y saborearon con infinita codicia aquel filtro pasional que prometía la punzante dulzura del fruto prohibido. Agotados pronto los matraces[54], hubo que poner otros. Pero como la demanda del licor del mal crecía por momentos, establecióse una sucursal o expendeduría en la plaza pública, custodiada por guardias. En procesión interminable desfilaron ante ella los fervorosos devotos de Baco, de Venus y de Mercurio. En bandadas y atropellándose acudían las mujeres, y pudo verse cómo la esposa del Registrador, la del Síndico y no pocas señoritas tan distinguidas como desocupadas, forzaban la dosis bebiendo, en su sed de pecar, no a copas, sino a vasos.

Afortunadamente, la milagrosa medicina resultaba económica; ¡como que era agua clara! Y no ocurrieron desórdenes ni atropellos, gracias a los guardias, que regularon severamente el turno en la impaciente e interminable cola...

---

54 Matraz: Vaso de vidrio o de cristal, de forma generalmente esférica y terminado en un tubo estrecho y recto, que se emplea en los laboratorios químicos.

IX

Conforme había previsto Mirahonda, tocáronse luego las tristes consecuencias de la imprudente contrasugestión. Comprimidas un año, estallaron violentamente las pasiones. Exhibióse el vicio con inaudito descaro y desvergüenza. Durante un mes, los habitantes de Villabronca vivieron en plena bacanal. Vertiginosamente corrió el reloj de la pasión, sonando la hora fatal de la caída casi simultáneamente en todas las flacas voluntades.

Para que se forme idea del desenfreno y relajación reinantes, citemos algunos ejemplos: La esposa del Síndico, sorda durante un año a la tentadora sugestión del capitán, se abandonó al impudor con tal descoco, que la intriga fue rápidamente descubierta, y el candoroso marido se vio en la necesidad de encerrar a su liviana mitad en un convento de arrepentidas. A su vez, desfallecida de amor y de impaciencia, la casquivana esposa del Registrador escribió a Mirahonda ardiente y voluptuosa carta pidiéndole una cita. Con general sorpresa se supo que la casera del cura, robusta y frescachona aldeana, se había escapado con el sacristán, quien, para preparar la fuga y ponerse a buen recaudo, limpió en una hora los cepillos de las ánimas, vendió de una vez el aceite de las lámparas y arrebató inestimables joyas largamente codiciadas. Proponiendo negocios inverosímiles a cuantos encontraban, corrían por las calles, como llevados del diablo, los usureros. Las señoritas honradas eran atropelladas a la vista del público por cuadrillas de libertinos enfurecidos y enajenados por la lujuria. Coqueta hubo que cambió en una semana siete veces de traje y de sombrero, y derrochó un dineral en afeites, flores, joyas y cintajos. En las tabernas, abiertas ahora toda la noche, hormigueaban borrachos y camorristas. Solamente en tres días ocurrieron cuatro asesinatos, diez heridas graves y una infinidad de ataques a la propiedad. Todos los atrasos del amor, todas las deudas del odio, de la vanidad, de la envidia y hasta de la pasión política, fueron saldadas en un momento, con escándalo de las personas honradas, que huían en tropel de la ciudad envenenada...

X

Aquella locura que se apoderó de Villabronca se iba haciendo tan agresiva y amenazadora, que el doctor Mirahonda, temiendo un serio disgusto, huyó a uña de caballo, llevándose consigo a su mujer, salvados los más importantes efectos e instrumentos científicos.

Y en la Memoria que, meses después, sosegado el espíritu, escribía el sabio doctor con destino a la

Zeitschrift für Hipnotismus, de Berlín, consignó, a guisa de conclusión, estas interesantes declaraciones:

«En resumen, la posibilidad de reeducar el pueblo mediante la sugestión es un hecho firmemente establecido. El mandato imperativo del médico, cuando acierta a rodearse de los altos prestigios de la ciencia y de la piedad generosa, suspende o debilita la acción de los estímulos pecaminosos, otorgando a la razón, en los conflictos de conciencia, fácil y decisiva victoria. Abrigamos la seguridad de que, si nos hubiera sido dable revacunar, es decir, renovar cada dos o tres meses la acción sugestiva, acentuándola enérgicamente sobre las voluntades más rebeldes, el éxito hubiera sido completo y permanente.

» No considero, por tanto, irrealizable utopía el logro de una ortopedia mental capaz de corregir las aberraciones funcionales del cerebro; al contrario, juzgo posible que, desvanecidos ciertos prejuicios, la fisiología, asistida de los métodos de la hipnología psico-física y pedagogía científica, aniquile o reduzca a un mínimo despreciable los impulsos antisociales, inaugurando una era de paz y relativa bienandanza.

» Soy incapaz, empero, de disimular una torturante duda que me asalta. Demuestran mis experiencias la posibilidad de abolir la delincuencia y de imponer, sin luchas ni protestas, resignación a la miseria y al trabajo y robusta disciplina social. Mas, semejante estado de cosas ¿es conveniente al progreso? ¿Estamos seguros de que la finalidad de la raza humana consiste en vegetar indefinidamente en el sosiego y la mediocridad? La suavidad y armonía de las relaciones sociales ¿no acabarían por forjar una humanidad estática y rutinaria, linfática y anodina, ahíta[55] de fórmulas y precedentes, incapaz de todo punto para las vibrantes luchas de la civilización? La supresión del mal, ¿no implicaría quizás el mayor de los males?

» Un poco de dolor y miseria social parece indispensable: templa los caracteres, aguza el entendimiento, destierra la molicie, crea el heroísmo y la grandeza de alma, mejora, en fin, moral y físicamente la raza humana.

» También es provechosa la injusticia. Ella ha sido el buril modelador de las instituciones políticas progresivas. Sin la crueldad e injusticia de los fuertes, el hombre no habría pasado del período de la tribu y del estado de naturaleza. Hasta los grandes crímenes históricos han servido a la causa del progreso. Nadie ignora que la instauración de la gloriosa y civilizadora república romana debióse a la lascivia de un rey. Los irritantes abusos e injustos privilegios de la nobleza francesa trajéronnos el reconocimiento de los derechos del hombre y la emancipación del pueblo. Sin el tráfico inmoral de las indulgencias y la locura artística de un Papa, ¿hubieran surgido el protestantismo y el libre examen, padre fecundo del renacimiento filosófico, literario y científico? Por ventura, las hogueras de la Inquisición, ¿no iluminaron la conciencia humana? En una palabra: el héroe, el santo y el sabio, las flores más exquisitas de la voluntad, ¿abrirían su cáliz fuera del punzante

---

55 Ahíta: Cansado o fastidiado de alguien o algo.

espectáculo de la miseria y en el ambiente gris y tibio de la paz, de la molicie y de la abundancia?

» Todo hace creer que el dolor, la pobreza y la injusticia son leyes inexorables de la vida, íntimos resortes de la ascensión progresiva del espíritu a las cimas del ideal. Y de presumir es que, la lucha de clases continúe siglos y siglos, aun cuando los pueblos, iluminados por la caridad y la ciencia, lleguen a regular, sabia y prudentemente, la producción y la natalidad, dos transcendentalísimas funciones sociales hasta hoy abandonadas al azar, y responsables, según es notorio, de la mitad por lo menos de las miserias, delitos y crímenes.

» Puesto que, según resulta de lo expuesto y corrobora mi experiencia de hipnosis social, no es conveniente, desde el punto de vista del progreso, la supresión de la injusticia y del delito, ¿cuál será en la rigurosa lucha a que la humanidad vive condenada el papel de la ciencia?

» La ciencia tiene el deber de suavizar la rigurosa contienda, de humanizarla de suerte que desaparezcan para siempre la sangre y el dolor. El palenque de la lucha cambiará: de las calles y campos pasará a la fábrica, al laboratorio del sabio y al gabinete del sociólogo. Ciertamente la civilización no evitará nunca en absoluto que el fuerte arrolle al débil; pero conseguirá que el asesino del porvenir sea tan impersonal e incoercible[56], tan dulce y exquisitamente piadoso, que la víctima reciba el golpe de gracia con un gesto de suprema resignación, más aún: con el orgullo sublime

---

56 Coercer: Reprimir o impedir algo.

del héroe o del santo; porque sabrá que su personal e irremediable sacrificio representa para la especie o la raza un grado superior de altruismo, de prosperidad y de cultura.

» Aún entreveo en las azules lejanías del porvenir una humanidad semidivina, cuya soberana razón, indiferente a toda suerte de bajas concupiscencias, gravite hacia la verdad con la impasibilidad y desembarazo del astro hacia el sol...

» Cuando lleguen esas esclarecidas edades en las cuales verdugos y víctimas se reconozcan armónicos órganos de un mismo todo vital, la semisugestión misma, hoy practicada en sus modalidades filosófica, política y religiosa, habrá desaparecido para siempre. Entonces la raza humana, purificada y sublimada por la ciencia, que habrá descubierto el modo de eliminar las cabezas débiles, salvajes o desquiciadas, comprenderá que el bien es función de la verdad…, que el egoísmo y la delincuencia son lamentables equivocaciones…; que, en fin, la poca felicidad que al hombre le es dado gozar sobre la tierra representa el fruto de la discreta aplicación a los dominios de la vida de las gloriosas conquistas del espíritu.

» Mas en tanto alborean tan remotos ideales; mientras las tres cuartas partes de los hombres sean pobres, salvajes, tontos e ignorantes, la semisugestión de la autoridad, de la religión y de la disciplina, será indispensable para refrenar y calmar a los desheredados del cerebro o de la fortuna. Así lo ordena la Naturaleza, la cual, atenta a sus primordiales fines evolutivos, odia el desorden, y, puesta a escoger entre dos males, prefiere la organización tiránica a la anarquía libre, y la crueldad conservadora y vigorizante a la piedad indulgente y relajadora.

» En resumen: mientras el animal humano sea tan vario, y comparta las pasiones de la más baja animalidad, será necesaria, para que el desorden no dañe al progreso, la sugestión política y moral; mas esta sugestión, ni deberá ser tan débil que no refrene y contenga a los pobres de espíritu y salvajes de voluntad, ni tan enérgica e imperativa (cual lo sería la sugestión hipnótica) que menoscabe y comprima en lo más mínimo la personalidad ética e intelectual de los impulsores de la civilización».

La casa maldita

I

—Lee esta carta —dijo Inés, radiante de júbilo, a su padre— que acabo de recibir de Julián, mi primo de América. ¡Qué alegría! Le tendremos entre nosotros antes de un mes, y viene rico en bienes y experiencia, como tú lo deseabas...

El progenitor de Inés, conmovido por el gozo de su hija, cogió la carta, se caló las antiparras, y leyó:

«Mi inolvidable prima: Según te anuncié, mis negocios marchan viento en popa. Tanto, que creo haber entrado ya en la envidiada grey[57] de los burgueses; y, como no soy ambicioso, he decidido repatriarme.

En las postrimerías de Junio llegaré a Nueva York, por el ferrocarril de San Francisco; a seguida me

---

57 Grey: Conjunto de individuos con algún carácter común.

embarcaré en el vapor Bourgogne; tocaré en el Havre sobre el 9 o 10 de Julio, y después de pasar algunos días en París, tendré el supremo deleite de volverte a ver. Si, como presumo, continúas fiel a tus sentimientos de antaño, pondré a tus pies el fruto de mis ahorros, unos miserables doscientos mil duros. Acéptalos con mi mano, pues tuyos son; porque solo tu recuerdo ha podido infundirme la salud y la actividad necesarias para ganarlos, y la sobriedad y virtud requeridas para economizarlos.

Desea ardientemente hallarse a tu lado y abrazar a sus tíos, tu primo: Julián».

Esta carta del novio de Inés satisfizo plenamente a D. Tomás, mayorazgo[58] de regular patrimonio, con solar blasonado[59] en Rivalta, y fama de linajudo[60] y honrado en toda la comarca.

Orgulloso de la belleza y talento de su hija, tenía disculpa su empeño en casarla con varón de mérito, discreto, probo y con fortuna tal, que garantizase la conservación del histórico solar y brindase para el porvenir aumentos y prosperidades.

Y a fe que el hidalgo de Rivalta tenía razón al mostrarse satisfecho de su heredera. Merced a educación exquisita, habíala preparado admirablemente para la vida, inculcándole la ciencia y el arte sin pedantería,

---

58 Mayorazgo: Derecho que tiene el primogénito de una familia de heredar todos los bienes.
59 Blasonar: Disponer el escudo de armas de una ciudad o familia según la regla del arte.
60 Linajudo: Dicho de una persona: Que es o se precia de ser de gran linaje.

la moral y la religión sin supersticiones, la virtud y la dignidad sin orgullo, la benevolencia y la ternura sin histerismos ni gazmoñerías.

No desconocía D. Tomás los méritos de su sobrino Julián, médico aventajado, a quien protegió y estimuló mucho durante su carrera, es decir antes de su emigración a Méjico; mas por aquellos tiempos hallábalo demasiado escéptico, con puntas y ribetes de socialista, y, sobre todo, sin bienes proporcionados a los altos méritos de Inés.

Y aunque no era de presumir que la republicana América hubiera quebrantado las convicciones democráticas y materialistas de Julián, harto sabía D. Tomás, a fuer de ducho y experimentado en las vicisitudes de la vida política, que la virulencia revolucionaria y antireligiosa se atenúa mucho con el lastre de cuatro milloncejos, o queda reducida al más anodino e inofensivo platonismo.

En cuanto a Inés, ya lo hemos dicho, se ocupaba exclusivamente en festejar con toda su alma la próxima llegada de su novio, en el cual amaba apasionadamente al hombre, sin acordarse para nada del filósofo, ni siquiera del millonario.

El corazón juvenil rara vez elige libremente. La tierra virgen acoge amorosa la primera semilla que el viento le depara, y a su expansión y florecimiento consagra todas las energías robadas al sol y al ambiente. Tal le ocurrió a Inés. ¡Qué mucho que se enamorara de su primo, si éste tuvo la oportunidad de asomarse a su corazón en esos misteriosos y críticos momentos en que la niña se convierte en mujer; en que el alma femenil siéntese súbitamente huérfana y solitaria, e impulsada por previsor instinto, busca inquieta en torno suyo al compañero inteligente y fuerte que ha de ser guía y amparo de su debilidad, confidente y copartícipe de amorosos ensueños! Y aunque desde aquella hermosa alborada sentimental habían pasado muchos años, ¡cómo había de olvidar ella al fiel y cariñoso amigo de la infancia y adolescencia, con quien correteó en el prado y en la playa, e hizo fondo común de ilusiones y esperanzas...; a la gallarda pareja con quien bailó tantas veces en las giraldillas de las romerías, durante aquellos luminosos veranos, consagrados por el estudiante a las gratas efusiones del hogar y a la confortadora vida de aire libre!... En fin, ¡cómo no tener guardadas en el relicario de la memoria aquellas ardientes lágrimas con que Julián, acabada la carrera y a punto de embarcarse para América, se despidió de su adorada prima!...

Pero digamos algo de Inés, protagonista de esta verídica historia. Pertenecía la hija de D. Tomás a esa casta privilegiada de hembras equilibradas, serenas, sanas y robustas de cuerpo y alma, semejantes a las mujeres fuertes de que habla el Evangelio. En ella se juntaban, en feliz maridaje, los instintos piadosos y tiernos de la mujer más exquisitamente femenina, con la enérgica voluntad, seriedad de carácter y aptitud al sacrificio de las grandes heroínas históricas. Una ojeada superficial a su exterior, revelaba ya esta admirable ponderación de prendas morales: su amplía y despejada frente, nariz clásica, cejas de elegante al par que enérgico trazo, ojos grandes y azules de subyugante mirar, y su andar gracioso, pero suelto y desembarazado, le hubieran dado acaso un aire demasiado varonil, si las graciosas curvas de la juventud artísticamente acentuadas, la suavidad y blancura del cutis, redondez de la garganta, pequeñez de las manos y pies y dulzura y encanto de la voz, no hubieran impreso en aquel eurítmico[61] cuerpo de diosa el sello de la más seductora y plácida feminidad.

Todo en ella hablaba de esa belleza interior tan cantada por los poetas, y que no es sino la expresión de un cerebro femenino sabia y armónicamente construido. El ángel, como dicen los andaluces, batía las doradas alas en sus largas pestañas, se asomaba a las luminosas ventanas de sus pupilas, hablaba en el oleaje de fuego de sus labios y daba suave compás al ritmo del corazón.

Hembras de este género (y Julián la conocía bien), tiernas y enérgicas a la par, tan fuertes e inteligentes que el sol de la razón disipa rápidamente los vapores del capricho y de la nerviosidad, son el puerto seguro del varón en las tempestades de la vida, el consejo salvador en las dudas y zozobras, y la providencia del hogar, en donde reinan perdurablemente el orden, la disciplina y el amor.

Según es de presumir, su posición de *professional beauty*, en el sentido honesto y honroso que los yanquis dan a esta frase, creaba a sus padres no pocos conflictos, que se resolvían satisfactoriamente gracias a la extrema discreción de Inés, la cual rechazaba cortésmente a los

---

61 Eurítmico: Se aplica a la obra artística que tiene una disposición armónica de sus componentes.

golosos de su belleza, alardeando unas veces resuelta inclinación al celibato y a la independencia, alegando otras fervorosa vocación por el claustro. Y cuando alguno, harto apasionado o audaz, insistía demasiado en hacerla la corte, revestíase de entereza, y cortando por lo sano le decía: «Caballero, agradezco mucho sus finezas, pero amo a un hombre ausente, y mientras mi prometido viva, he resuelto guardarle absoluta fidelidad». Gracias a esta admirable formalidad, a tan perfecta ausencia de coquetería, pudo Julián aguardar tranquilo el plazo, demasiado largo, de su dicha.

Pues, como íbamos diciendo, Inés, desde la recepción de la famosa epístola, se sentía penetrada de íntimo alborozo; y sin embargo, a ratos, temblaba de emoción: el exceso mismo de su dicha causábale pena, y durante la callada noche, la imaginación en vela, pintábale visiones trágicas y escenas desoladoras. Y cuando, al despuntar la aurora, huían como oscuros murciélagos los tristes presentimientos, dejaban sobre el fondo de la conciencia un tinte sombrío que prestaba tonos melancólicos a las más rientes sensaciones de la vida...

—¡Dios mío! —exclamaba de vez en cuando—. ¿Tendrá feliz travesía? ¡Es tan largo y peligroso el viaje!...

Y cediendo a un sentimiento religioso, en que la mujer encuentra a menudo fuerza para su optimismo, se decía:

—¡Qué desconfiada soy! Le rezaré a la Virgen para que me traiga a Julián sano y salvo.

Y rezó, fervorosamente...; y sintió renacer la confianza y la fe en el porvenir; porque Inés vivía aún en esa dichosa e ingenua edad en que la lluvia y el buen tiempo nos parecen representar, respectivamente, las lágrimas y la alegría del Padre piadoso que habita en los cielos, desde los cuales gobierna los acontecimientos del mundo con amor, previsión y sabiduría...

II

Pero el destino, envidioso de la suerte de los buenos, puso a ruda prueba los amorosos proyectos de nuestros enamorados. Por telegramas de la Agencia Fabra[62], que ampliaron después los periódicos, supo la pobre niña que el Bourgogne, en que regresaba Julián, había sufrido terrible choque con un vapor mercante. Más de la mitad de los pasajeros habían perecido en la horrible catástrofe. En cuanto a los supervivientes, recogidos en un trasatlántico alemán, debían llegar de un día a otro a Cherburgo...

Terrible ansiedad devoraba a la infeliz Inés, que vio disipados en un momento todos sus hermosos

---

62 Agencia Fabra: El periodista Nilo María Fabra fundó en 1865 una organización de corresponsales con el objetivo de servir noticias a los periódicos locales, con el nombre de Agencia de Corresponsales, luego Agencia Fabra, que sería la primera agencia periodística española. Tras la Guerra civil la agencia Fabra fue confiscada por las fuerzas franquistas, y su estructura y personal serían aprovechados por la nueva agencia EFE. Ver el libro *Cuentos Ilustrados completos* de Nilo Fabra, en esta misma colección.

ensueños de amor y de ventura. Cual paloma mensajera brutalmente herida durante su triunfal ascensión por los cielos, así cayó la esperanza de la desventurada doncella al certero golpe de la fatalidad.

Pero la ley de la reacción sentimental, providencia salvadora del hombre, entró después en juego, y trajo a la mente imágenes más consoladoras, a cuyo benéfico influjo la enamorada niña volvió a forjar caliente y blando nido a la fugitiva ilusión.

— ¡No! —pensó, avasallada por el invencible optimismo de la juventud—. Julián no ha perecido..., me lo dice el corazón, cuyos presentimientos jamás se equivocaron; me lo prometió la Virgen, que no puede engañarme...

Por fortuna, un telegrama expedido en el Havre vino a sacarla de tan dolorosa inquietud. Julián se había salvado, aunque dejando en el fondo del mar casi toda su fortuna, que traía en oro y billetes.

¡Imposible es pintar la efusión de alegría que experimentó Inés cuando, algunos días después, vio llegar a Julián sano y salvo, hecho todo un guapo mozo, bronceado por el aire del mar y más enamorado y rendido que nunca!... Ocioso es decir que el americano fue cordialmente acogido y agasajado en casa de Inés, cuyos padres (fallecida años antes la madre de Julián) vinieron a ser sus más próximos parientes. Entonces se reveló elocuentemente la hidalga condición y bondad de alma de la hija de D. Tomás. Cuando creyó rico a su prometido, una cierta turbación acompañaba a veces su cándida alegría; porque abrigaba el temor de que las gentes, y aun el mismo Julián, juzgasen interesada su inclinación. Además, ¡el dinero abre tantas puertas! ¿Estaba ella absolutamente cierta de no tener competidoras? Pero ahora, que veía a su novio sin fortuna, se consideró completamente feliz, y en su deseo de consolar a Julián, puso especial empeño, no solo en rendirle más que nunca su albedrío, sino en proclamar orgullosamente su amor, persuadiendo al mundo de la profundidad y firmeza de sus sentimientos.

Con todo eso, nuestro simpático repatriado comprendió bien pronto que su situación en la casa de los tíos variaba de día en día. Desde que el padre de Inés averiguó que toda la fortuna del náufrago consistía en sus deseos de trabajar y en unos pocos miles de duros salvados casualmente del siniestro, comenzó a mostrarse frío y etiquetero[63] con Julián. Un fondo de hidalguía y de bondad, superior a las codicias del ambicioso padre de familias, le impidieron, sin embargo, prohibir al joven sus relaciones con Inés; pero su esposa, más resuelta y adusta, dio el desagradable paso que las circunstancias imponían, alejando al novio de la casa y notificando a su hija que en adelante se abstuviera de mirar a Julián como a un prometido.

Cayó Julián en profundo abatimiento.

—Héteme —se decía— otra vez necesitado de luchar contra la adversidad, de recomenzar la obra de mi fortuna. ¡Menester es que yo sea rico y que lo sea en seguida!... Pero, ¿cómo llegar rápidamente a la prosperidad? ¿Emigrar nuevamente?... ¡Imposible! Aplazar ocho

---

63 Etiquetero: ceremonioso.

o diez años más mi codiciada ventura sería tanto como imposibilitarla. Tengo ya treinta y dos años, siete más que Inés, y el amor, de suyo impaciente, no es amigo de los viejos. ¿Qué hacer?...

III

Una hermosa tarde de Abril, Julián, hostigado por su sombría preocupación, paseaba maquinalmente por la serpenteante carretera que, siguiendo la orilla del mar, enlaza Rivalta con Villaencumbrada, capital de la comarca. La primavera, algo tardía en aquel clima nebuloso, comenzaba a romper la monotonía del verde oscuro de bosques y praderíos, con manchas florales de brillante y variado matiz. A uno y otro borde del camino, orlado de colgantes guirnaldas, oscilaban a impulsos de suave brisa la amarillenta flor del espinoso tojo[64], los blancos y rosados pétalos de las margaritas y los cálices morados del lirio, semejantes a pintadas mariposas. Del vecino encumbrado bosque descendía un sordo clamor de savia renovada y un hálito embalsamado y tibio que sugería la alegría de vivir. Vapor tenue y azul, especie de velo de himeneo, tejido de gérmenes

---

64 Tojo: Planta perenne de la familia de las papilionáceas, variedad de aulaga, que crece hasta dos metros de altura, con muchas ramillas enmarañadas, hojas reducidas a puntas espinosas, flores amarillas, y por fruto vainillas aplastadas con cuatro o seis semillas.

microscópicos, flotaba en las hondonadas, recatando del sol el acto sublime y misterioso de la conjugación de plantas y animales. A la izquierda, veíase el hirviente mar, inquieto cual fiera en la época del celo, de cuyos profundos senos, preñados de protoplasma fecundo, saltaban a tierra, al compás de ronco y grave himno nupcial, millones de vidas ansiosas de oxígeno y de luz; mientras que el cielo transparente y puro, tras luengos días de plañidera lluvia, permitía distinguir, sobre el fondo azul turquí, los abruptos montes de la vecina cordillera, y allá en las lejanías la silueta audaz y festoneada de los blancos picos de Europa...

Aquella contradicción entre el triste declinar de un alma y el alegre despertar de la naturaleza, entre las bulliciosas bodas de flores, pájaros e insectos, y la viudez melancólica de su corazón, dio a los pensamientos de Julián un tinte de infinita tristeza...

—Decididamente —se dijo— el hombre está condenado a no armonizar jamás con la sinfonía del mundo, a vivir en perpetua pugna con los mandatos más imperiosos de la naturaleza, de la cual parece como que se obstina en alejarse... ¡Ah, cuán lejos estamos de aquellas dichosas edades en que los humanos, exentos de preocupaciones y convencionalismos, gozaban la libertad de amarse al modo de los pájaros en la enramada y las flores en los prados!...; tiempos felices en los cuales la sociedad, ruda y sencilla, desconocía el parásito social, la letra de cambio, el sobretrabajo, y sobre todo ese sombrío terror de la miseria, de tantos crímenes e injusticias responsable...; en que la hormiga humana, contenta con el afán de cada día, no había inventado aún el arte imbécil de acaparar, fatigosa y dolorosamente, durante el verano de la vida, para morir en el agotamiento y en la enfermedad antes del invierno!...

Pero Julián no era de esos hombres que se abaten fácilmente. Templado para las grandes empresas, tenía inquebrantable fe en los milagros de la voluntad. Y así, la razón, momentáneamente turbada por la emoción, se enseñoreó luego de los dominios del sentimiento, y barrió implacablemente todas las imágenes deprimentes y melancólicas. Y el alentado mancebo, en un rapto de entusiasmo optimista, exclamó:

—Desechemos la melancolía, que es el heroísmo de los cobardes, y tomemos ejemplo de la Naturaleza. También ella tiene su Evangelio, predicado por flores e insectos, plantas y animales; solo que tan inatentos somos, que no nos paramos un solo instante a escuchar sus augustos y elocuentísimos preceptos. En ese incontrastable afán de los gérmenes por fundir dos existencias en el ardiente beso de la fecundación...; en ese perenne y recio batallar por la luz, el oxígeno y el alimento, ella nos dice que solo hay en el mundo dos realidades serias, transcendentes, dignas de preocupar a los espíritus fuertes: luchar para vivir y vivir para amar.

Luchemos, pues, con ánimo valeroso, y amemos con fortaleza, puesto que la Naturaleza, nuestra madre, así lo quiere...

Ensimismado con estos pensamientos, traspuso Julián insensiblemente el horizonte de la aldea, y llegó casi a la vista de Villaencumbrada. Al revolver de una apacible colina que avanzaba mar adentro, no lejos de pequeña y pintoresca ría, divisó una soberbia quinta, o más bien aristocrático palacio, levantado sobre alegre altozano. En las inmediaciones, y separados por extensos huertos y praderíos, mostrábanse diversas construcciones accesorias: casetas para los aperos, sidrería, hórreos y henares, estufas y umbráculos... en fin, todo cuanto un colono rico, amante del confort y de la abundancia, pudiera apetecer para crearse una existencia aislada, regalada e independiente. Por las inmediatas colinas se dilataban, en extensión interminable, labrantíos y praderas, pumaradas y castañares, dominios anejos a la lujosa quinta, según se echaba de ver por la línea de colosales eucaliptus que separaba la heredad de los vecinos predios.

Pero lo que más llamó su atención fue que tan lujoso palacio, con ser casi nuevo, parecía completamente abandonado: el orín de las cancelas, la hierba de las calles del jardín, el polvo de los cristales, muchos de ellos rotos, y el abandono de los árboles frutales, que crecían a su sabor invadiendo parásitamente avenidas y paseos, denotaban que en la finca no habitaba dueño, arrendatario ni conserje.

Picado en su curiosidad, y no viendo alma viviente por allí, se adelantó a un prado lejano, donde un aldeano se ocupaba en dallar hierba, y preguntó a éste por la causa de tan extraño abandono.

—¡Cómo! ¿no sabe usted nada? —contestó el labriego, con expresión de extrañeza—. Esa es la *Casa maldita*, así llamada porque cuantos en ella han habitado han muerto o enfermado gravemente antes del año. Muchos dicen que está embrujada, y que sus salones y pasillos crían manchas de sangre, y son recorridos continuamente por duendes y almas en pena... Añaden que por la noche las ventanas del torreón se iluminan con llamas rojizas y las campanas de la capilla doblan solas a muerto, como si manos invisibles tiraran de la cuerda...

—¡Pero esto es absurdo! ¡Cómo!... ¡Un cuento de aparecidos en pleno siglo XX! ¿Está usted en su juicio?...

—Señor, yo no sé si lo de las brujas es verdad, pero como vecino de estos contornos sí puedo asegurarle, pues lo he visto con mis ojos, una cosa muy extraña: Sepa su merced que la desgracia no persigue tan solo a las personas que en la casa se arriesgan a vivir, sino también a las vacas, carneros y caballos apacentados en sus praderíos; en cuanto prueba la hierba envenenada, todo ganado muere sin remedio. Y puedo decir también, que en los tiempos húmedos, las calles del jardín, llenas de musgo, se cubren de manchas rojas semejantes a la sangre, y que durante las tempestades, el arroyo nacido en la finca, viene teñido en rojo, como si en sus márgenes los malos espíritus hubieran reñido una batalla...

Intrigado por la estupenda historia que acababa de oír, demandó Julián más precisos y detallados informes a las gentes de los vecinos caseríos. Y contra lo que esperaba, las noticias recolectadas confirmaron substancialmente la narración del aldeano, y añadieron algunos datos preciosos, que fueron para nuestro protagonista un rayo de luz y de esperanza.

He aquí los antecedentes de la extraña *Casa maldita*: Fundóla, hacía diez o doce años, un hereje o protestante millonario, no se sabe si inglés o alemán, llegado de las Antillas —y probablemente enfermo de paludismo— en demanda de salud, al dulce y saludable clima de la costa Cantábrica; pero al año y medio de acabada la construcción, y cuando praderas y maizales comenzaban a rendir pingüe beneficio, murió repentinamente, y poco después dos de sus hijos. Aterrados la viuda y el resto de la familias, en la cual había también algún enfermo del extrañó mal, malvendieron la finca y emigraron del país. Compróla después un indiano opulento, asaz despreocupado, que sin hacer caso de fúnebres horóscopos, se propuso avalorarla[65], añadiéndola nuevas tierras y edificaciones, creando, en fin, una colonia agrícola y pecuaria modelo en su género; y cuando la sidrería recién instalada y la fábrica de quesos y mantecas y el abundante ganado y praderíos y frutares estaban en plena y lucrativa producción, estalló súbitamente temible epizootia[66], que despobló, casi enteramente, cuadras y majadas. Al poco tiempo, enfermaron y fenecieron el dueño y dos hijas. La desolada viuda, único superviviente de tan desdichada familias, huyó aterrorizada de la *Casa maldita*, la cual, a consecuencia de semejante catástrofe, no encontró durante tres años ni comprador ni arrendatario. Al fin, la citada viuda, deseosa de deshacerse a todo trance de tan peligroso

---

65 Avalorar: Aumentar el valor o la estimación de algo.

66 Epizootia: Enfermedad que acomete a una o varias especies de animales por una causa general y transitoria, y que equivale a la epidemia en el ser humano.

inmueble, cediólo, por la décima parte de su valor, a cierto librepensador impenitente, un *esprit fort* que se reía de trasgos y duendes, de aparecidos y *jettaturas*[67]; mas por su desgracia, la mala racha continuaba en todo su auge, y, al mes de instalarse, el valeroso escéptico perdió un hijo, y él mismo cayó gravemente enfermo. Superfluo es decir que salió escapado del funesto palacio, no sin retirar antes sus vacas y caballos diezmados por la epizootia. Desde entonces quedó completamente yerma y abandonada la espléndida posesión.

Según era de presumir, la superstición popular había bordado, sobre aquel fondo de trágicas realidades, sombrías y fatídicas leyendas. En sentir de los aldeanos ignorantes y fanáticos, aquella finca, fundada por un perro protestante, estaba maldecida de Dios, y servía de mansión a demonios y brujas, que celebraban en ella lúgubres ritos y danzas macabras. Ni faltaban viejas que juraban haber sorprendido más de una vez brillar, en las ventanas del torreón, luces siniestras; mientras que de las solitarias estancias del vacío palacio salían lastimeros gemidos y horrísonos[68] ruidos de cadenas...

No era mucho que la imaginación popular diera rienda suelta a los más inverosímiles consejas[69], cuando el cura mismo del pueblo de Rivalta, a cuya parroquia pertenecía la casa misteriosa, confirmaba tan disparatadas invenciones. Para Monsen Cándido, la causa de las desgracias ocurridas en *Casa maldita* era la có-

---

67 *Jettatura*: Mal de ojo en italiano.
68 Horrísono: Que causa horror o molestia por su sonido.
69 Conseja: Narración breve de tipo fantástico semejante al cuento y a la fábula.

lera divina, justamente irritada contra el pueblo, por haber consentido, so color de tolerancia de cultos, que un cismático[70] execrable, enemigo encarnizado de la Santa Madre Iglesia, fijara su residencia en la cristiana comarca y edificara, sin el menor respeto al venerado culto de la Virgen, palacio y capilla. En vano, el cirujano, hombre discreto y tolerante, así como algunas personas razonables, solían atajar los apasionamientos del párroco, recordándole que fueron víctimas de la *Casa maldita*, no solo los hombres (entre los cuales se contaban sinceros católicos), sino hasta las vacas y carneros; el cura no se declaraba vencido, antes bien cobraba nuevos bríos, citando aquellas tremendas conminaciones de Jehová a los hebreos:

«Mas la ciudad será anatema de Jehová, ella con *todas sus cosas* que están en ella... Y destruyeron todo lo que en la ciudad había, 12 mil, entre hombres, mujeres, mozos y viejos, hasta los bueyes, asnos y ovejas, a filo de espada... Dominó, pues, Josué todas las regiones de los llanos y montañas... y a todos sus reyes, sin quedar nada; *todo lo que tenía vida* mató, al modo que Jehová, Dios de Israel, lo había mandado...».

---

70 Cismático: Que es contrario a un dogma o doctrina. Hereje.

IV

El cielo vio abierto, como suele decirse, el animoso novio de Inés, al conocer minuciosamente los siniestros antecedentes de la *Casa maldita*.

¡Qué fortuna —se decía— si yo lograra hacerme dueño de esta posesión!

¡Ah! —pensaba— en esos bosques y praderíos abandonados, en ese palacio señorial habitado por murciélagos y búhos, está la reconquista de la riqueza y de la felicidad!

Presa de la mayor impaciencia, buscó, pues, Julián, sin pérdida de momento, a la dueña de la finca; hallóla, por suerte inmediatamente, en Villaencumbrada, y después de breve discusión y regateo, cerróse el trato en 15 000 pesetas. Hecha la escritura, a los pocos días tomó nuestro protagonista posesión de una heredad, que valía más de 70 000 duros, pero que, según dejamos dicho, no producía a su propietaria más que temores y remordimientos.

Al explorar, días después, los extensos y magníficos dominios de que había venido a ser legítimo señor, gracias al terror y a la ignorancia del pueblo, cogió en sus manos un puñado de tierra, y en un rapto de férvido entusiasmo exclamó:

—¡Pobres gentes! ¡Creen, ilusos, que tú eres la muerte, cuando en realidad eres vida y fortuna! Más aún: eres Inés, ¡la dicha codiciada, el ideal perseguido!...

Pero antes de proseguir, debo al lector una presentación de Julián. Lo pide el buen orden y claridad de esta historia, lo demandan imperiosamente sus nada vulgares méritos.

Si el lector se ha figurado que nuestro protagonista, por el hecho de haberse expatriado, pertenecía a la turbamulta de médicos adocenados, buenos no más, como los Artistas para la Habana, para ejercer en las tierras asoladas por el vómito y la disentería, se equivoca de medio a medio. Julián había sido en Madrid, donde hizo su carrera, un estudiante brillantísimo, acaparador incansable de premios y pensiones. Sus estudios salieron casi de balde a su familias, gracias a los alientos y facilidades que el talento desvalido, pero trabajador y formal, halla en la corte. Así pudo economizar a la madre, pobre y achacosa viuda de un cirujano asturiano, la exigua renta destinada a conllevar una ancianidad ya muy vecina. Acabada la carrera, trasladóse Julián a Rivalta, con la mira de establecerse en el Concejo y realizar el sueño de su vida, su casamiento con Inés; mas la ambición de D. Tomás, que, según dejamos dicho, codiciaba un yerno millonario, y el deseo de ahorrar, a la elegida de su corazón, sinsabores y contrariedades, le obligaron a emigrar.

Recomendado por algunos amigos suyos comerciantes afortunados en Méjico, se estableció en la ciudad de Moctezuma, donde, merced a su saber, ganó una plaza en la beneficencia pública, y llegó a ser, antes de los tres años, el médico a la moda, y una de las personas más influyentes y apreciadas en la población.

Lector incansable, observador concienzudo y cabeza moderna, no se contentaba con la mera exploración sintomatológica de los enfermos: afinaba más delicadamente la puntería diagnóstica y pronostica, para lo cual apelaba de continuo al microscopio y la química. Y así, contra el hábito secular de las razas meridionales, empeñadas en resolver con discursos todos los problemas de la vida, nuestro doctor instaló en su casa un magnífico laboratorio de análisis bacteriológicos, histológicos y químicos; reunió en la biblioteca las principales revistas científicas del mundo, y se entregó fervorosamente a profundas y luminosas investigaciones sobre la etiología de las enfermedades infecciosas de los países cálidos. Sazonados frutos de tan intensa labor fueron una cultura médica sólida y un prestigio científico tan alto e indiscutible, que nuestro doctor pasaba en Méjico como la suprema e inapelable autoridad en materias patológicas e higiénicas.

Voluntad firme y entendimiento claro y positivo, Julián vio desde el primer momento en el asunto de *Casa maldita* que las desgracias a que debía la abandonada finca su fúnebre celebridad eran simple consecuencia de condiciones naturales del terreno y del ambiente, fáciles de descartar con un poco de ciencia y buena voluntad. En cuanto a los trasgos y duendes, gemidos lastimeros y fulgores siniestros, y a toda la lúgubre leyenda demoniaca y espiritista construida en torno del hecho positivo de la insalubridad de la finca, no merecían siquiera serio examen; representaban tan solo alucinaciones de pusilánimes, histéricas y supersticiosos... los eternos e inconscientes fabricantes y fiadores de religiones y profetas.

V

Como una bomba cayó en el pueblo la decisión de Julián, consternando profundamente a la pobre Inés, que, en su imaginación turbada, veía ya a su novio amenazado de un naufragio más cruel que el pasado. Los amigos del mozo trataron inútilmente de disuadirle de lo que estimaban verdadero suicidio. Hasta el Sr. Tomás reprobó una conducta que aparecía cual desesperado reto a la fatalidad y aun como audaz desafío a la Providencia.

En la imposibilidad de hablar a Julián, la tierna Inés, inconsciente causa de tan atroz decisión, apresuróse a escribir al arriesgado mancebo, extremándole para disuadirle las seguridades de su pasión inquebrantable y la entereza invencible de su ánimo: «Por Dios, Julián — concluía la carta — no tientes al destino. Ten confianza en mí; yo te esperaré sin desmayos hasta que alboreen días mejores. Y, en último caso, acuérdate de que soy mayor de edad y dueña de mi voluntad. Jamás ansié, bien lo sabes, riquezas ni vanidades: me bastas tú. Y aunque me precio de buena hija, ten presente que por tu felicidad, que es la mía, me siento capaz de afrontar hasta la indignación de mis queridos padres. En fin, si en algo estimas mi sosiego, no habites la *Casa maldita* ni penetres en sus maléficos dominios».

No fue perezoso Julián en contestar a su atribulada novia. De esta importante epístola, impregnada en apasionado perfume, y sugestionadora por el acento de verdad que en ella reinaba, transcribiremos únicamente algunos párrafos que interesarán a los lectores, así por su sabor científico, como por esclarecer puntos obscuros de la presente historia.

«Persuádete (de ello poseo pruebas irrecusables) de que los dueños o colonos de la *Casa maldita* fueron inocentes víctimas, los unos de intermitentes perniciosas, los otros de fiebre tifoidea. Mi amigo, el cirujano del pueblo, que asistió a varios de los enfermos, me ha relatado los síntomas y confirmado mi diagnóstico.

» Ahora bien, de mis estudios sobre el terreno, resulta que, del trágico fin de los palúdicos, son responsables unas charcas próximas a la ría, vivero de ciertos mosquitos, los terribles *Anopheles claviger*, cuyas picaduras inoculan en la sangre el parásito de la malaria. Puesto que el paludismo es rarísimo en estos climas, tengo por sumamente verosímil que el foco de infección, puramente local, aquí creado fue importado por la familias inglesa recién llegada de las Antillas, y fundadora, como sabes, de *Casa maldita*.

» En tiempos poco alejados de nosotros, el mecanismo de semejante importación constituía impenetrable misterio; pero hoy, merced a los trabajos de Ross, y sobre todo de Grassi y demás ilustres sabios de la escuela italiana, se sabe que un palúdico arribado a una comarca salubre puede infectar los mosquitos de la localidad, dando ocasión, por consiguiente, supuestas condiciones favorables del medio cósmico (existencia de charcas persistentes, abundancia de *Anopheles*, calor suficiente, etc.), a la formación de un foco malárico perenne.

» Por lo que toca a la epidemia tífica, no hay duda que fue provocada asimismo por condiciones del terreno. Entre las aguas de estos lugares, analizadas bacteriológicamente por mí, existe una fuente artificial (de que hacían uso casi exclusivo los colonos de la posesión), en donde se contienen el terrible bacilo tifoso, el *bacilliis coli communis* y otros microbios de menos importancia. De todos ellos puedo presentarte cultivos sumamente demostrativos. La menciona da fuente trae su caudal por atanores[71] de un arroyuelo que, durante la época de las lluvias, recoge las inmundicias de los pueblos de la sierra, y se impurifica por tanto con toda suerte de bacterias patógenas.

» ¿Y el ganado, dirás, murió también de paludismo, o de fiebre tifoidea? No; las vacas, caballos y carneros sucumbieron a los efectos de la *bacera* o *mal del bazo*, afección contraída por haber pastado en un prado contaminado, en donde, según informes recogidos, fueron en otro tiempo enterradas caballerías muertas de la referida epizootia. Ensayada la tierra superficial de dicho prado en los conejos, han perecido éstos con los

---

71 Atanor: es un arabismo que en castellano significa cañería de agua, especialmente la construida de tubos de barro cocido, cada uno de los cuales es un atanor.

síntomas más característicos del mal del bazo o fiebre carbuncal.

» Ya sabes, pues, las condiciones determinantes, puramente físicas, de las desgracias ocurridas en *Casa maldita*. En ellas no han tomado parte Dios ni el diablo, sino el microbio, un demonio invisible bastante más real y peligroso que todos los entes maléficos inventados por la ingenua ignorancia y supersticioso terror de los humanos.

» Conocidas las causas, descartados los efectos; y por fortuna, dichas causas son fáciles de remover sin grandes dispendios, gracias a la feliz disposición del terreno y a los recursos inagotables de la ciencia. Según cálculos que estimo seguros, el saneamiento perfecto de la finca será obra de tres meses de labor y de unas tres mil pesetas de costo. Y la empresa vale la pena.

» Ten por indudable que cuando yo haya purgado Villa-Inés (así pienso llamarla en adelante) de los monstruos microscópicos que la convirtieron en una especie de infierno dantesco, el inmueble y las tierras, tasadas muy por lo bajo, valdrán 100 000 duros; con los cuales, y con el apoyo vivificador de tu cariño, espero desarrugar el ceño de tus padres y enternecer sus adustos corazones.

» Y las brujas y gnomos, fatídicos habitadores, según el vulgo, de estas misteriosas estancias, cuando no huyan cual deslumbrados búhos ante el refulgente sol de la ciencia, se disiparán al mágico conjuro de un hada que tú conoces y yo reservo para reina de tan poéticos lugares».

Es condición de la enamorada creer ciegamente en la superioridad intelectual del amante, y hallar una lógica irrebatible en los argumentos halagadores del amoroso deseo. De acuerdo con esta ley psicológica bien conocida, Inés, que no era fanática ni mojigata, cobró alentadora confianza en la ciencia y prudencia de Julián; aunque, a decir verdad, tan alto no rayaba su fe que desechara en absoluto todo sentimiento de inquietud y de zozobra. En la balanza de su razón, el platillo de la superstición religiosa, del culto a lo maravilloso, estaba tan poco sobrecargado, que bastaba el contrapeso de un argumento lógico y comprensible para que el fiel se inclinase del lado de la verdad. Pero, desgraciadamente, la balanza del juicio se apoya en el corazón, cuyos sacudimientos emocionales hacen oscilar los platillos, pareciendo en ciertos momentos como que el de la superstición alcanza la victoria.

En uno de estos instantes en que los turbios sedimentos de la tradición religiosa, removidos por el sentimiento, flotan en la conciencia y anublan y señorean la voluntad, Inés, recelando mil desdichas, volvió a escribir a su amante, a quien, entre otras cosas, decía:

«Todo lo que aseguras será cierto; lo creo y debo creerlo. Eres sabio y fío en tu ciencia. Pero, ¿y si antes de acabar con los invisibles enemigos que te rodean y atisban tienes un descuido y enfermas? ¡Me sobrecojo de terror al considerar que pudieras caer en la lucha y permanecer en tu sombría vivienda solo y abandonado de Dios y de los hombres! Sanea la finca, enhorabuena; pon en práctica cuantas previsoras medidas tu buen juicio te sugiera; pero, ¡por cuanto más ames en el mundo, no duermas en la *Casa maldita*... Solamente con esta condición disiparás algo el angustioso sobresalto en que me haces vivir...

»Me das a entender que los microbios de hoy son los diablos de ayer. Pero, ¿acaso no gobierna Dios a los microbios? ¿Estás bien seguro de que, en las catástrofes de *Casa maldita*, esos gérmenes, tan visibles para su Creador cuanto invisibles para nosotros, no fueron los ministros de la Providencia? Tú eres bueno, sin duda; pero créeme, viviría yo mucho más tranquila si consintieses en iluminar tu claro entendimiento y hermoso corazón en la pura y redentora llama de la fe».

VI

Cabalmente el tiempo y la estación favorecieron los planes de Julián. Una sequía pertinaz, desusada en aquellas montañas, permitió activar los trabajos de saneamiento, que se continuaron sin contratiempo durante los meses de verano. Asistido de una brigada de trabajadores gallegos y castellanos (los del país se negaron a trabajar en la finca), comenzó por abrir cauce a las charcas pantanosas vecinas de la ría; desenterró y quemó las osamentas de las reses muertas del mal del bazo, chamuscando además la capa superficial de la pradera infectada, donde hormigueaban los esporos del *bacillus anthracis*. En los remansos del arroyo, así como en las exiguas charcas que resistieron al avenamiento, derramó petróleo y otras substancias antisépticas, con que acabó con las nacientes larvas del *Anopheles claviger*, el insidioso mosquito portador del *plasmodium malaria*. El raudal de una fuente que brotaba en el hontanar[72] de próxima colina, y cuyas aguas, admirablemente potables y exentas de microbios según demostró el análisis, se desparramaban sin utilidad por la ladera, fue conducido por tubería de hierro hasta un depósito del jardín donde, a más de alimentar una fontana decorativa y elegante, dio movimiento a artística girándula[73].

Más tarde, el nuevo dueño limpió las estancias del palacio; instaló un laboratorio bacteriológico en el torreón; reparó los rotos cristales de ventanas, estufas y marquesinas; atajó goteras; amuebló con modestia, pero con gusto, algunas habitaciones; compró algunas vacas y caballos, que pastaron ávidamente en aquellos matorrales y terrenos vírgenes de dalla[74] y arado; podó las pumaradas y puso, en fin, en cultivo las tierras de labor. Con los mohos y verdines se desvanecieron para siempre las famosas manchas de sangre, que resultaron ser, conforme Julián había previsto, colonias del *micrococcus prodigiossus*, bacteria inofensiva productora de cierto principio colorante rojo claro, a cuyo cargo corren, por ermitas y santuarios, infinitos y estupendos milagros.

---

72 Hontanar: Sitio en que nacen fuentes o manantiales.
73 Girándula: Dispositivo giratorio que se coloca en fuentes o surtidores para arrojar el agua.
74 Dalla: (En Aragón y Navarra) Guadaña.

Entretanto el pueblo de Rivalta se hacía cruces de la audacia de Julián, y ardía en curiosidad de llegar al final de tan peligrosa aventura.

El cura estaba consternado. Los más pavorosos vaticinios se hacían en las casas de beatos y neos. Por el contrario, los escasos y desperdigados liberales del lugar, y la cabeza de ellos, el cirujano, apostaban resueltamente por la salud de Julián, constituyéndose en entusiastas heraldos de su buena fortuna. Gracias sobre todo a la incansable actividad y optimismo de D. José —así se llamaba el cirujano— tranquilizáronse un tanto los amigos y parientes del arriscado Julián, y señaladamente la tierna Inés, cuyo ánimo, enervado por sorda lucha entablada en el hogar, estaba harto necesitado de alientos y esperanzas. De este modo transcurrió todo el verano, durante el cual nuestro héroe trabajó sin punto de reposo en la conquista e higienización de los extensos predios de Villa-Inés. Y las gentes vieron con asombro que ni Julián enfermaba —antes bien engordaba y se fortalecía con la vida de aire libre y la continua ocupación— ni sufrían accidentes y contratiempos obre- ros y ganados.

Con todo eso, los supersticiosos creyentes en brujas y diablos no se dieron por vencidos, ni pusieron en duda la proximidad e inexorabilidad de la catástrofe, profetizándola unos para la caída de la hoja, otros para las postrimerías del año. Y trascurrieron el Septiembre y el Octubre, meses palúdicos por excelencia en otras comarcas, y los colonos ¡sanos que sanos! y el ganado ¡gordo que gordo! De fiebre tifoidea ni asomos. Llegó el invierno con su inevitable cortejo de nieblas, temporales y escarchas; laváronse las tierras; limpiáronse los arroyos de gérmenes e inmundicias, y desaparecieron de regatos y marismas hasta los cadáveres de los mosquitos. En condiciones tales, recelar de la salubridad de Villa-Inés hubiera sido el colmo de la pusilanimidad. No dudó, pues, Julián un momento, después de tranquilizar a su novia, en instalarse definitivamente en el palacio, donde ocupó varios departamentos orientados al Mediodía, y con esplendidas vistas al mar. Mas como la emoción del pueblo continuaba aún, y nadie se prestaba de buen grado a asistirle de criado, se vio en la necesidad, durante aquel invierno, de aceptar los servicios domésticos y cocineriles de cierto peón gallego, a quien por haber sido asistente y ranchero, se le alcanzaba algo en achaques de comistrajos[75] y aseo de ropa y calzado. Sin embargo, más adelante, entrada ya la primavera, tuvo la fortuna de ajustar, en concepto de cocinera y doncella, a una anciana forastera, sorda como una tapia, y la cual, por razón de este defecto físico, ignoraba la fúnebre leyenda de la casa.

Así trascurrió apaciblemente el primer año. Bajo el aspecto económico, la próxima añada se presentaba mejor aún que la anterior. En vista de que los tristes augurios no se cumplían y los asuntos de Julián marchaban viento en popa, acudieron trabajadores de los vecinos pueblos. Merced a este refuerzo, pudo aquél extender el área de los cultivos, segar completamente los prados, recoger las manzanas y el maíz, y acrecentar

---

75 Comistrajos: (despectivo) Comida mal hecha o extravagante

en fin sus vacadas, que se multiplicaban que era una bendición.

Puso, además, en explotación algunas industrias auxiliares, tales como la fabricación de queso y sidra y la molienda de granos, para lo que habilitó una azuda y molino arruinados, y aun llegó a planear, dejando su realización para más adelante, magnífica fábrica de luz eléctrica movida con turbina.

VII

Inaugurábase bajo los mejores auspicios el tercer año de explotación de la magnífica colonia agrícola y pecuaria, cuando un accidente casual sufrido por Julián renovó temerosos augurios y llenó de jactancia y satisfacción profesional a los Calcas de sacristía. Y fue que, al recorrer los montes anejos a la posesión, el potro fogoso y asustadizo montado por aquél, se encabritó súbitamente, despidiendo con ímpetu al descuidado jinete, que resultó con fractura de la clavícula y algunas contusiones. Renqueando trabajosamente, recogióse el asendereado y maltrecho caballero a Villa-Inés, donde, después de explorado el sitio del mal, pudo cerciorarse que se trataba de una fractura sin complicaciones.

A toda prisa fue llamado el cirujano D. José, quien redujo hábilmente la ruptura y aplicó el adecuado vendaje contentivo. Y el enfermo, que ardía en deseos de proseguir los trabajos agrícolas, se vio obligado a rigurosa quietud durante un mes.

La cosa nada tenía de particular; mas tan vulgar y ordinario percance bastó, sin embargo, para que se desataran las lenguas de las comadres de Rivalta, se abultaran los hechos y se lanzaran a los cuatro vientos pavorosos horóscopos. Y, según es de presumir, la desfigurada noticia del suceso llegó a oídos de Inés, la cual, creyendo poco menos que moribundo a su amante, fue presa de la mayor desolación. Por fortuna, los informes de D. José y una carta tranquilizadora de Julián trajeron la calma y el consuelo al ánimo de la acongojada doncella, aunque no fueran poderosos a disipar enteramente inquietantes cavilaciones y sobresaltos.

Apenábale, sobre todo, la triste situación del enfermo, huérfano de maternal ternura, a merced de torpes y mercenarias manos, solitario en sombrío e imponente caserón, en donde por fuerza habían de faltarle esas exquisitas y cariñosas atenciones de que únicamente las esposas y las madres son capaces. ¡Ah!, si tiranías del qué dirán no se lo estorbaran, ¡con qué piadoso entusiasmo volara ella al lado del elegido de su corazón, constituyéndose en voluntaria y abnegada enfermera!...

Así transcurrieron quince días, que a la pobre Inés, desfalleciente de impaciencia, parecieron siglos, pues durante estas dos mortales semanas no recibió noticias de su novio ni pudo hablar con D. José, ausente por entonces de Rivalta. Punzante y atormentadora ansiedad la consumía... Y por su mente, donde renacían antiguas y borrosas preocupaciones, cruzaban, cual obscuras aves de mal agüero, pensamientos tristes y visiones trágicas.

—¿Habrá recaído en su dolencia? —se decía—. ¿Me confesaron él y D. José toda la verdad? ¿Habrá sobrevenido imprevista y grave complicación? ¿Qué es de él? Yo quiero saberlo... yo debo saberlo y lo sabré...

Pagando tributo al inmoderado afán de originalidad que a todos nos trastorna, debiera yo callar aquí una resolución generosa y abnegada de nuestra heroína, resolución mil veces atribuida por poetas y noveladores a los sendos protagonistas de sus fábulas; mas los fueros de la verdad, superiores a toda preocupación literaria, me obligan a referir sin velos el suceso; y más tratándose de un arranque pasional susceptible de sublimar y enaltecer la figura moral de la simpática y apasionada Inés.

Consignemos, pues, sin más preámbulos, que, transcurridos que fueron veinte días sin recibir noticias del hombre adorado, la animosa doncella, que había agotado las lágrimas y la paciencia, rompiendo con vanos escrúpulos, cierta noche abandonó sigilosamente el paterno solar. Vaciló un instante al trasponer temblorosa el dintel de la casa; pero sacando fuerzas del inagotable depósito de su pasión, se lanzó resueltamente a la calle, saliendo del pueblo por la puerta del mar, punto de partida del camino de Villaencumbrada. Minutos después, a la dudosa claridad de la luna, abandonaba la carretera y se aventuraba animosamente por angostos senderos, sombreados por gigantescos castaños; y en fin, habiendo llegado cerca de la solitaria residencia del amado, tuvo energía para imponer silencio, en un supremo arranque, a los tempestuosos latidos de su corazón, y llamar valerosamente a la cancela de Villa-Inés. A pesar de lo avanzado de la noche (sería la una de la madrugada), vio luz en las habitaciones de su novio y aun le pareció divisar a éste al través de las vidrieras... Oyóse en seguida rechinar de puertas y el fatigoso y jadeante paso de la vieja camarera, la cual, después de abrir la verja y de colmar a la visitante de exquisitas atenciones, la condujo *incontinenti* al gabinete de trabajo de Julián, a la sazón despierto y al parecer abstraído en hondas especulaciones científicas... ; pero en realidad aguardando a Inés, de quien conocía la ardorosa impaciencia, y presumía la inminente visita...

El picarillo de Julián, estremecido de júbilo, lleno de salud y robustez, y con el brazo todavía en cabestrillo, adelantóse a recibir a su idolatrada Inés, quien, al ver a su novio tan rozagante y alborozado, casi se desvaneció por el exceso de la alegría.

Estaba en aquel momento soberanamente hermosa.

Con su vestido claro y vaporoso, cuyos pliegues contaban, discreta y recatadamente, las espléndidas y arrebatadoras curvas de la estatua; con su rostro arrebolado por la emoción, el dorado cabello en artístico desorden, el talle cimbreante y el andar majestuoso, semejaba sobrenatural aparición, el numen del amor que venía a traer, al solitario y doliente enamorado, la salud y la ventura...

—¿De veras estás bien, Julián? —exclamó Inés con trémulo acento.

—Mejor que nunca; puesto que tengo la dicha de verte. —¡Ah!... ¡qué gran peso me quitas del corazón!

—¡Ingrato!... ¿por qué no me escribías? ¡Qué días más amargos me has hecho pasar!... Sabía que eras enérgico, dominador, obstinado... ¡pero ignoraba que eras también cruel!...

—Inés de mi alma, perdóname la cándida estratagema. Ansiaba contemplarte de cerca, poner a prueba tu cariño...; averiguar hasta qué punto este amor, para mí más precioso que la vida, sabría sobreponerse a los frívolos convencionalismos sociales, a las vulgares e insulsas cortapisas[76] impuestas a la mujer por eso que se llama buena educación... Quería, ¡egoísta de mí! ofrecer a mi sensibilidad sobreexcitada por la clausura la regalada fiesta de contemplar tu belleza, destacada sobre el misterioso fondo de la noche, e iluminando la sombría soledad de mi retiro, que desde hoy quedará impregnado de tu aliento y perfumado y ennoblecido por tu espíritu...

—Te perdono... —repuso Inés, transfigurada por la alegría y mirando a su novio con dulcísimo embeleso—; pero, ¡por Dios, no apeles más a recursos tan poco piadosos!... Me he escapado de casa aprovechando el profundo sueño de mis padres y debo regresar antes del amanecer... ¡Qué terrores me agitaban durante el arriesgado viaje! A cada paso creía tropezar con gentes conocidas, o, lo que es peor, con esos pavorosos espectros habitadores, al decir de las gentes, de esta

---

76 Cortapisa: Obstáculo o contratiempo para la realización de una cosa.

malhadada[77] mansión. Solamente la invencible codicia de verte me ha podido prestar alientos para llegar hasta aquí...

—¡Inés mía!... Calma tu emoción y siéntate a mi lado... No te inquiete el regreso...; yo mismo te acompañaré hasta el pueblo antes del amanecer... Ni temas que este paseo altere mi salud: estoy casi curado y no me hace daño el relente[78].

Y el tierno dúo de amor continuó en crescendo... Un doble y cruzado surtidor de ideas y sentimientos remansados por la ausencia y oprimidos por la distancia puso en comunicación — mejor dicho— en sublime conjugación, sus almas, sedientas de cariño. Relatar menudamente las efusiones de nuestros amantes sería empresa superior a nuestras fuerzas. El diccionario de la emoción es más pobre que el de las ideas. Faltan símbolos para los innumerables ritmos, espasmos y aleteos de músculos, entrañas y de nervios; faltan, sobre todo, para narrar debidamente los íntimos estremecimientos de las células nerviosas, las cuales, al recibir las vibraciones brotadas en los ojos del amante, centellean de inspiración cual bandada de marinos y fosforescentes Noctilucos sacudidos por la potente hélice del navío.

Ciertamente, en los libros místicos, en esos admirables tratados de Fray Luís de Granada, de Santa Teresa y San Juan de la Cruz, hallaríamos una gama del lenguaje sentimental, si no completo y fiel, lo bastante rico para

---

77 Malhadado: Que sufre una desgracia o tiene mala suerte. Desventurado.

78 Relente: Humedad atmosférica propia de las noches serenas.

traducir los sublimes y sobrehumanos arrobos de la carne exaltada por el amor; mas ¡ah! por desgracia, ese idioma de fuego, único digno de la pasión de nuestros héroes, excede del poder de nuestra inexperta y desmayada pluma. Y así, pues somos médicos, aunque modestos, séanos permitido usar aquí (por ser el único que conocemos algo), el desvaído e incoloro estilo de las descripciones fisiológicas.

Hecho notorio es que la retórica del amor obedece a una progresión emocional y expresiva que va desde la mera alegación verbal, con tendencias sugestivas, hasta la insuperable y soberana elocuencia del gesto y del contacto.

Obedeciendo inconscientemente a esta ley, comenzaron su plática los amantes, repitiéndose mil veces cuan grande, íntima y perdurable era su respectiva pasión. Pero no tardaron en sentir la insuficiencia expresiva de la palabra humana, de esa vibración sutil portadora de símbolos abstractos, buenos tan solo para evocar lo más grosero y material del sentimiento y de la idea; aguijados, pues, por un impulso dialéctico incontrastable, renunciaron a la palabra y apelaron a los magnéticos efluvios de la mirada, y sobre todo al violento y apasionado contacto de las manos. En este lenguaje táctil, que el hombre comparte con el insecto y los seres más próximos al estado de naturaleza, hallaron ya superior elocuencia; las sacudidas intermitentes de los músculos graduaban bien la creciente vehemencia de los sentidos; y con el vehículo del calor comunicado, sintieron penetrar hasta el fondo de sus entrañas efluvios íntimos, auras embriagadoras...

Pero a su vez agotóse la eficacia expresiva del contacto. El recio epidermis de las manos alejaba todavía demasiado las almas. Imponíase urgentemente un contacto más íntimo, un verdadero engranaje nervioso, al través de cutículas de extrema diafanidad y delgadez. Por momentos cundía la ansiedad y el desasosiego orgánicos. En aquel enajenamiento de la carne exasperada de amor había algo así como ebulliciones de protoplasma fecundo, clamores sordos de células vírgenes de actividad, impulsos centrífugos irresistibles... Diríase que todas las unidades vivientes, ciegamente atraídas por sus homónimas contrasexuadas, pugnaban por acercarse a flor de piel, asomarse a ojos y oídos, y saltar, en fin, enloquecidas y frenéticas, el abismo del espacio, para fundirse en ósculo eternal con sus hermanas. Y en medio de aquel tumulto celular, todavía sobresalía el clamor de las enardecidas fibras cardíacas, que aceleraban vertiginosamente su ritmo y golpeaban con inusitada furia la jaula de carne y hueso, como si anhelasen hacer nido común en el caliente pecho del amante.

Hasta el cerebro mismo, tan morigerado[79] de suyo, azotaba impaciente las sienes; y sin duda habría descargado en una explosión suprema toda su electricidad acumulada, si las austeras y subyugadoras imágenes de la virtud y del honor no pusieran freno a pecaminosos arranques.

Poco después, la tensión y el malestar orgánicos aumentaron aún, y el ansía infinita de explicarse llegó

---

79 Morigerado: Bien criado, de buenas costumbres.

al paroxismo. Hubo entonces tregua salvadora, calma augusta y solemne, durante la cual los inquilinos de la colmena viviente, persuadidos de la imposibilidad de abrazar personalmente a sus homónimos de allende el aire, delegaron prudentemente en las células labiales el cumplimiento del amoroso y colectivo deseo. Por fin, el cerebro, fiel servidor de la comunidad, vistos los antecedentes y leyes para casos análogos establecidas, ordenó a los músculos fisionómicos la ejecución del acuerdo salvador...

Sumisas y obedientes, acercáronse las células labiales respectivas..., y de repente sonó en la estancia un beso magnífico y rotundo... beso fragoroso como el rayo, y como el rayo pacificador de contrapuestas amenazadores energías...

Al frenesí del amor sucedió en seguida una calma suave, dulcísima, inefable. ¡Era que las almas y los cuerpos se habían explicado al fin! Y la demostración decisiva, irrefragable, había sido dada en una dialéctica absolutamente persuasiva, en la del tacto, el lenguaje universal e infalible de la vida. Porque solo la presión y el contacto ponen en mutua presencia las substancias, trayéndonos con el íntimo engranaje de los nervios el verdadero tono del sentimiento y las calientes y hondas palpitaciones de la carne...

Y ahora, no sin cierto escrúpulo, vamos a referir un episodio inopinado, que de seguro producirá estupefacción en el lector.

En el instante mismo en que el augusto silencio de la noche fue brutalmente turbado por aquel ósculo fragoroso, épico, síntesis de todos los besos celulares, un relámpago deslumbrador y violáceo rasgó súbitamente el ambiente de la estancia, envolvió en cárdenos destellos a la gentil pareja, y, saliendo por las entreabiertas ventanas, iluminó, con pálidos y misteriosos reflejos, bosques, caseríos y montañas.

Terror trágico sacudió los nervios de la pobre Inés, cuyos grandes ojos abiertos contemplaban atónitos los de Julián; mientras que éste, sin inmutarse en lo más mínimo, seguía cubriendo de ardientes besos las adorables manos de su amada...

—¡Qué es esto!... —exclamó la aterrada doncella, sintiendo en sus espaldas el soplo de lo sobrenatural.

—No te asustes, ¡hija mía! —se apresuró a contestar Julián, un poco arrepentido de la broma.

— Ese poderoso resplandor no es la llama del infierno, sino la antorcha de la ciencia... Perdóname la sorpresa y no me guardes rencor, porque mi loca fantasía haya osado profanar el solemne momento de la efusión de nuestros corazones con una inocente fotografía a la luz del magnesio.

Y volviendo a estampar apasionado beso en los pálidos labios de Inés, que salía gradualmente de su enajenamiento, continuó:

—¿No sabes que soy algo fotógrafo? Al aproximar a mis codiciosos labios tu hechicero rostro, encendido por la emoción, aparecías tan divina, tan radiante de pasión y de hermosura, que no he podido resistir a la tentación de copiar una escena de ternura y felicidad, que será, andando el tiempo, el embeleso de mi memoria y el consuelo de mi vejez. Si algún día llegara a penetrar en mi alma la ola fría del pesimismo, la contemplación de este retrato me serviría de confortativo moral y me reconciliaría con la humanidad y la vida[80].

—¡Dios mío, qué cosas tienes! Y lo peor es — añadió Inés con acento de indulgente ironía— que todavía debo agradecerte el susto. ¡Me parece tan delicadamente galante y espiritual tu capricho fotográfico!...

—Ven, hija mía —repuso Julián—, al gabinete rojo... Revelaremos el cliché... y conocerás el soberano placer de asistir a un verdadero acto de creación..., a la formación de un ser que se dibuja progresivamente en el caos de la gelatina, como debió surgir el primer hombre bajo el sublime *Fiax lux* del Criador.

Y cogiendo de la mano a la ya sosegada doncella, la condujo al gabinete rojo, donde dispusieron los baños necesarios para el desarrollo de la imagen.

Mientras nuestros simpáticos amantes desenvuelven la virginal película de bromuro argéntico (*honny soit qui mal y pense*[81]), permítase al autor un paréntesis lírico-biológico.

---

80 N.d.A: Para atajar la extrañeza del lector lego en materias fotográficas, consignaremos que el objetivo, de antemano preparado y abierto, enfocaba el lugar de la escena, y que Julián puso en conflagración la pólvora magnésica a favor de una corriente eléctrica.

81 Esa frase es el lema de la Orden de la Jarretera, viene del francés antiguo y su traducción aproximada es: "Que la vergüenza caiga sobre aquel que piense mal de ello".
Puede ser interpretada como 'Es un atrevido el que tiene un pensamiento sucio de esto', o 'Debería avergonzarse, aquel que sospeche una motivación ilícita'
Según la tradición, esta frase fue pronunciada por el rey Eduardo III de Inglaterra cuando estaba bailando con la Condesa de Salisbury. La

¡Oh, madre Naturaleza, creadora de la vida, a la que empujas, con la suavísima palanca del amor, hacia playas remotas y desconocidas! ¡Cuan calumniada eres! ¡Los que hacen profesión de admirarte y cifran su dicha en contar las innumerables estrellas que tachonan tu manto y en escrutar los misteriosos e invisibles hilos que entretejen tu cuerpo, no pueden menos de caer a tus plantas rendidos de férvido entusiasmo, anonadados por tu profunda sabiduría!... ¡Cuán ciegos e injustos son aquellos que, sin haber tendido una mirada al conjunto armónico de tu obra, te motejan de cruel, porque has puesto, al término de flaca y trémula ancianidad, el sueño de la muerte! No imaginan que, gracias a la fugacidad de la existencia individual, prosperan las especies, varían sus tipos y se promueve el progreso.

Siendo irrealizable quimera la beatitud absoluta —porque vivir es ansiar..., apetecer algo que está fuera del sujeto, y resulta indispensable para la renovación de la materia y la forma—, fuiste tan piadosa que compensaste el hambre con la hartura, el dolor con el olvido y la muerte con el amor...

Seguro estoy de que si tu poder no fuera limitado, si la inercia de la materia y leyes cósmicas ineluctables no hubieran atajado tus píos designios, habrías otorgado generosamente a la vida el divino don de la inmortalidad. ¡Sin duda un hado infausto esterilizó

---

liga de la condesa se deslizó hasta su tobillo, ante lo cual aquellos que la rodeaban se sonrieron ante la humillación de la condesa. En un acto de caballerosidad Eduardo se colocó la liga alrededor de la pierna, diciendo "Honi soit qui mal y pense", y posteriormente la frase se convirtió en el lema de la Orden.

tus paternales anhelos! Mas en justo desquite y para vengarte del adverso destino, nos concediste el amor..., perfume de la vida, garantía de la perdurabilidad de las especies, iris de paz y de concordia entre los hombres...

Mas como el amor, a despecho de tu infinita bondad, representa la delicada flor de un día, meteoro fugaz que fulgura un instante en el cénit de la forma y de la fuerza, tú has sabido hacer tolerable el resto de la vida, hermoseando la adolescencia con la dulce esperanza de amar y ennobleciendo la vejez con el recuerdo de haber amado...

Al crear el amor, ¡oh alma Naturaleza!, has justificado nuestra existencia y nos has consolado de la muerte.

¡Qué digo! ¡Solo mueren los que no aman! *Non omnis moriar*. En su rigurosa contienda con las implacables fuerzas destructivas, nuestro piadoso demiurgo[82] salvó la inmortalidad de los gérmenes, que nos fue otorgada como precioso gaje del amor[83].

---

82 Demiurgo: En la filosofía platónica, el artífice o constructor del mundo. Es el principio que introduce el orden en la materia. Tomando como modelo a las Ideas, organiza y configura la materia. Según los gnósticos, alma universal, principio activo del mundo.

83 N.d.A.: Doy por supuesto que mis lectores conocen la doctrina vulgar de la inmortalidad potencial de las células gérmenes o seminales por oposición al carácter perecedero de las células somáticas o formadoras del resto del cuerpo, así como las ideas de Weissmann, Hertwig acerca de la preexistencia en el núcleo del óvulo, bajo arreglos físico-químicos todavía desconocidos, de representaciones' completas o incompletas de la serie de antepasados. Merced a esta teoría explícase tanto el parecido de los hijos a los padres, como el atavismo, o sea la reproducción de tipos morfológicos que vivieron en remotas edades.

¡Pobres egoístas! ¡Cuán triste suerte os aguarda! Estirpe caduca de un pasado sin porvenir, el destino os reserva absoluto aniquilamiento. ¡Condenados están vuestros despojos a errar perdurablemente, cual fragmentos de un astro extinguido, por las eternas tinieblas de la inconsciencia!

Desechemos, pues, sombríos pesimismos. Y amemos el amor, porque amar es persistir, vencer la tiranía del tiempo, salvar de la nada, con la porción imperecedera de nuestro ser, algo que no nos pertenece: la herencia sagrada de millones de vidas extinguidas, el germen fecundo de futuras y acaso mejores humanidades...

Amar... es algo más grande y augusto que poseer una hembra...; es entrar en comunión espiritual con toda una raza. En las entrañas de la mujer viven y palpitan, con ansia de resurrección, millones de antepasados que parecen saludarnos e implorar nuestra ayuda desde los remotos confines de la historia.

Rito funerario es el amor.

Acerquémonos, pues, a la amada como a un templo sagrado... y recibamos sus besos con el íntimo recogimiento y fervorosa unción con que elevamos a Dios nuestras plegarias... Consideremos que en los ojos de la mujer nos miran temblando las almas de los muertos...

¡Loor al amor que ennoblece y vivifica! ¡Hosanna[84] a la pía Naturaleza que nos otorga, siquiera sea por un momento, el soberano don de crear y resucitar!

---

84 Hosanna: (religión) Exclamación de júbilo en la liturgia católica.

VIII

Al día siguiente reinaba profunda emoción en Rivalta. Unas pescadoras que regresaban al pueblo muy de madrugada, de vuelta de la venta de sardina en Villaencumbrada y aldeas inmediatas, vieron, suspensas y asombradas, al pasar cerca de Villa-Inés, una llamarada terrible que inundó de fuego las habitaciones del palacio e iluminó con siniestros reflejos el mar, colinas y maizales. Simultáneamente, retumbó pavoroso trueno, y pareció esparcirse por la atmósfera punzante olor de azufre, el favorito aroma de los diablos...

Mudas de estupor las aldeanas, suspendieron su caminata, esperando sin duda que *Casa maldita*, sacudida por legiones de demonios, estallara en pedazos y a sus temerarios habitantes sepultara. Y el terror llegó al paroxismo cuando del torreón del palacio vieron salir una luz roja como la brasa, y divisaron minutos después dos ensabanadas fantasmas que, trasponiendo recatadamente la verja del jardín, se internaron a buen paso en los intrincados senderos del vecino castañar.

La noticia del espantable episodio corrió rápidamente por el pueblo, y fue durante un mes la comidilla obligada de comadres y desocupados. Hiciéronse los más encontrados y disparatados comentarios.

Prevaleció, sin embargo, la opinión de que los días de Julián estaban contados, a menos que el imprudente mozo tuviera hecho pacto con el demonio..., que todo podía esperarse de la ambición desaporada y de la ausencia de religión.

El cura, sobre todo, bañábase en agua de rosas al ver confirmados, en parte, sus lúgubres vaticinios. Aquellas señales fatídicas anunciaban sin duda la próxima catástrofe, el truculento castigo que la Providencia reservaba al escéptico audaz que osó desafiar la justa cólera celeste...

En casa de Inés la alarma y preocupación fueron muy hondas.

—¿Lo ves, hija mía? —decíale a Inés su candorosa y supersticiosa madre—. ¡Y tú que pensabas que la ciencia y la previsión de Julián habían conjurado el peligro! No; el señor cura tiene razón; en aquella funesta casa reina el ángel de las tinieblas, y todo el que la habite o tenga trato con sus inquilinos acabará de mala muerte.

Mas por esta vez las fúnebres leyendas de brujas y aparecidos no inquietaron en lo más mínimo a la hermosa doncella. Ella sabía bien a qué atenerse...

Pero, con ser general la preocupación, en ninguna parte se comentó con más calor y se discutió con más vehemencia el misterioso suceso que en la rebotica[85] de Rivalta.

Formaban allí amena y pacífica tertulia casi todas las noches: D. José el cirujano, Alían Kardec el espiritista,

---

85 Rebotica: Habitación que está detrás de la principal de una botica, y que le sirve de desahogo.

Ramascón, viejo capitán de navío y distinguido naturalista, dos americanos ricachones, D. Timoteo el carlistón y algunos dueños de fábricas de pescado en conserva.

Referiremos puntualmente parte de la empeñada polémica entablada por aquellos días entre Allan Kardec, D. Timoteo, D. José y Ramascón.

—Allan Kardec (así llamado por apodo, según costumbre asturiana): En verdad les digo que están ustedes muy atrasados de noticias en achaque de manifestaciones de los espíritus. Sepan ustedes que hombres de ciencia tan ilustres y prestigiosos como William Crookes, el descubridor del *talio*[86]; Wallace, el émulo de Darwin y coautor del principio de la selección natural; los astrónomos famosos Flammarion y Zoellner; el bacteriólogo P. Gibier, y hasta el mismísimo materialista Lombroso, han confirmado, a favor de rigurosos procederes experimentales, la existencia de fuerzas sobrenaturales, así como la maravillosa propiedad que ciertas personas llamadas médiums poseen de provocar, con el concurso del alma de los muertos, levitaciones, aportes, transes, apariciones de personas fallecidas o ausentes, desencarnaciones momentáneas, posesiones, adivinaciones y predicciones estupendas...

» Y en lo concerniente al suceso que nos ocupa, no es lícita la menor duda. Precisamente ayer un ínclito

---

86 Talio: Elemento químico de número atómico 81, masa atómica 204,37 y símbolo Tl ; es un metal sólido, de color gris azulado cuando se lo expone a la acción de la atmósfera, brillante, blando y maleable, que se encuentra combinado en las piritas, la blenda de cinc y hematites; se usa especialmente en la fabricación de insecticidas.

varón, el espíritu del ilustre Jovellanos, invocado por un médium escribiente y parlante de nuestro Círculo, nos dio todas las necesarias explicaciones... Sepan ustedes que *Casa maldita* fue y es asilo favorito de una falange de espíritus antiguamente desencarnados, reforzada quizás por algunas almas pertenecientes a las personas en la quinta fallecidas... A las manifestaciones físicas de todos estos difuntos, entre quienes dominan sin duda sujetos de la más baja ralea moral, se deben los ruidos siniestros, las luces misteriosas, las apariciones de fantasmas y de sombras espectrales, que se disipan como vapor y atraviesan sin obstáculos paredes y techumbres...

—D. José: ¡Nada! ¡Que Villa-Inés es una sucursal del infierno, y que son con nosotros, a pesar de cinco siglos de civilización y de estupendos progresos, todos los terrores, preocupaciones y sombrías leyendas de la Edad Media! ¡Qué delirios!

—Allan Kardec: Yo le probaré a usted que la intervención de los espíritus constituye hecho real...

—Ramascón (con acento de zumba): ¡Por Dios Allan, déjese de duendes y de cuentos tártaros!... Falta todavía que ustedes los espiritualistas nos prueben la existencia del alma... Desengáñense: los espíritus se van... La ciencia ha demostrado hace tiempo que eso que ustedes llaman alma no es sino una reacción química complicada de los *proteidos*, y que la muerte representa simplemente la definitiva cesación de tal reacción. Solo a los salvajes se les ocurre explorar el ánima del fusil después del disparo, para ver si hay un genio dentro...

—Alían Kardec (interrumpiendo): ¡Muchas gracias!

—En otros tiempos —prosiguió Ramascón—, los naturalistas creían que los movimientos electivos con que los infusorios[87] buscan y devoran la presa eran dirigidos por un alma; ahora dichas reacciones motrices, aparentemente intencionales, se refieren a meros efectos de la *quimiotaxis*[88] y variaciones de la tensión superficial del protoplasma... Lo mismo sucederá, créanlo ustedes, con la psique del hombre...

—Alían Kardec: Ramascón, ¿olvida usted que el hombre no es un infusorio?

—Ramascón: ¿Qué más da infusorio que colonia de infusorios?

—Alian: Es que...

—D. José (interrumpiendo): Dejemos esto y volvamos al caso. Quería decir que, aun admitiendo la teoría espiritista, no se esclarecen suficientemente los fenómenos de Villa-Inés, puesto que para que pudieran realizarse haría falta un médium poderoso, excepcionalísimo, médium de materializaciones, a la manera de los David Home, Katy King, y, en nuestros días, Mr. Schlade y la famosa Eusapia Paladino, la famosa pécora napolitana tan maltratada por los sabios. Ahora bien, ¿cuál es el médium permanente de Villa-Inés?

—Alían Kardec: La cosa es clara...; el médium poderoso, aunque inconsciente, es el mismo Julián. A

---

87 Infusorio: (Biología) Célula o microorganismo que tiene cilios para su locomoción en un líquido.

88 Quimotaxis: Reacción de orientación de los organismos celulares libres como respuesta a un estímulo químico.

expensas de sus grandes energías nerviosas se nutren y materializan espíritus inferiores nostálgicos de los placeres de la carne, y ansiosos de comunicarse con los vivos; para lograr lo cual roban a Julián el fluido durante la noche y se entregan a toda clase de toques de atención, desde el ruido y moscardoneo del duende *frappeur* hasta los más vistosos y sorprendentes fenómenos de aportes y materializaciones. Por cierto, que todo ello acabaría rápidamente si el inquilino de Villa-Inés se resolviera a entrar en franca y leal correspondencia con los habitantes de ultratumba, y llamara en su ayuda, contra la caterva maleante de espíritus burlones, a algunas almas esclarecidas y de superior jerarquía moral...

—D. José: ¡Cuánto desvarío!... ¿Quién le ha dicho a usted que Julián es médium? Y aunque lo fuera sin saberlo, ¿para qué diablos habían de entretenerse los espíritus en golpear puertas, jugar a los fantasmas y hacer fuegos artificiales en casa de un hombre que ni cree en aparecidos, ni les ha de hacer nunca el menor caso?

—Alían Kardec: Vayamos por partes, D. José. En primer término ha de saber usted que los muertos, por no haber abandonado su vestidura material, dejan de ser hombres, con sus vicios y pasiones, sus excelencias y frivolidades; y así, hay espíritus buenos que nos consuelan en las tribulaciones, nos alientan en el áspero camino del deber, nos prestan inspiración y energía para triunfar en el palenque del trabajo o de la obra científica y literaria; y hay espíritus malos, aviesos, frívolos, que se complacen mortificándonos o sugestionándonos sensuales apetitos y pecaminosos y bajos pensamientos.

» Ni debe extrañar que los muertos deseen comunicarse con los vivos, pues el acto de la desencarnación no rompió, antes bien estrechó sublimándolos y espiritualizándolos, esos lazos de amor e interés que ligan la humanidad pasada a la presente.

» En segundo lugar, no niego el escepticismo de Julián; tan no lo niego, que encuentro precisamente en su obstinado materialismo, en su audaz y franco descarte del orden sobrenatural, la causa del persistente llamamiento de los espíritus.

» Tengo para mí que el sabio doctor, a pesar de su decantada ciencia, languidece de una amarga dolencia desconocida de nuestros mayores: el temor melancólico de la muerte, la indefinible y penetrante tristeza causada por la certeza del no ser. Esa desilusión de reyes desterrados, de dioses caídos...; ese vago e infinito malestar que se acrecienta en la soledad de la vejez y en la proximidad del terrible desenlace... no han pasado desapercibidos para los espíritus nobles y escogidos evocados en Villa-Inés (entre quienes se cuentan los fallecidos padres de Julián); los cuales, ardiendo en bondadosa piedad hacia la pobre criatura extraviada, han resuelto iluminar su razón con las sublimes verdades de ultratumba..., con las alentadoras y vivificantes doctrinas de la inmortalidad del espíritu y de la pluralidad de mundos y existencias.

—D. José: Está usted elocuente, verdaderamente sugestivo... ¡Lástima grande que no sea verdad tanta belleza!

»Sin discutir el fondo de la doctrina espiritista, pues sobre ella hemos hablado hartas veces; sin recordar una vez más que los hermosos temas literarios y los buenos y honrados deseos no fueron jamás demostraciones filosóficas, me dispensará usted le haga notar que cuantos fenómenos sorprendentes han acaecido en Villa-Inés, inclusos los más recientes, se explican perfectamente por causas absolutamente naturales. Tengan ustedes por seguro, y esto lo sé por testimonio del propio Julián, que los fuegos fatuos de las pasadas noches, así como el temeroso ruido que tanto asustó a las pescadoras, no fue sino el efecto, visible a lo lejos, del relámpago magnésico, de que el dueño de Villa-Inés, un poco caprichoso y raro en sus cosas, se sirve de costumbre para tomar fotografías en el interior de su laboratorio... En cuanto a la siniestra llama roja del torreón, que las gentes tomaron por resplandor del infierno, era la luz rubí de la linterna usada habitualmente por los fotógrafos para alumbrar el cuarto obscuro durante la revelación de las placas...

»Por lo que hace a las antiguas desgracias, harto estoy de repetir que obedecieron a condiciones naturales, algunas pasajeras y todas modificables. Los ingleses, importadores del paludismo, fallecieron de sus resultas; otros colonos murieron o enfermaron de fiebre tifoidea; el ganado sucumbió al mal del bazo y a la viruela.

»En cuanto a ruidos, luces, fantasmas, duendes, etcétera, todo ello representa la obra alucinatoria del terror supersticioso y de la insana creencia en la inmortalidad del espíritu...

—Ramascón (con sorna, al ver un poco cortado al espiritista): Paréceme, D. Allan, que se ha quedado usted un poco *esférico*; a semejanza del *amibo* cloroformizado que retrae sus pseudo-podos y suspende sus gesticulaciones.

—Alían Kardec (pensándolo un poco y cambiando de táctica): ¡No sea usted zumbón, que la cosa es muy seria!... Pues iba a exponer que... si las manifestaciones de Villa-Inés constituyeran milagros únicos y sin precedentes en los anales de lo maravilloso, yo mismo convendría con ustedes en buscar su explicación en leyes puramente naturales. Mas es el caso que sucesos análogos vienen narrados, con las mayores garantías de exactitud, en los tratados modernos de espiritismo. Lean ustedes, por ejemplo, lo que se cuenta sobre el origen de esta grandiosa y redentora religión, creada, en 1847, por la familias Fox de Hydesville (América del Norte); entérense ustedes además de los prodigios operados por Home y Katy King en el laboratorio del Dr. W. Crookes; de las estupendas experiencias de Asakow, Zollner y P. Gibier... y atrévase usted después a poner en duda el carácter sobrenatural de algunos de los episodios desarrollados en *Casa maldita*.

—D. José: ¡Soberbio argumento!... Según la peregrina lógica de usted, porque en ciertos casos se cometiera el error de atribuir a los habitantes del otro mundo alucinaciones, supercherías y fraudes de vivos (¡y tan vivos!), estamos obligados a incurrir en la misma disparatada interpretación cuantas veces se nos presenten fenómenos análogos. ¡Por vida de!... ¿No es mucho más natural y conforme a razón pensar precisamente lo contrario? Puesto que en el caso particular que nos ocupa, ustedes los espiritistas han errado, ¿no resulta infinitamente probable que haya errado también, en ocasiones semejantes, esa caterva de sabios ilustres; los cuales tengo para mí que, fuera de la ciencia especial en que ilustraron sus nombres, son tan capaces de alucinarse y meter la pata como cualquier hijo de vecino?

—Ramascón: ¡Y que lo diga usted, D. José! A propósito de errores de sabios, recuerdo que, hallándome en Londres hace algunos años, pude ver en un teatro, ejecutados por hábiles ilusionistas, todos los estupendos fenómenos espectrales contados por Crookes. De quien supe, hablando del caso con fisiólogos y naturalistas, que, en su ingenuo espiritualismo, había sido engañado por una cáfila[89] de embaucadores.

Olvidamos demasiado que el sabio, adaptación cerebral enérgica y exclusiva a una particular especie de trabajo mental, suele ser un niño para todo lo demás...

—D. Timoteo: Con la venía de ustedes voy a echar mi cuarto a espadas en la discusión. En mi concepto, y sin prejuzgar el carácter de los hechos, resulta indiscutible que Villa-Inés ha sido teatro, al menos en otras épocas, de manifestaciones sobrenaturales. Los ruidos y gemidos percibidos por infinitas personas; las manchas sangrientas de paredes y avenidas, que yo mismo he tenido ocasión de observar; el espontáneo doblar de la campana, y, en fin, las funestas e incomprensibles desgracias ocurridas en la finca (desgracias tanto más

---

89 Cáfila: Conjunto o multitud de gentes, animales o cosas, especialmente las que están en movimiento y van unas tras otras.

extrañas cuanto que hirieron exclusivamente a los habitantes del maléfico lugar), no se comprenden bien sino apelando al concurso de inteligencias invisibles.

» Mas, con permiso de ustedes, declaro que ambas teorías, la física y la espiritista, se me antojan absurdas e inaceptables.

» Insuficiente e inadmisible me parece la hipótesis física, porque, al pie de la letra tomada y erigida, según hacen los materialistas, en criterio de exégesis bíblica y en principio de crítica histórica, implicaría la negación de los milagros y de todos los numerosos casos (registrados por las Sagradas Escrituras y apologías de los santos), de comunicación entre los hombres e inteligencias superiores tales como: Jehová, los arcángeles y ángeles, los serafines y, en fin, los demonios, incansables tentadores de la raza humana e inventores de toda suerte de cultos supersticiosos. Ahora bien; precisamente sobre tales hechos de inspiración divina o angélica, de milagrosas apariciones celestes, hasta de posesiones demoniacas, atestiguados por muchedumbres fervorosas, aunque indoctas, están basados la autoridad de los libros santos y el grandioso edificio de nuestra sacrosanta religión...

» Por infundada tengo también la hipótesis espiritista, que peca además contra aquel sano apotegma de lógica tan conocido: «No multipliques los entes sin necesidad». Porque, venga usted acá, amigo Allan: poseyendo como poseemos tan rica jerarquía de criaturas espirituales susceptibles de influir en la conducta de los humanos; estando hasta la saciedad probado que Satanás y otros espíritus maléficos pueden por permisión divina sugerir malos pensamientos, atormentar y aun penetrar en el cuerpo de las mujeres, a quienes prestan el don de lenguas, fuerzas sobrenaturales y virtud de obrar extraordinarios milagros, ¿para qué diantres necesita usted de las almas de los difuntos, ni de médiums y periespíritus, ni de todas esas estrafalarias concepciones de la metempsicosis y de la pluralidad de los mundos?

—Allan Kardec: Poco a poco, D. Timoteo; ¿quién le ha dicho a usted que los fenómenos espiritistas son obra del demonio?

—D. Timoteo: Me lo diría la razón, si antes no me lo hubiera revelado la Iglesia.

—Alían Kardec: Pues salvando todos los respetos, afirmo que la Iglesia se equivoca de medio a medio... Mil razones hay en pro de la interpretación espiritista de los fenómenos de posesión, aparición, movimientos de mesas y aportes de toda clase. Una de ellas es el testimonio mismo de los espíritus evocados, los cuales se declaran a menudo parientes o amigos de los presentes, y exponen detalles de su vida carnal, que, por ser de la familias solamente conocidos, garantizan en absoluto su identidad.

» Otra es que en sus escritos y comunicaciones orales revelan estrictamente el carácter, las pasiones y hasta las ignorancias y preocupaciones de los humanos, cuyo talento y saber jamás sobrepujaron.

» Y en fin, la más decisiva, a mi entender, consiste en la elevadísima y altruista doctrina moral contenida en las referidas manifestaciones, la cual no es sino la proclamada en el Evangelio, bien que depurada de algunos errores y bajas supersticiones con que el barro humano afeó y bastardeó las sublimes máximas de Jesús. ¡Ah! si usted tuviera la paciencia y la tolerancia de asistir a nuestras reuniones familiares, y oyera a nuestros médiums parlantes y posesivos defender elocuentemente la unidad y sabiduría de Dios; inculcar calurosamente la caridad y amor al prójimo; sublimar y ennoblecer la humildad y la pureza del corazón, y proclamar muy alto el dogma de la expiación y remuneración, graduales y ultraterrestres, de nuestras acciones..., dudo mucho que usted, con toda su altiva y ferviente ortodoxia, osara atribuir al espíritu satánico tan excelsas y consoladoras doctrinas!

—D. Timoteo: ¿Pues no había de atreverme? ¡No, que el diablo es tan tonto que, de primera intención, les va a presentar a ustedes la cédula de vecindad y a confesar ingenuamente sus fines inicuos! *Latet anguis in herba*[90]... Justamente en esos alardes de pseudocristianismo...; en ese culto, hipócritamente fervoroso, a la divinidad; en ese modo solapado y sutil con que, a título de acatar y cumplir las más puras y elevadas máximas evangélicas, introducen ustedes en el dogma proposiciones a todas luces heréticas..., descubro yo la negra garra de Satanás...

—Ramascón: ¿Se me permite una atrocidad?

—D. José: Dígala sin empacho, que siendo de usted, nadie la echará a mala parte.

---

90 Frase en latín que significa *La serpiente late entre la hierba*: aviso para los confiados; el peligro, el mal, puede aparecer en cualquier parte, preferentemente en los lugares en apariencia bellos

—Ramascón: Bueno...; pues iba a decir que si las almas desencarnadas conservan las ignorancias, pasiones y defectos propios de los vivos, el más lerdo deducirá que los autores de ruidos, comunicaciones escritas y orales, fenómenos de posesión, etc.., no son otros que los mismos médiums alucinados y autosugestionados. ¡Paréceme que a los espiritistas les pasa lo que a esos perros que se ponen a ladrar delante de un espejo, sin caer en la cuenta de que se ladran a sí mismos!...

—Alían Kardec (un poco amostazado): ¡Qué cosas tiene usted!...

—D. Timoteo: Pues, bromas aparte —y reanudando el hilo de la conversación— permítanme que explane mi parecer sobre la moral relativa de deístas, espiritistas y filósofos.

» En mi humilde sentir, un tal renacimiento de espiritualidad y de virtudes cristianas en el seno de sociedades, ha tiempo apartadas de la comunión de la Iglesia, no es obra de la filosofía ni imposición de la experiencia, sino eco lejano de la verdad religiosa, vibrante todavía en nuestras almas, a pesar de siglo y medio de escepticismo y de crítica demoledora. Sin duda, el hálito helador de la ciencia y de la libre especulación filosófica enfrió el volcán de la fe; mas la solfatara[91] permanece en actividad: ese humear constante del semiobstruído cráter; esas grietas que remueven perpetuamente el terreno; esa ansia inacabable de misterios que os persigue, ¿qué son sino claras señales

---

91 Solfatara: En los terrenos volcánicos, abertura por donde salen, a diversos intervalos, vapores sulfurosos.

de que la erupción se avecina y que la llama de la fe, más esplendida que nunca, coronará bien pronto la cima de la conciencia humana?

—D. José: Bien por D. Timoteo... Y lo más triste es ¡que tiene usted razón!... El germen de la inmortalidad del alma, inoculado en la humanidad siglos hace, rebrota sin cesar en nuestra mente, a despecho de las reiteradas podas de la crítica y de los expurgos implacables de la ciencia experimental...

—Ramascón: Sí; ¡es verdad!... La idea del alma es un parásito tenaz que nos hace desgraciados. ¡Ah!, y si fuera siquiera un microbio inofensivo o huésped simbiótico!... Porque sabéis bien que en la Naturaleza existen asociaciones simbióticas utilísimas, por ejemplo: la tan conocida de las algas y líquenes, o las establecidas entre la hidra y sus *cloroblastos*, o entre las raíces de las leguminosas y los bacilos nitrogenantes (*bacilliis radicóla*); mas, por desgracia, el bacilo espiritual, como los demás microbios o entes incubados por la metafísica, gozan de poderosa toxicidad y son buenos solamente para sus hábiles y aprovechados cultivadores...

» Y eso que el microbio psíquico, a la manera del *bacilliis anthracis* cultivado a la luz, se ha atenuado mucho bajo la influencia del sol de la ciencia... Hubo un tiempo en que sus ptomaínas[92] enloquecieron a

---

92 Ptomaínas: Sustancia originada en los cadáveres en putrefacción por la degradación bacteriana de las proteínas. Algunas tomaínas son venenosas, aunque la mayoría son inofensivas. El término tomaína se aplicaba antiguamente a todos los venenos nitrogenados, incluyendo alcaloides y toxinas. El término *envenenamiento por tomaína* se usa erróneamente para indicar una enfermedad que es producida (según se ha descubierto) por toxinas bacterianas.

la humanidad, produciendo en el orden intelectual la alucinación metafísica, y en el moral las temibles guerras religiosas y las iniquidades de la Inquisición... Pero aún es de temer la regresión a la antigua virulencia; todavía, en momentos de fatiga y desaliento, nos escarabajea dolorosamente en la conciencia, evocando visiones trágicas, sumiéndonos en sombríos terrores, y paralizando el arado en el surco y el microscopio en el laboratorio... ¡Ah! si estuviera en mi mano, bien pronto cortaría yo la infección barriendo implacablemente de las aulas a los embaucadores; imitando a Ptolomeo Filadelfo[93], de quien se cuenta que prohibió en sus estados, por perturbadora y perniciosa, la enseñanza de la inmortalidad del espíritu, doctrina inventada, al decir de Cicerón, por cierto desocupado... un tal Fereces de Siria..., a cuya perdurable memoria todas las confesiones religiosas del mundo debieran erigir colosal pirámide fabricada con las osamentas y cenizas de las innumerables víctimas de la fe, desde Ifigenia hasta Servet.

—D. Timoteo: ¡Cuántos errores y apasionamientos!

—D. José: Yo no voy tan lejos cómo Ramascón... Estimo una lamentable equivocación la creencia en agentes sobrenaturales; convengo en que la humanidad ha sido muchas veces adormecida y envenenada por el dogma; pero un sentimiento de caridad y de tolerancia

---

93 Ptolomeo Filadelfo: fue el segundo faraón de la dinastía ptolemaica; gobernó en Egipto de 285 a 246 a. C. Ptolomeo fue un rey melancólico, poco diestro en la guerra (al contrario que su padre) pero muy hábil diplomático, amante e impulsor de las ciencias y las artes; coleccionó manuscritos, pinturas y animales exóticos.

superior a los dictados de mi razón me impiden llegar a radicalismos de acción y a prohibiciones por lo general contraproducentes.

» Aunque en este coro de intolerancias disuene mi voz, pienso y he pensado siempre que la ilusión y el error son tan respetables como la verdad; y creo, con Lange, que el misticismo y el ensueño son frutos cerebrales tan naturales y legítimos cual puedan serlo la ciencia y el arte. Lejos de mí la tentación criminal de arrancar al hombre los mitos piadosos y alentadoras leyendas, en las cuales encuentra beleño para el dolor, fortaleza y constancia para el trabajo, resignación y valor ante la muerte. Antes, al contrario, si de mí dependiera, encerraría en las bibliotecas (para uso exclusivo de las cabezas fuertes y de los entendimientos cultivados) todos los libros filosóficos y críticos capaces de apartar a las gentes sencillas del divino Jesús, del insuperable maestro de moral, como afirma Renán... Porque veo con dolor que está muy lejos aún el día glorioso en que la razón, emancipada de la revelación y del sentimiento, apague exclusivamente su sed devoradora de luz y de verdad en los raudales puros e inexhaustos de la ciencia.

» ¡Sí!... El Universo, a pesar de las grandiosas conquistas de la astronomía, de la geología, de la química y de la biología, continúa siendo un enigma impenetrable. Y mientras el tenebroso arcano no se esclarezca; mientras la biología, ciencia de las ciencias, iluminando el obscuro problema de la herencia y evolución del protoplasma, no descarte de la raza humana la deformidad, la debilidad y la degeneración; mientras la psicología y la fisiología experimentales no acierten a dirigir las tendencias instintivas, poniendo freno a deseos irrealizables, apagando malsanos misticismos, creando, en fin, amor y resignación a la muerte, las religiones positivas subsistirán y avasallarán las conciencias porque satisfacen inextinguibles apetitos, atávicos y primitivos quizás, pero naturales e imperativos en la mayoría de los hombres.

—Ramascón: ¡Buen paladín del progreso está usted! ¡Según eso debemos cruzarnos de brazos...; dejar que la ola negra del fanatismo ahogue la razón y arrolle la ciencia...; abandonar nuestros hijos en la tenebrosa caverna de la fe para que salgan de allí, como el *Proteus anguinis*, sin ojos y sin entendimiento e inútiles, por tanto, para las vibrantes y por cada día, más rigurosas contiendas de la vida!

» También soy yo tolerante, pero con los tolerantes. También proclamo el derecho a la tontería, mas a condición de salvar el derecho a la verdad. Y la Iglesia odia la verdad y reivindica y reivindicará siempre para sí el odioso privilegio de deformar y entontecer los cerebros de nuestros hijos al objeto de que no puedan descubrirla...

» Esa cobarde resignación pregonada por usted no la encuentro en ninguna parte. Miro a la Naturaleza y no veo piedad, sino lucha encarnizada. Alta o baja, intelectual o vegetativa, la vida tolera únicamente los comensales y parásitos inofensivos; contra el enemigo macroscópico o microscópico guerrea sin cuartel. ¿Por ventura, el hombre, suma y compendio de todo lo grande, pero más aún de todo lo pequeño, es decir, de las insidias, estratagemas y egoísmos del mundo vivo, perdona alguna vez? La vida es la muerte, ha dicho Cl. Bernard. Toda idea que surge en la conciencia y aspira a vivir intensamente se ve obligada a destruir. Mata el que cree, no por el gusto de matar, sino por dar vida y gloria a lo creído.

» Raspad un poco en la corteza del creyente y aparecerá el salvaje; arañad algo más y surgirá el tigre; en fin, llegad al tuétano y se mostrará el terrible *Sphex*[94], que paraliza los ganglios de la presa entregándola inerme, viva y palpitante, durante meses, a la voracidad de la prole.

» ¡No, D. José; está usted equivocado! Tolerar es morir... Matar es vencer... es progresar; que la "exquisita flor de la civilización, como el microbio de la gripe, solo prospera en terreno abonado con sangre. ¡Guerra, pues, al *Sphex* clerical! ¡Abajo los conventos, vivero de los Trypanosomas[95] causantes del mal del sueño de que sucumbe la enervada juventud española!

D. Timoteo (interrumpiendo): ¡Jesús, qué atrocidades! ¡Es usted un energúmeno!

---

94 N.d.A.: Alude a un himenóptero (fam. Fossoria), el Sphex flavipennis, el cual, a semejanza de otras especies de su familias, asegura la vida de sus larvas cazando para ellas diversas orugas e insectos adultos a quienes envenena y paraliza, clavándoles el aguijón en los ganglios nerviosos.
95 N.d.A.: Protozoario flagelado que habita la sangre y líquido, céfalo-raquídeo de los negros del África Central y Occidental, provocando en ellos la mortífera enfermedad del sueño. La especie aludida es el *Trypanosoma Castellani*.

—Alían Kardec: Es usted un inquisidor de la otra banda... de la banda laica, ¡mil veces más terrible que la religiosa!

—D. José (con aire reposado y tranquilo): ¡Ramascón!... ¡Bien se ha despachado usted! ¡A la legua se conoce al viejo marino!... ¡Lleva usted en el alma la bravura y la inexorabilidad del mar! Pero el navío de la fe es todavía demasiado fuerte y está bien gobernado...

» La intolerancia con los poderosos, más que coraje se llama inocencia y torpeza. Usted, que gusta de tomar ejemplos en el campo de la zoología, debiera inspirarse no en los arrestos y gallardías del león, sino en la admirable paciencia del galápago o en los salvadores alardes del puerco espín.

» Con lo cual no pretendo decir que la ciencia, ínterin alborea el día de su reinado, deba cruzarse de brazos. Antes bien imagino que tiene una gran misión que cumplir. Consiste en sembrar convicción de flaqueza para recoger fruto de tolerancia, es decir, en demostrar la imperfección y fragilidad del cerebro humano, dócil a toda clase de sugestiones; en inculcar que el hombre no es un ángel caído y degradado, sino un simio regenerado y ennoblecido que aspira a ser ángel y desea perder los colmillos de la crueldad y las uñas del fanatismo; en ensanchar constantemente la esfera de lo conocido a expensas de lo ignoto, región tenebrosa donde todas las teogonías[96] levantan sus cielos y alzan sus dioses; en reivindicar para la razón los dominios de la moral y de la filosofía, patentizando con el ejemplo que la virtud es

---

96 Teogonía: Doctrina mitológica sobre el origen de los dioses.

fruto exquisito de un espíritu equilibrado y culto, y no privilegio de ninguna secta religiosa; en extirpar suave y gradualmente (previa cloroformización si es preciso) la espina del dogmatismo, y finalmente en *humanizar a los hombres*, según definen los chinos la educación.

» Labor larga, inacabable, diréis... Cierto que será larga pero no tanto como se cree. Por mil señales adivino la próxima secularización de las conciencias, y temo que las religiones positivas se eclipsen en el corazón de los pueblos antes que la ciencia, suficientemente adelantada, pueda ventajosamente sustituirlas.

—D. Timoteo (con acento de indignación): ¡Eso no!... ¡La nave de la fe podrá ser combatida por vientos contrarios, agitada por el oleaje de la impiedad y de la herejía, pero al fin arribará gloriosamente y sin averías al ansiado puerto! Dios nos ha anunciado en el Apocalipsis: «llegarán tiempos en que la tierra será un solo rebaño y tendrá un solo pastor». La Iglesia es imperecedera porque es la obra de Dios, y contra la voluntad divina se estrellarán siempre la maldad de los hombres y las malas artes del demonio.

—D. José: Y sin embargo, a pesar de tan consoladoras profecías, la religión se debilita, y todo anuncia que está próxima a morir... Y cuando llegue su hora no la matará, como afirma Zola, el libro de texto del bachillerato, denunciador de las ignorancias y errores de la Biblia relativos al mecanismo del mundo y de la vida. La matará la experiencia individual de los hombres, mil veces más demoledora que los libros científicos y las críticas despiadadas de Voltaire, Straus y Renán; la cual nos muestra en toda su desconsoladora desnudez la imperfección, la injusticia y la impasibilidad reinando en la Naturaleza. La destruirá sobre todo esa desdeñada biología que, a la chita callando y sin vociferaciones sectarias, ha suprimido el demonio, convertido los milagros en alucinaciones, descubierto la neurosis de la santidad y del misticismo, y está en camino, cuando acabe de roturar las ignotas tierras cerebrales, de fijar todas las condiciones fisicoquímicas de la emoción y del pensamiento, del ensueño y del error, del sentimiento antropomórfico y del incurable espejismo de lo absoluto.

» Pero no hablemos del porvenir y atengámonos al presente. Y la obra actual debe ser labor de ilustración y tolerancia. El que todo lo comprende, todo lo perdona, ha dicho, creo que Víctor Hugo. Comprendamos, pues, para perdonar, y perdonemos para amar...

—El Boticario: ¡Señores!... Es ya tarde... y hemos disparatado bastante. Retirémonos...

Y desfilaron tristemente los polemistas, llevándose cada cual íntegro su credo, y las manos a la cabeza para disiparla intensa cefalea...; porque, pese a nuestra excelsa naturaleza espiritual, el discurrir da dolor... Al siguiente día volvieron, como si tal cosa, el médico a sus enfermos, el espiritista a sus besugos (era fabricante de conservas), Ramascón a sus algas e infusorios, y D. Timoteo a sus pleitos. Y nadie se acordó de sus odios, ni volvió a preocuparse de la existencia del alma, Dios sabe en cuánto tiempo.

Desgraciadamente para la causa de la verdad, el homo sapiens solo filosofa a ratos perdidos. Demasiado bajo todavía en la escala de la intelectualidad, y harto dominado por los reflejismos del estómago, en su cerebro el pensamiento es ave de paso, huésped molesto que viene a interrumpir el trabajoso acarreo del interés o de la codicia.

IX

Así transcurrieron algunos años más. Poco a poco las preocupaciones y recelos de las gentes con relación a Villa-Inés fueron disipándose. La realidad se impuso. Hasta aquellas personas cuya ignorancia y prejuicios les impedían ver claro, comenzaron a dudar de los fúnebres horóscopos, al contemplar a Julián de cada día más fuerte, animoso y emprendedor y rodeado de un enjambre bullidor de criados, pastores y jornaleros.

La prosperidad, de nuestro protagonista iba en aumento, como si sobre sus fincas hubiera caído la bendición del cielo. De año en año ensanchábanse los trojes para contener las crecientes cosechas, y los corrales y majadas para albergar los prolíficos rebaños. Medíanse el maíz, el centeno, el trigo y las habichuelas por miles de fanegas[97]. En los prados, era un gozo ver triscar[98]

---

97 Fanegas: Medida agraria que, según el marco de Castilla, equivale a 55,5 litros, pero es muy variable según las diversas regiones de España.

98 Triscar: Enredar, mezclar algo con otra cosa.

centenares de tiernos recentales[99] y corretear bulliciosamente potros y terneras. Durante el buen tiempo, la vieja sidrería, henchida de anchurosos[100] toneles, así como la aneja[101] esplanada reservada, según añeja costumbre de la tierra, al juego de los bolos, eran el punto de cita de todos los bebedores de la comarca. Ellos fueron los primeros que tomaron a broma los fatídicos augurios, no acertando a creer que el diablo hiciera de las suyas en una heredad[102] que criaba la mejor sidra del país.

El fruto de las enseñanzas de Julián no tardó en trascender de los límites de su hacienda. En vista de los brillantes resultados logrados por éste en materia de saneamiento y de industria pecuaria, aquella parte más avisada y culta de la población aldeana juntó su modesto capital y aunó sus esfuerzos, para encauzar y purificar aguas potables, montar aceñas y molinos eléctricos, higienizar marismas[103] y combatir epizootias[104] y enfermedades de las plantas.

Para cuyas regeneradoras campañas, Julián, apóstol abnegado de la ciencia, ofrecía generosamente su

---

99 Recental: Dicho de un cordero o de un ternero: Que mama o que no ha pastado todavía.

100 Anchuroso: Muy ancho o espacioso.

101 Anejo: Que tiene una relación de proximidad y dependencia respecto a algo.

102 Heredad: (agricultura) Parte de terreno cultivado perteneciente a un mismo dueño.

103 Marisma: Zona baja, llana o suavemente ondulada, que es invadida por el agua del mar o de los ríos, formada por arenas o limos.

104 Epizootía: Enfermedad o epidemia que afecta a una o más especies animales en una misma zona geográfica.

consejo y daba toda suerte de facilidades. Sus enseñanzas eran teórico-prácticas. Comenzaba por resumir del modo más llano, claro y gráfico posible, el estado de la cuestión científica, y llevaba después a los discípulos —rústicos lugareños en su mayoría— al laboratorio, donde les enseñaba el funcionamiento y manipulación de los aparatos higiénicos, les revelaba al microscopio los terribles parásitos del hombre, ganados y plantas, y les mostraba prácticamente los medios de reconocer, cultivar, destruir y prevenir gérmenes morbosos tan funestos.

Hermosos frutos de tan alto civismo fueron la salud y la prosperidad de toda la comarca. Desaparecieron del país la fiebre tifoidea, el paludismo, la bacera del ganado, así como la glosopeda, el mal rojo de los cerdos, etc. Allí donde la campaña de saneamiento no alcanzaba, llegaban los salvadores sueros y vacunas fabricados en Villa-Inés y vendidos por Julián a precios irrisorios. Para cuyos complicados y delicados menesteres educó y pensionó a dos jóvenes médicos aventajados, que se pusieron al frente del laboratorio bacteriológico y seroterápico[105]. En fin, y para colmo de felicidad y buena fortuna, aquel torrente de rocoso y profundo cauce, que según la leyenda popular aparecía tinto en sangre durante las tormentas, puso a Julián sobre la pista de riquísimo criadero de mineral ferruginoso. Analizadas las tierras metalíferas y practicadas diversas calicatas que revelaron la inagotable abundancia de los yacimientos, formóse una sociedad explotadora de las minas. Ocioso

---

[105] Seroterapia: Tratamiento de las enfermedades por los sueros medicinales.

es decir que nuestro héroe, principal propietario de las pertenencias, fue nombrado Director y gerente, con amplios poderes.

Al principio, para no comprometer demasiado capital, montáronse, movidos por el agua de la antigua azuda[106] (que se reforzó y convirtió en elevada y potente presa) lavaderos de mineral y máquinas trituradoras; y tiempos después, cuando el capital social alcanzó cifra respetable, instaláronse altos hornos y talleres anejos de construcción de maquinaria.

Aquellos campos, antes solitarios y envenenados por el hálito de la muerte, cubriéronse rápidamente de una colonia rumorosa y activa de ingenieros, contramaestres y obreros, pueblo feliz que miraba a su glorioso fundador como a una segunda Providencia. A los cinco o seis años de explotación, el capital de Julián pasaba de cinco millones de pesetas, sin contar el valor de las tierras, bosques, sembrados, ganados y fábricas. Y antes de tocar las fronteras de la vejez, vino a ser el animoso doctor, no solo la firma más prestigiosa del mundo financiero, sino el señor indiscutible del país, el tirano paternal y piadoso, el cacique científico y patriota que tanta falta está haciendo a nuestros ignorantes, fanáticos y desvalidos lugareños.

---

106 Azuda: Barrera hecha en los ríos con el fin de facilitar el desvío de parte del caudal para riego y otros usos.

X

—¿Qué fue de D. Tomás y de la tierna Inés? —preguntará el lector, extrañando sin duda nuestro silencio sobre la simpática e interesante protagonista de esta verídica historia.

Fácil es adivinarlo. En cuanto Julián, pasado el Calvario de los primeros tres años, consiguió a fuerza de laboriosidad e inteligencia poner en explotación la vasta hacienda de Villa-Inés, y tan luego como los primeros espléndidos rendimientos prometieron a su dueño seguridades y bienandanzas para el porvenir, los sentimientos del mayorazgo D. Tomás hacia su sobrino cambiaron radicalmente. Rindiéndose a la evidencia, reconoció de buen grado en el restaurador de Villa-Inés voluntad firmísima, talento esclarecido y honradez y laboriosidad acrisoladas. Tales prendas, unidas a la buena fortuna, bien merecían que se olvidasen sus pujos revolucionarios y su desaprensión dogmática; convicciones platónicas e inofensivas, después de todo, pues Julián, respetuoso con las ideas de los demás, jamás alardeó de propagandista ni aspiró a ser jefe de secta.

Por otra parte, D. Tomás, en calidad de padre amantísimo, no podía desconocer que la pasión de su hija, lejos de remitir, iba en aumento. Ni se le ocultaban, dado el tesón y entereza de la doncella, los graves disgustos que podían seguirse, contrariando sin motivo suficiente un afecto profundo nacido en la niñez, arraigado en la adolescencia y fortalecido y acrisolado en la desgracia...

Y así, después de meditar largamente y de consultar el caso con la familias, cierto día presentóse el mayorazgo en Villa-Inés, donde causó la gratísima sorpresa que es de suponer: abrazó afectuosamente a su sobrino, a quien pidió mil perdones por las pasadas injusticias... y quedó concertada la boda.

En la naturaleza humana la felicidad, como la desgracia, representan accidentes imprevistos eminentemente revolucionarios, para los cuales no está ajustado el diapasón del sentimiento, ni acordado el perezoso ritmo del corazón.

De tamaña y triste verdad fue buen testimonio Julián, cuya profunda alegría, robándole el sueño, quitándole el apetito, provocando en su cerebro efervescencias ideales rayanas en el delirio, estuvo a punto de terminar en las decadencias y postraciones de la neurastenia[107]. En lo cual tuvo no poca responsabilidad la picardía de Inés. Porque en las amorosas pláticas con su novio, se mostró tan risueña, tan derretida y apasionada, tan divinamente cautivadora y codiciable, que el pobre Julián se vio obligado a recurrir, a fin de calmar un poco

---

107 Neurastenia: Trastorno funcional afectivo atribuido a debilidad del sistema nervioso.

sus sobresaltados nervios, al tan acreditado bromuro de potasio!...

Pasado el hervor sentimental de las primeras semanas; agotado el depósito de las dulces ternezas; tornado el corazón, tras larga algarada de palpitaciones y arritmias, al reposado compás de la salud, Inés y Julián pudieron ya, con el sosiego y atención indispensables, preparar las briznas, plumas y algodones del confortable y caliente nido de amor, y escoger al propio tiempo las frondosas ramas y hermosas flores que habían de darle grata sombra, protección y fragancia.

Y se casaron...; y fueron felices...; y tuvieron bellos, fuertes e inteligentes hijos...; y llegó la tierna pareja a la ancianidad sin que, durante tan largo camino, sufrieran eclipses su dulce y leal afecto, ni su serena alegría..., esa alegría que es inagotable manantial de fuerza y de salud.

Y cuando Julián, decrépito y solitario ya, desaparecida la admirable compañera a quien debía toda la dicha posible en este bajo mundo, diseminados y casados sus hijos, sentía estremecido el corazón por una ráfaga de frío escepticismo y el alma bañada por la onda enervadora de la melancolía...; entonces abría el álbum donde conservaba, cual preciosa reliquia, la confortadora escena de la visita nocturna..., aquel tiernísimo y consolador episodio en que Inés, henchida de unción amorosa, arrebatadora de emoción y de hermosura, la frente pálida como el rayo de luna y los ojos lánguidos y desfallecientes, condensó en la purísima esencia de un beso toda la formidable carga de pasión acumulada desde la adolescencia... Y a la vista de tan sublime cuadro, sentía disiparse rápidamente las lágrimas de los ojos y las nieblas de la mente. Y exclamaba:

—¡Sí, la vida es buena y la felicidad existe..., solo que... duran tan poco!

El pesimista corregido

I

Juan Fernández, protagonista de esta historia, era un doctor joven, de veintiocho años, serio, estudioso, no exento de talento, pero harto pesimista y con ribetes de misántropo. Huérfano y sin parientes, vivía concentrado y huraño en compañía de una antigua ama de llaves de su familias.

Hacia la época en que le enfocamos, se habían recrudecido en nuestro héroe el asco a la vida y el despego a la sociedad. Descuidaba la clientela y el trato de los amigos, que le veían de higos a brevas, y pasaba su tiempo enfrascado en la lectura de obras cuya tonalidad melancólica casaba bien con el timbre sentimental de su espíritu. Agrada saber al desdichado que no estrenó la desdicha, y que su menguado concepto del mundo y de la vida halló también asilo en cabezas fuertes y cultivadas. Compréndese bien por qué Juan se solazaba y entretenía en la lectura de Schopenhauer y Hartmann, del antipático y vesánico[108] Nietzsche, y del adusto y profundo Gracián. Y el orgullo de coincidir con la opinión de tan calificados varones, prodújole, a ráfagas, algún consuelo, a cuyo fugitivo calor sentía deshelarse parcialmente el lago glacial de su voluntad y aliviarse un tanto su dolorosa laxitud de espíritu y de cuerpo.

Para el infortunado Fernández la vida era una broma pesada y sin gracia, dada por la Naturaleza sin saber por qué ni para qué; el entendimiento era rudimentaria máquina de calcular que se equivoca en todas las arduas operaciones; nuestro saber, libro viejo lleno de tachones y lagunas, y cuya fe de erratas tiene más hojas que el texto; los sentidos, rudimentarios y pueriles aparatos de física, sin alcance ni precisión, buenos tan solo para ocultarnos las infinitas palpitaciones de la materia y los innumerables enemigos de la vida; el corazón, bomba frágil e indisciplinada que se agita intempestiva y dolorosamente en los trances difíciles, anublando la inteligencia y paralizando nuestras manos; y, en fin, la voluntad, algo así como vilano[109] aéreo, fluctuante y a merced de leve ráfaga de viento, y que comete la tontería de tomar su movilidad por libertad...

---

108 Vesania: Demencia, locura, furia.

109 Vilano: (botánica) Corona de filamentos largos y finos que rodea las semillas o fruto de muchas plantas compuestas y les sirve para ser transportadas por el viento.

Con tales ideas y los sentimientos correspondientes, excusado es decir que nuestro doctor tenía pocos amigos y menos esperanzas e ilusiones.

Era, sin embargo, bien disculpable y digno de compasión. En dos años había perdido padre y madre amantísimos; aquél, víctima de la tuberculosis, ésta, arrebatada por una pulmonía infecciosa. A la sazón, Juan convalecía lentamente de peligrosa tifoidea, y días antes de enfermar había terminado sin éxito, pero con honra, reñidas oposiciones a cierta cátedra de la Universidad de Madrid.

Para colmo de mala sombra, hasta su novia Elvira, guapetona y equilibrada muchacha, hija de un rico e influyente industrial, comenzó a mostrársele esquiva y displicente. Y a la verdad, razones sobradas había para ello.

Nuestro huraño doctor no fue nunca persona grata a D. Toribio (que así se llamaba el padre de la niña). Reconocía éste de buen grado, en el aspirante a yerno, despejo, laboriosidad y hasta porvenir financiero; pero le resultaban harto antipáticos e intolerables su carácter taciturno y sus desapacibles y sombrías filosofías. Así es que no vio con buenos ojos jamás las relaciones de su hija con Juan, a la sazón médico de la familias (y singularmente de la madre, cuyos histerismos sabía reprimir hábilmente), dejando, no obstante, entrever a los amantes, que solo autorizaría el noviazgo cuando el estudioso doctor, que se preparaba hacía tiempo para oposiciones a cátedras, adquiriese en propiedad la codiciada académica prebenda.

Según, adivinará el lector, después del fracaso de Juan, arreció todavía la enemiga del ambicioso padre. Y la pobre Elvira, que había cobrado cariño al novio, mayormente al verle tan digno de lástima, batallaba dolorosamente entre encontrados afectos, sin atreverse a tomar resolución definitiva. Rechazar sin esperanzas al hombre a quien prometió fidelidad, y rechazarle a pretexto del reciente desaire académico, constituía crueldad e indelicadeza de que se sentía incapaz; admitirle generosamente y sin reservas, equivalía a rebelarse abiertamente contra la paterna autoridad, actitud de indisciplina que ella, hija amante, sumisa y bien educada, no osaba arrostrar.

Con todo, la balanza del sentimiento se inclinaba visiblemente en contra de Juan, cuyas fervientes protestas de amor, durante los breves y furtivos coloquios con Elvira, eran incapaces de contrarrestar la poderosa sugestión de indiferencia y de desvío respirada en el hogar. Tanto más eficaces resultaban estas sugestiones, cuanto que, según era de esperar, la figura moral de nuestro protagonista, antes sublimada y poetizada por el amor, se había achicado algo a los ojos de la prudente doncella. El Juan de hoy valía, física e intelectualmente, menos que el de ayer... Temperamento frío en quien el corazón no turbaba jamás las operaciones de la inteligencia, la hija de D. Toribio advirtió por primera vez, con ocasión de la derrota intelectual del joven, los flacos de un talento y de una cultura que imaginó insuperables. Estudiando a su novio con los ojos avizores del análisis, creyó percibir, en aquella languidez y anemia consecutivas a la enfermedad, así como en el sombrío pesimismo de sus ideas, los estigmas de un físico decadente, incapaz de resistir briosamente el fardo abrumador del trabajo, y destinado acaso a marchitarse y periclitar[110], aun antes de gustar las supremas y dulces abnegaciones de la paternidad.

Tamañas desdichas y contrariedades agriaron extremadamente el carácter de Juan, entenebrecido ya por literaturas mórbidas y filosofías descorazonadoras. Y sintió que el concepto pesimista del mundo achicaba su propia personalidad. Sucesivamente fue abandonando esa salvadora confianza en las propias facultades, que nos empuja a renovar valerosamente la batalla, y que, cuando llegan fracasos y decepciones, estimula piadosamente la actividad de la imaginación, forjadora incansable de hipótesis disculpadoras de nuestros yerros y alentadoras del dolorido amor propio.

Toda batalla perdida exige un traidor o un Mefistófeles responsable del inopinado desastre. Y cuando no le hay —según ocurre generalmente— es menester inventarlo. Solo a este título, el hombre, animal de descargas motrices, logra conciliar la calma y recuperar la confianza en sí mismo. Para no romperse por dentro, fuerza es romper algo por fuera. Varios son los modos de desahogo: un Bismark despechado arroja al suelo la loza y la patea furioso; un opositor fallido debe arrojar —verbalmente se entiende— al arroyo la justicia del tribunal y la suficiencia de los contrincantes. ¡Ah, de cuántos males nos libra esa reacción imbécil,

---

110 Periclitar: Decaer o declinar.

pero salvadora, ese soberano derivativo del despecho, en lenguaje de zumba[111] llamado, derecho del pataleo!

Mas para lograr rápidamente tan saludable baldío cerebral (el cual nos deja como nuevos, reconduciéndonos como hipnotizados y henchidos de vivificante esperanza al abandonado telar), es preciso ser un poco sanguíneo, tener flojas las vías de la inhibición motriz y emocional, y algo turbios también los conceptos de la justicia y de nuestro propio valer.

Por su desgracia, Juan, de temperamento bilioso, poseía un cerebro emotivo, caviloso y suspicaz, tan rico en *colaterales* nerviosas como preñado de imágenes melancólicas. Lejos de ser un egotista[112] y un desdeñoso para el ajeno mérito, tenía clara conciencia de las propias deficiencias mentales e incurable pequeñez. Y en sus soliloquios, por cada día más frecuentes, exclamaba a menudo, con acento de infinita amargura:

—¡Nada valgo... nada sé! Siéntome vencido y postrado de cuerpo y alma. ¡Sí!... Derrotado de alma, porque durante la pasada contienda deslucieron y achicaron mi labor ausencia de serenidad, enervador insomnio e invencible fatiga; derrotado de cuerpo, porque durante mi reciente enfermedad las fuerzas defensivas estuvieron a punto de abandonarme, entregándome a los estragos del microbio... Y si al fin salvé en la lid intelectual el honor, y en la física la vida, hecho quedé lastimosa ruina: el cuerpo convertido en ruin comedero

---

111 Zumba: Burla o chasco ligero.
112 Egotista:Ególatra.

de gérmenes, el alma transformada en vivero de pensamientos tristes y sentimientos deprimentes...

II

Transcurrieron cuatro meses más. La herida del amor propio continuaba sangrando. En crescendo iban la debilidad orgánica y la desgana de vivir. Visiones fúnebres y dolientes atormentaban sus noches. Hízose por cada día más huraño e inaccesible, abandonó casi enteramente la clientela, y dejó de visitar a la indolente y vacilante Elvira, cuyo despego y frialdad le exasperaban...

En esta deplorable disposición del ánimo, escribió un libro de sentido terriblemente pesimista, intitulado *Las planchas de la Providencia*, fruto de sus sombrías meditaciones. Tamaña obra, que venía a ser algo así como manifestación tardía y sistematizada del providencial derecho del pataleo, prodújole, a intervalos, algún consuelo. Gusta siempre el caído achacar al caballo las faltas del jinete. No critiquemos la injusticia. ¡Ella nos da fortaleza para persistir en las grandes empresas! ¡Es tan fácil cambiar de bridón[113]!... Con todo eso, el día en que Juan escribió la última página de su libro, cayó en profundo abatimiento. Eran las cuatro de tibia

---

113 Bridón: Jinete que va montado a la brida.

mañana de primavera. Las campanas del vecino reloj sonaban lentas, roncas, cual estertor de moribundo. A lo lejos lanzaba un perro plañideros ladridos. Oíase a grandes intervalos el aria alegre con que el gallo anuncia la venida del astro rey, del genio triunfador de la sombra y de la muerte. De vez en cuando, percibíase el estrepitoso rodar de los ómnibus madrugadores, cuyas trepidaciones, comunicadas a la estancia de Juan, hacían retemblar los muebles, oscilar la luz y estremecer las cuartillas...

Aquel despertar de la Naturaleza ansiosa de luz y de actividad, aquella oleada caliente de vida trafagosa[114], irritaron dolorosamente la sensibilidad enfermiza del infortunado filósofo, quien en un arrebato de supremo desencanto, cogió tembloroso las últimas cuartillas del libro y las arrojó a la chimenea.

—¿Para qué escribir?... Por ventura ¿puedo modificar el curso del mundo, detener la marea del protoplasma imbécil, ciegamente precipitado en el abismo del dolor y de la muerte?...

» ¡La gloria!... ¿Acaso es más que un olvido aplazado? La humanidad, surgida de la muerte, en la muerte ha de parar. Nos lo prueban con sus férreas fórmulas la mecánica del Cosmos y las ineluctables leyes de la entropía.

» Mis estériles lamentos ¿retardarán una milésima de segundo siquiera el amanecer de ese astro insensible y rutinario que se prepara a alumbrar (cediendo la energía de su calor) las mismas escenas de barbarie y

---

114 Tráfago: Actividad intensa que ocasiona mucha fatiga o molestia.

desolación, en las cuales el individuo es implacablemente sacrificado a la especie y ésta a la corriente total de la vida? ¿Apiadaré quizás al inexorable destino, a la incomprensible Providencia, que sin distinguir el genio del microbio se complace en destruir la vida con la vida, como si no bastaran ya, para el infortunio humano, las abrumadoras fatigas del trabajo, el punzante sentimiento de nuestra impotencia y la tiranía incontrastable de las fuerzas cósmicas?

Y con gesto de fiero y soberbio desafío, la mirada llameante y fija en la penumbra del techo, como encarándose con un ser desconocido, exclamó:

—Quienquiera que seas, Motor del universo, Genio implacable, Principio inaccesible, Naturaleza impasible, dime, ¿por qué has creado los enemigos de la vida, las insidiosas y crueles bacterias patógenas? ¿Qué falta hacían en la economía del mundo? Admito que un Alejandro endiosado y tirano fuera en lo más esplendoroso de su gloria derribado por el *Plasmodium malaria*?; comprendo que Napoleón, el furioso degollador de hombres y debelador de pueblos, cayera en Santa Elena con el estómago corroído por los gérmenes aún ignorados del cáncer; me explico que Hegel, el prodigioso sofista que paralizó con la toxina de la *Idea* el análisis filosófico positivo iniciado por Kant, sucumbiera envenenado por el bacilo *vírgula* del cólera; paso, en fin, porque el destino de las naciones y la suerte de la civilización misma estén a merced de la picadura de un mosquito o del azaroso vuelo de un esporo; pero, ¿por qué escoges también tus víctimas entre los humildes y los buenos? ¿Cómo consientes que las bacterias patógenas siembren veleidosamente la muerte en el taller, templo del trabajo regenerador; en el laboratorio, santuario de la ciencia y augusto locutorio de la divinidad, y en el surco fecundo donde el labrador, mágico inconsciente de prodigiosa alquimia, cuaja el rayo de sol para que fulgure un día en el cerebro del genio? ¡Si al menos, a guisa de compensación, nos hubieras otorgado sentidos e inteligencia poderosos a evitar tamaños peligros!... ¡Si para preservarnos de tales riesgos contáramos con acuidad visual suficiente a percibir los gérmenes virulentos; sentido olfatorio capaz de resguardarnos de los inodoros gases tóxicos, aparato gustativo tan previsor que nos revelara la presencia en alimentos y bebidas de ptomaínas y venenos!

» ¡Buenos están nuestros sentidos y esa humana inteligencia, de la tuya reflejo, al decir de Cándidos filósofos! ¡Ventanas del alma abiertas a un negro abismo, son ojos y oídos!... ¿Qué físico podría vanagloriarse de la construcción de unos groseros instrumentos tan falaces, que nos imponen cualidades por ritmos, y cuyas impuras y fragmentarias imágenes son modificadas y turbadas por las leyes de la relatividad, de la fatiga y del in-paralelismo de la excitación y reacción...; tan poco sensibles y analíticos, que, de la inmensa variedad de palpitaciones cósmicas, recogen solamente gama ruin, esto es, una octava cromática, varias de sonidos y un grupito insignificante de olores, sabores e impresiones táctiles; tan mentirosos, que el visual nos nuestra las estrellas como radiaciones, en lugar de puntos luminosos, achica los objetos distantes, presentándolos sin relieve desde los 30 metros, se fatiga y anubla antes de los cincuenta años, es decir, en plena virilidad mental; y, en conclusión, padece tantas y tan torpes ilusiones, que bastan ellas a explicar la génesis de cuantos disparatados sistemas cosmogónicos y religiosos ha sufrido la humanidad, sistemas que atrasaron y acaso imposibilitaron para siempre el reinado definitivo de la verdad y de la ciencia?

» Y ¿qué diremos del entendimiento y de la voluntad? Que son digno coronamiento de un engendro infeliz, de una lastimosa equivocación...

» Tan endeble es nuestro intelecto, que debate aún, como en tiempo de Jenofanes y de Pirron, la cuestión de la substancia y el criterio de certeza; la memoria tan frágil, que llegados los trances difíciles, se nubla con la emoción, y, en cambio, hace desfilar, en interminable cabalgata, sus inoportunas imágenes, durante las horas destinadas al sueño; nuestra facultad crítica tan enteca y miope, que confunde la verdad con la bondad, la demostración con la creencia, y sigue en todo caso, antes que los dictados de la razón, el halagador señuelo del deseo.

» Con ser deplorables y gravísimas las deficiencias de la sensibilidad y del entendimiento, lo son todavía más las tocantes a la voluntad.

» ¡Cuán desarmado y desvalido aparece el hombre en las cruentas luchas por la vida! ¡Miradle pálido y tembloroso en presencia del peligro! Parece débil y anonadado, cual pájaro fascinado por la serpiente. Dispone para su defensa, de ojos que atisban al enemigo; de instinto defensivo, que le dicta las reacciones motrices salvadoras; de previsión, qué ordena echar en la hornilla todo el carbón...; y, sin embargo, llegado el trance supremo, como si un ángel malo le fascinara, siente el corazón latir dolorosa y tumultuosamente, experimenta ansiosa opresión en el pecho, y ve con angustia que sus brazos flaquean, las piernas se doblan, y su inteligencia, al primer envite desarmada, se obscurece y entrega.

»¿Y este es el tan decantado rey de la creación? ¿Ésta la imagen de Dios en la tierra? ¡Qué sangrienta ironía! ¡Qué cruel sarcasmo!...

Al llegar a este punto de sus increpaciones, fragoroso trueno resonó en la estancia, y del seno de una nube violácea que inundó de claridad misteriosa el gabinete, surgió indecisa y flotante la sombra de un anciano venerable, de luengas barbas, soberano mirar, reposada e insinuante palabra y gesto de suprema y arrolladora autoridad.

Aterrado quedó Juan al contemplar la fantástica aparición. Y creyendo ser víctima de terrible pesadilla, restregóse instintivamente los insomnes ojos y sacudió su cabeza, esperando, sin duda, que la visión espectral se desvaneciera.

Mas el genio avanzó hacia el pasmado filósofo, y después de tocarle suavemente en la cabeza para dar fe de su corporeidad, con acento dulce y piadoso, habló de esta manera:

—No temas, y calma las inquietudes y angustias de tu doliente corazón.

» Soy el numen[115] de la ciencia destinado por lo Incognoscible a iluminar los entendimientos y a endulzar, por suaves gradaciones, el triste sino de toda criatura viviente. Muchos son mis nombres: llámame, el filósofo, intuición; el científico, casualidad feliz; el artista, inspiración; el mercader y el político, fortuna. Soy quien en el laboratorio del sabio o en el retiro del pensador sugiero las ideas fecundas, las experiencias decisivas, las intuiciones felices, las síntesis augustas y triunfadoras. Gracias a las confidencias que yo recatadamente deslizo en el oído de los genios, la infeliz raza humana se aparta progresivamente de los limbos de la grosera animalidad, y el grito lastimero del dolor resuena por cada día menos insistente en las celestes esferas.

» Bien entiendo de qué nacen ¡pobres ilusos! vuestras amargas quejas. Brotan de dos groseras ilusiones que no me es permitido todavía (exceptuados algunos espíritus escogidos) desterrar enteramente de la conciencia humana.

» Creéis que en el orden del mundo, impenetrable a vuestra pequeñez, sois fines, más aún el único fin, cuando sois meramente medios, rudos eslabones de inacabable cadena, simples términos de una progresión sin fin... Y este errado supuesto os ha llevado a la manía pueril de ajustar el mecanismo del mundo al menguado modelo de vuestra personalidad, atribuyendo leyes y legisladores a los fenómenos, finalidad a las causas, moralidad e intención a la Naturaleza; olvidando un

---

115 Numen: Deidad dotada de un poder misterioso y fascinador. Cada uno de los dioses de la mitología clásica.

postulado mil veces demostrado ya por los más agudos y esclarecidos de vuestros pensadores, esto es, que el Cosmos no es sino un conjunto de innúmeras realidades que evolucionan necesariamente, no hacia lo mejor, según vuestro mezquino interés, sino hacia playas remotas eternamente desconocidas para el hombre, y aun para las formas superiores que del hombre han de salir, como sale la mariposa de la torpe y soñolienta oruga.

» Vuestro segundo error consiste en suponer que la Causa primera debe perturbar la augusta marcha de la evolución, suprimiendo de un golpe el mal, acicate del progreso y despertador del protoplasma, y anticipando, en provecho de vuestros infinitesimales egoísmos, la plenitud de los tiempos y el reinado definitivo de la verdad; ¡qué desvarío!

» Locura es esperar que el Principio supremo descarte el dolor, al cual la vida está ajustada como la corriente al cauce; absurdo es asimismo exigir de su infinita previsión que lance de pronto en las tinieblas de vuestro saber la última verdad incomprensible hasta para el superhombre.

» Si por estupenda complacencia consintiera el Incognoscible rasgar de una vez, ante vuestras retinas de topo, el sublime velo de Isis, mis palabras te serían tan extrañas cual podrían serlo para una mosca la audición de la *Crítica de la razón pura*, de Kant, o *El sistema del mundo*, de Laplace. La verdad más general soltada de repente no destruiría el Universo, según declara un espiritual y paradójico pensador; sería sencillamente como si nada hubiese sido revelado.

»El Cosmos es un jeroglífico del cual cada edad alcanzará a descifrar trabajosamente algunas frases, las correspondientes a la fase evolutiva de la humana especie; porque el progreso positivo consiste en inspirar al genio solamente aquella parte de la verdad total susceptible de ser asimilada sin grave daño de la vida misma.

»¡El orgullo y la impaciencia! He aquí los dos funestos impulsos que debéis desterrar de vuestro corazón, si aspiráis a remontar sin lágrimas el calvario de la existencia.

»La profunda piedad que tus desgracias me inspiran muévenme a recordarte algunas verdades sencillísimas, patentes a cuantos pensadores, exentos de prejuicios y de ridículos endiosamientos, estudian el mecanismo del Cosmos y la historia de la Naturaleza.

»Sabe, hijo mío, que el estadio de la humanidad no es el molde vital más perfecto y complejo que el protoplasma animal guardó en potencia, sino el mejor posible dentro de las actuales condiciones ofrecidas por lo que vosotros llamáis, con pueriles y antropomórficas expresiones, la fuerza y la materia.

»Sois mucho, porque así como el microbio es la semilla del hombre, vosotros representáis el germen del superhombre. Sois poco, porque vuestra inteligencia y voluntad están rigurosamente acomodadas a las condiciones cósmicas presentes, extraordinariamente hostiles a las manifestaciones más sublimes de la inteligencia y a los deliquios de la sensibilidad.

»El egoísmo te traiciona. Lo que desde el punto de vista de tu interés miras como injusticia y parcialidad, representa en el fondo la suprema equidad, y la suma justicia.

»Del propio modo que el principio vital, o dígase sistema nervioso, sacrifica la felicidad y libertad de cada célula asociada a la seguridad y permanencia de la colmena viviente, así el gran Impulsor de la evolución resolvió la contradicción de apetencias entre el todo y las partes, sacrificando los individuos a las especies y las formas ínfimas y rudimentarias a los organismos de superior jerarquía vital. Para la poderosa retina de Dios no hay distancias ni rigen las leyes de la perspectiva, pues en ella se pintan con igual claridad y relieve el mar y las olas, los átomos y los astros. En su visión luminosa, sintética y analítica a la par, se le ofrecen las vidas individuales cual moléculas perpetuamente renovadas de un piélago de protoplasma, en cuyas espumas y oleajes columbra[116] ya las formas puras y aladas del porvenir, única humanidad digna de Él, porque habrá sabido descorrer en parte la tupida cortina de Maya y podrá asomarse sin vértigos al insondable abismo de las realidades eternas.

—Si la Causa suprema —balbució Juan recobrando la serenidad— atiende en su infinito amor a la Naturaleza entera, ¿cómo consiente, pues, la sangrienta lucha por la vida, el asesinato como medio de alimentación, el dolor cual única reacción de la debilidad contra la fuerza?

—No me es dado desplegar a tus ojos las razones últimas justificativas del perenne conflicto de la vida

---

116 Columbrar: Divisar o ver desde lejos algo, sin distinguirlo bien.

obligada a escoger perpetuamente entre el suicidio y el asesinato. Baste a tu curiosidad conocer que tamaña desdicha se relaciona con la invencible inercia de la materia y con la rutinaria tendencia de la forma a estacionarse y retrogradar.

» Preciso fue, para impulsar la evolución, instituir el dolor y la muerte, únicos resortes bastante poderosos a estimular la aptitud creadora y adaptativa de la energía individual.

» Y como en la Suprema inteligencia no cabe lo superfluo (porque la superfluidad es un error), hizo de la inevitable muerte, es decir del muerto, escabel de la vida, ordenando que las altas formas se nutrieran de las bajas. No ignoras, por ser harto notorio, que hay una evolución química paralela a la evolución morfológica, y que los complicadísimos proteidos cerebrales, base física del pensamiento, resultan de la gradual transformación de los sencillos albuminoides elaborados por el vegetal y el animal inferior. Transfiguraciones, verdaderas resurrecciones de la baja vida son, pues, la conciencia y la razón.

» De donde se infiere que la exquisita obra del genio, amasada está con propias y ajenas lágrimas. En el chirrido de la pluma sobre el papel o en el golpe seco del cincel sobre el mármol, hay gemidos de dolor y de fatiga de millones de ínfimas y abnegadas existencias. A semejanza del fuego fatuo, la idea representa el resplandor póstumo de la muerte.

—Todo esto es cierto y fácilmente comprensible. Natural encuentro que el animal esencialmente consumidor viva a expensas del vegetal, principalmente productor; me explico también que los carnívoros, y aun el hombre, devoren a los animales inferiores, conquistando el refinado carbón de la máquina con la violencia con que el minero lo arranca de las entrañas de la tierra; pero es el caso que, harto frecuentemente, tan sabia ley de la progresión químico- dinámica se invierte, y a su vez la baja vida devora a la alta.

—De nuevo habla tu orgullo. Veo que la infantil ilusión de que el mundo se hizo para el hombre constituye incurable obsesión de tu espíritu. Eres semejante a esas voraces orugas que, al hallar abrigo y alimento en el fruto, presumen que el jardinero lo crio expresamente para ellas... Abandona tan grosero espejismo; y sabe de una vez que para el Absoluto no hay elegidos ni aristocracias. Iguales atenciones y cuidados merecieron al Infinito Amor la vida que empieza que la vida que acaba. Sin diferencias de intensidad llegan a las celestes alturas todos los rumores del mundo vivo, y con la misma misericordia son acogidos los ayes[117] del microbio, *óvulo* de futuras humanidades, que los lamentos del *homo sapiens*, mezquino embrión del remoto *superhombre*. Tu piedad, manchada todavía de egoísmo, no traspasa los límites de la humana especie; la piedad de Dios, pura, infinita e inagotable, se extiende más allá de la vida, radiando hasta en los más tenebrosos senos del mundo molecular...

» Pero entiende bien...; piedad *a priori*, sentida cuando surgió en la mente divina la idea de ordenar

---

117 Ayes: lamentos o quejidos.

la materia y de distribuir la energía, creando los altos potenciales de soles y nebulosas. Porque Él no retoca su obra como el pintor su cuadro. En el principio, el sublime Artista dispuso la tela y los colores, animó los pinceles y dejó que el cuadro mágico del Universo se dibujara por sí solo. Y del color negro, esto es, del dolor, puso la cantidad estrictamente precisa para estimular el pensamiento y la acción y contrapesar y hacer codiciable el placer. Y en tanto que la excelsa obra se acaba y surgen del caos del lienzo el maravilloso edén (que vuestras cándidas biblias pusieron en el principio del mundo), y los seres supraespirituales y alados destinados a gozarlo y comprenderlo, el augusto Pintor cifra sus glorias en contemplar cómo cada nueva forma aparecida en el fondo de la inacabable tela confirma las previsiones de la soberana Inteligencia.

—Pero ¿y las bacterias? —repitió.

—Esas bacterias tan abominadas por ti desempeñan transcendental misión en la economía de la Naturaleza. Ellas hacen desaparecer los despojos de plantas y animales, devolviendo al ambiente el lote de oxígeno, carbono y nitrógeno secuestrado por la materia orgánica. Merced a su capacidad para vegetar en los organismos débiles y degenerados, corrigen la disonancia, imperfección o incongruencia de las formas superiores, y evitan, por ende, que la evolución animal se pierda en la degradación y en la impotencia.

» Invisibles son los microbios, mas no por perfidia, según irreverentemente imaginas, sino por caridad. Llena de bondad hacia el hombre, la Suprema previsión les hizo extremadamente diminutos, a fin de que la presencia de tan severos ejecutores de la divina Justicia no turbara vuestra razón, agriara vuestros placeres y engendrara el tedio a la existencia.

» Cierto que la ciencia, rebelándose al parecer contra el destino, ha inventado el microscopio, con la mira de sorprender tan minúsculos enemigos (y esto representa ya un fruto intelectual del microbio). Mal haríais, sin embargo, en vanagloriarnos de tan grosero instrumento. Juguete harto imperfecto todavía, a su capacidad resolutiva escapan millones de vidas infinitesimales, ultramicroscópicas: las bacterias de las bacterias; el impalpable polvo de miríadas[118] vitales disperso en el aire, el agua y las tierras; las imperceptibles colonias intracelulares, especie de federaciones simbióticas, que ahora solamente comienzan a alborear, a título de arriesgadísimas conjeturas, en la mente de algunos sabios audaces.

» Algún día os será lícito quizás rastrear la morfología y costumbres de tan diminutas y ultramicroscópicas organizaciones confinantes con la nada, y muy distantes aún de las más groseras construcciones moleculares. Mas para ello, os será fuerza abandonar los sencillos principios de la óptica amplificante fundados sobre el fenómeno banal de la refracción de las ondas luminosas visibles (oscilaciones bastas sobre las cuales soló ejercen influencia partículas superiores a unas décimas de micra), y recurrir a radiaciones invisibles, infinitamente delicadas y todavía ignotas, de la materia imponderable. Y así y todo, la ciencia no podrá agotar

---

118 Miríadas: Cantidad grande e indefinida de cosas

los dominios de la vida. Lo invisible, infinitamente más importante que lo visible, os envolverá siempre, y cada edad tendrá sus enemigos inaccesibles, porque el alazán del progreso solo galopa espoleado por el calcañar[119] de la muerte.

—Pero —repuso Juan animándose por grados— si es cierto que las vidas ínfimas destructoras del hombre descienden escalonadamente hasta la nada y escapan al poder de los instrumentos inventados por la ciencia; si conforme acabo de oír la misericordia y previsión divinas son infinitas, ¿qué le costaba al sublime Modelador del cerebro y de la retina, las dos más valiosas joyas de la creación, haber amplificado la capacidad analítica de los sentidos, y singularmente del visual, por donde hasta la invención del microscopio fuera superflua?

—Porque, según he declarado ya, uno de los primores de la suprema Inteligencia consiste precisamente en proceder con espíritu de exquisita previsión y de pulcra y estrictísima economía. La considerable amplificación de la acuidad visual, sobre no ser posible en la fase actual del desarrollo de las formas (para ello fuera necesario turbar el riguroso encadenamiento de las causas instruido y respetado por Dios) constituyera superfluidad nociva, por cuanto en la Naturaleza daña siempre lo que sobra.

—Sin embargo —osó insistir Juan— no acierto a comprender qué inconvenientes se seguirían del aumento del poder analítico de mi retina...

---

[119] Calcañar: Parte posterior de la planta del pie.

—¡Desdichado! Tanto valdría producir una monstruosidad y una desgracia. Aun cuando tus sentidos ganasen en potencia e impresionabilidad, ¿de qué había de servirte la ventaja (a los fines de ampliar tu concepción del mundo y de la vida) careciendo, como careces, de un cerebro adecuadamente organizado para registrar y combinar las nuevas adquisiciones. Cuanto más que tan excepcional privilegio te convertiría en monstruo, en ser aparte, y representaría, en orden a tu sensibilidad, un semillero de conflictos y desventuras.

» De una vez para siempre vas a perder tus candorosas ilusiones. Investido por el Incognoscible de la virtud de variar los moldes de la vida, operaré en tu obsequio prodigiosa transformación. Desde mañana, y en cuanto tus ojos se abran a la luz, contemplarás los objetos, a la distancia de la visión distinta, como si estuvieran dos mil veces amplificados. Y no siendo mi ánimo apurar demasiado tu paciencia, ni acibarar extremadamente tu vicia, te anuncio que tan extraordinario don solo durará un año.

Dicho lo cual desapareció el genio de la ciencia, en tanto que Juan caía en profundo letargo.

III

Cuando, muy entrada ya la mañana, despertóse Juan, llamóle la atención un fenómeno insólito.

Hallábanse herméticamente cerradas las ventanas y, no obstante, la luz parecía entrar sin obstáculos, filtrándose por las rendijas del balcón en áureas fajas, dentro de las cuales mariposeaban, en mareantes giros, infinidad de corpúsculos variables de dimensión y color.

Eran los unos negros, opacos y esquinados como el carbón; mostrábanse otros largos, transparentes y brillantes como hilos de cristal (filamentos de lana y algodón); en fin, no pocos afectaban formas esféricas, y ovoideas, diafanidad perfecta, y semejaban a esporos de mohos considerablemente amplificados por el microscopio. Todas estas flotantes partículas subían y bajaban, arremolinábanse en raudos movimientos, pasaban incesantemente de la luz a la sombra, saltaban sobre los muebles, enredábanse en la cubierta de la cama y en las barbas del asombrado filósofo, y, atropellándose en la boca y nariz, se precipitaban amenazadores en el pulmón con el aire inspirado.

Creyendo Juan ser víctima de estrafalario ensueño, levantóse súbitamente del lecho, y al cruzar por una de las esplendentes cortinas de luz, vio estupefacto su camisa convertida en algo así como un cañizo tejido de albos, cristalinos y refulgentes cilindros, y sus manos, ásperas y cruzadas de profundos canales, trocadas en una especie de gigantesco panal de abejas, salpicado de taladros y erizado de amarillas y transparentes vergas (los agujeros de las glándulas y el vello).

Miró hacia el lecho, lamido a trechos por varias lengüetas de luz, y descubrió en la colcha una complicada reja de barrotes de coral. En fin, al recoger una cuartilla del suelo, viola convertida en un intrincado amasijo de carámbanos (filamentos de algodón apelmazados). ¡Era para volverse loco! Transformación tan monstruosa de su cuerpo y de los objetos que le rodeaban, prodújole impresión de profundo terror ¿Qué significaba esto?

Acordóse entonces de repente de la visión de la pasada noche, y cayó en la cuenta del origen del estupendo fenómeno. El genio no le había engañado. Sus ojos se habían convertido en microscopios, y no en virtud de alteraciones en la dióptrica ocular (imposibles, por otra parte, sin cambiar la forma y dimensión del aparato visual), sino a causa de la extremada finura de la organización retiniana y vías ópticas, y de la exquisita sensibilidad de las substancias fotogénicas residentes en los corpúsculos visuales. Cada cono o célula impresionable de la *fovea centralis* había sido descompuesta en centenares de sutilísimos filamentos individualmente excitables; y la misma multiplicación de conductores había sobrevenido también en los nervios ópticos y centros visuales del cerebro. En realidad, Juan no veía los objetos más grandes, sino más detallados: el ángulo visual seguía siendo el ordinario; pero, en cambio, la membrana sensible del globo ocular, de resultas de la susodicha multiplicación de las unidades impresionables, gozaba ahora de la preciosa virtud de discriminar y diferenciar objetos y colores bajo fracciones angulares casi infinitesimales. Por consecuencia de tan estupendo perfeccionamiento, percibía nuestro protagonista (situado a la distancia de la visión distinta) las cosas como si estuvieran colocadas en la platina de potente microscopio. Para ver como todo el mundo, es decir, sin detalles minúsculos, debía alejarse considerablemente de los objetos, los cuales achicábanse progresivamente con sujeción a las conocidas leyes de la perspectiva aérea y de la dióptrica de las lentes.

Al comprobar nuestro héroe la maravillosa clarividencia de sus ojos, no cabía en sí de gozo y satisfacción. Por su alma emocionada debió de pasar una ráfaga de esa sublime y profunda sorpresa que la mariposa siente sin duda al abandonar la máscara de soñolienta crisálida. El sombrío y pesimista filósofo se había trocado, al influjo de la varita mágica del numen de la ciencia, en un ser extraordinario, en un genio portentoso. Roto el encanto del sentido visual, la Naturaleza se le iba a mostrar tal cual es, y no como los infelices ciegos, sus compañeros de especie, se la figuraban. ¡Cuántas inapreciables ventajas granjearía con su excelso privilegio! ¡Qué de pasmosos e insólitos descubrimientos le aguardaban!

De aquel profundo embobamiento sacóle al fin la desapacible voz de la vieja criada y el agrio rechinar de la puerta, que, al abrirse de golpe, lanzó sobre la cara del filósofo un vendaval de polvo y de indefinibles basuras.

—¿Quiere el señorito el chocolate?... ¡Son ya las nueve! —exclamó la fámula[120], que, sin pedir permiso, entró en el cuarto y abrió inmediatamente el balcón.

—¡Cierra, por Dios! —gritó Juan, deslumbrada la retina por la formidable claridad del sol y sintiendo el cuerpo envuelto por corriente arrolladora de partículas brillantísimas, que amenazaban obstruir sus pulmones.

---

120 Fámula: Criado doméstico.

Eran los detritus de la vida alta y baja, las emanaciones infectas del arroyo; los despojos alados e invisibles de millones de seres, que, cual culebras, desprenden la epidermis arrojándola, convertida en volanderas películas, a la cloaca azul de la atmósfera; los infinitos bloques de carbón lanzados a guisa de proyectil por el cañón de las chimeneas de hogares y fábricas; las incontables briznas de seda, lana y algodón arrancados por el viento de las vestimentas del hombre; las indefinibles virutas microscópicas, en fin, con que el taller impurifica el ambiente, convirtiéndolo en caótico pandemónium, donde se mezclan, en confusión desesperante, informes partículas de piedras, colores, metales y maderas.

Creyó el pobre Juan haber caído en pestilente ciénaga o asistir a la disolución de un mundo cuyos elementos hubieran retrogradado al caos primitivo. Y aunque sabía bien que el organismo posee defensas contra tan furiosa inundación de corpúsculos flotantes, no podía reprimir las reacciones descompasadas del instinto, que le obligaban de continuo a cerrar boca y narices, y a proteger los ojos con la mano, temeroso de que algún gigantesco bloque de carbón no fuera a dislacerar la córnea ocular, menoscabando el mecanismo del sorprendente instrumento de análisis.

Preciso es confesar que aquella lucha entre la nueva realidad y un organismo dispuesto y acordado para otra gama de impresiones visuales, comenzaba a resultar enfadosa y mortificante.

La curiosidad de Juan pudo, sin embargo, más que la irritación de sus nervios, y sobreponiéndose a todo, se vistió rápidamente sin mirar a la ropa; tomó el chocolate sin examinar su composición; calóse[121], a fin de resguardar los sobreexcitados ojos, recias y ahumadas antiparras, y salió disparado a la calle.

El espectáculo que se ofreció a sus ojos semejaba ensueño de naturalista delirante. El *mundo mosaico* y el *mundo de cristal*, estas dos frases resumen las insólitas y desconcertantes sensaciones recibidas por Juan al hallarse en el torbellino de la calle de Alcalá y contemplar las aceras, los edificios, los árboles y las personas.

La impresión simple se había convertido en impresión compuesta, y la continuidad en discontinuidad. En vez de colores uniformes, jugosos, fundidos por suaves transiciones; en lugar de superficies tersas y unidas, mostraban doquier los objetos, mosaicos o conglomerados de partículas coloreadas y agregados de filamentos y células. Masas grises, y aun blancas, a la vista ordinaria, exhibían granizadas de motas y manchas de color chillón que nadie hubiera sospechado.

Al mismo tiempo, piedras, mármoles, ropajes, árboles, etc., descubrían un fondo como de cera o de cristal salpicado de oquedades[122], estalactitas, aristas, grietas y facetas, donde descomponiéndose la luz, producía vistosos, coruscantes y variadísimos reflejos.

Reseñemos menudamente algunas de las sorprendentes observaciones hechas por nuestro filósofo, que imaginaba, en su creciente pasmo, haber sido trasplantado de repente a otro planeta.

---

121 Calar: Ponerse una gorra, un sombrero, gafas, etc., haciéndolos entrar mucho en la cabeza.

122 Oquedad: Espacio hueco en el interior de un cuerpo sólido.

Las hojas de los árboles parecían construidas de innumerables piezas poliédricas, opalinas y translúcidas, en cuyo espesor se divisaban acúmulos irregulares de esferas verdes, o sean granos de clorofila y otros corpúsculos incoloros.

El ramillete ofrecido por cierta florista resultó un objeto tan extraño y sorprendente, que necesitó Juan algún tiempo para comprender su naturaleza. Los pétalos del geranio semejaban granadas abiertas, cuyos rojos granos estuvieran velados por suave tul; los cálices de las rosas mostráronse cual blancos panales de abejas, henchidos de rosadas y fragantes esencias; en fin, las hojas de la azucena parecían colosales y cristalinas tulipas, rodeando espléndido joyel de topacios y diamantes. Y a esta hermosa obra de naturaleza añadía aún nuevos prestigios la luz, sembrando de estrellas movibles, cual joyas tembleques, las infinitas curvas y aristas del artístico y diáfano mosaico.

Pero lo que más le sorprendió fue el insólito y desagradable aspecto ofrecido por el semblante de los transeúntes. Con el hechizo del color y la lisura y uniformidad del cutis, se había desvanecido la belleza. ¡Siempre el malhadado mosaico quebrando superficies y descomponiendo matices! ¡Una vez más la granizada de infinitesimales y agrios reflejos salpicando de deslumbrantes chispas los ásperos contornos! Al suave y desvanecido tránsito de la luz a la sombra había sucedido la granulosidad cascajosa, la bravía y tosca rugosidad de un epidermis que, mirado de lejos, tenía algo de la piel del erizo, y no poco del escamoso pellejo del cocodrilo. Grima daba descubrir, hasta en las más tersas y rozagantes mejillas, informe masa de témpanos céreos o sea de células epidérmicas semi desprendidas; negros agujeros correspondientes a las hediondas aberturas de glándulas; y en fin, matorrales de recias ballenas, es decir, de vello, cuyos deshilachados cabos, guarnecidos de mugre y de bacterias, columpiábanse amenazadores en el aire. Acá y allá complicados surcos y barrancos esculpidos en el amarillento material epidérmico accidentaban aún más las fronteras de aquellas extrañas edificaciones orgánicas, que evocaban en la fantasía de Juan los monstruos gigantes de la fábula, o los descomunales paquidermos de la fauna antidiluviana. A cada movimiento respiratorio se removían y resquebrajaban cual terreno estremecido por terremoto, los pliegues labiales, las ventanas de la nariz y las imponentes garras del monstruo humano, esparciéndose en la atmósfera un vaho turbio, donde centelleaban al sol hilos gelatiniformes de mucina[123], leucocitos coarrugados, láminas epidérmicas e infinidad de bacterias.

Los ojos, sobre todo, producían extraña impresión, mezcla de terror y de sorpresa. Circundada de dos movibles cortinas de cimbreantes bambúes (las pestañas), descubríase la córnea a modo de mosaico curvilíneo de cristal; veíase detrás el aterciopelado y polícromo tapiz del iris; y allá en el fondo el purpúreo manto de la retina bordada en rojo por el rameado vascular y

---

[123] Mucina: (bioquímica) Sustancia gelatinosa, pegajosa o resbaladiza formada por complejos de glúcidos y proteínas, que se encuentran en las mucosas o en las secreciones salivares y actúan como lubricantes o cementantes.

perennemente agitado por el acompasado batir de los glóbulos sanguíneos.

Desconsoladora igualdad campeaba en los semblantes humanos, en los cuales habían desaparecido, como por arte mágico, las diferencias de alcurnia, de raza y de profesión. Esencialmente democrático, el rasero de la tosquedad había uniformado los femeninos rostros a tal punto, que nuestro desorientado observador no acertaba a distinguir de cerca la fealdad de la hermosura, la juventud de la madurez. Por otra parte, ¿qué podía importar a los efectos de la apreciación estética, el que aquellos avisperos, yermos[124] y breñales[125] cutáneos, remataran un poco más acá o un poco más allá, ni que en aquel almendrado de carne abundaran más o menos los rameados sanguíneos y las manchas pigmentarias? ¿Qué ganaría la luna con perder algunos cráteres o achicar unas cuantas cordilleras?

Porque, preciso es reconocerlo, para el desilusionado Juan, todas las mujeres se asemejaban al luminar de la noche, es decir, que se le presentaban salpicadas de horribles cicatrices variolosas[126]. Por fortuna, nuestro héroe gozaba de un temperamento poco inflamable. De querer emular las glorias de D. Juan, hubiérale sido necesario, para no enfriar eróticos entusiasmos, contemplar a sus conquistas a más de 100 metros de distancia; proceder amatorio harto anodino que, en

---

124 Yermo: Terreno estéril o no cultivado.
125 Breña: Tierra quebrada entre peñas y poblada de maleza.
126 Variolosa: Que tiene relación con la viruela.

orden a eficacia seductora, fuera como requebrar a las estrellas a través del ocular del telescopio.

Gradualmente más sorprendido y desilusionado, continuó el clarividente observador su comenzado paseo. Ofuscado y azorado a causa del polvo que los carruajes y tranvías levantaban, y protegiendo la boca con el pañuelo antiséptico, llegó a la Puerta del Sol, respiradero de todos los vahos humanos y cloaca máxima de los detritus aéreos de la villa y corte. Había franqueado apenas la calle de Carretas y cruzado trabajosamente el torbellino de insanas emanaciones desprendidas de la pobre y desaseada carne embutida en el tranvía de los Cuatro Caminos, cuando sintió súbitamente en el rostro la impresión de un surtidor de partículas mojadas. Era que un tísico plantado en la acera de Gobernación había tosido y expectorado cerca de nuestro curioso explorador.

¡Qué horror! Al recibir la inopinada rociada y contemplar después sobre el pañuelo la infinidad de corpúsculos flotantes en las repugnantes salpicaduras, experimentó pavor en el alma y asco en el estómago. Gracias a su exquisita sensibilidad retiniana, que le permitía discriminar partículas diáfanas, solamente perceptibles para el micrógrafo en preparaciones coloreadas[127], reconoció, no sin alguna dificultad, en

---

[127] N.d.A.: A fin de atajar la extrañeza del lector, recordaremos que el órgano visual de Juan, además de poseer extraordinaria potencia analítica, gozaba de exquisita sensibilidad para apreciar los más tenues contrastes de luz. En virtud de esta notable propiedad, células, microbios y otros cuerpos microscópicos dotados de índice de refracción, apenas diferente del medio en que viven, aparecíansele con entera claridad.

el esputo, discos anaranjados (glóbulos rojos); esferas transparentes gelatiniformes que se estremecían al contacto del aire (leucocitos); películas diáfanas, esto es, células epiteliales de la boca y fauces; fibras elásticas semejantes a látigos chasqueantes; corpúsculos vibrátiles de la tráquea, cuyos hialinos y aterciopelados apéndices vibraban acompasadamente cual espigas en campo de trigo; numerosos microbios que retorcían sus flagelos al luchar con la desecación; y en fin, la terrible bacteria de la tuberculosis cabalgando amenazadora en viscosos y transparentes glóbulos de pus.

¡Y la gente respiraba tranquila aquella niebla en que latía la muerte! ¡Y los gérmenes del pus, de la pulmonía y de la gripe, saltaban de boca en boca sin que las candorosas víctimas hicieran la menor demostración de defensa ni se percataran de los terribles huéspedes a quienes habían dado confortable asilo en sus entrañas!

Con ser tan triste y lamentable la escena, había en ella algo que, encadenando vigorosamente la atención de nuestro héroe, le obligó a inmovilizarse en su observatorio; refiérome a la condición campechana y esencialmente igualitaria del microbio. Para las bacterias patógenas, hombres y animales, ricos y pobres, representan meros terrenos de cultivo y albergues por igual provechosos y codiciables.

Era de ver con qué inconsciencia respiraba cierta dama linajuda el bacilo gripal recién expulsado del pecho de golfa descocada y harapienta. Descendiendo de lujoso coche y en el momento de penetrar en el ministerio de la Gobernación, vióse a un arrogante y soberbio exministro aspirar con fruición el bacilo de la tuberculosis, momentos antes aventado por el ulcerado pulmón de furibundo anarquista. A guisa de serpentinas en Carnaval, fueron cortésmente cambiados varios *microccus* del pus entre ciertos timadores y algunos inspectores de policía. Lástima daba sorprender cómo hallaba lecho seguro y abrigado en la espléndida cabellera de almibarada y relamida señorita el repugnante germen de la tiña (*Achorion Schoenleinii*) desprendido del sucio pelamen de un pordiosero. En fin, al besarse, dos señoritas amigas se inocularon recíprocamente los microbios de la erisipela y del escorbuto.

¡Desolador era el espectáculo! ¡Enfrente de los enemigos invisibles, en todas partes como únicas armas, la desidia, la indiferencia y la indefensión más absolutas! ¡Y pensar que los hombres supieron imaginar pararrayos contra las tempestades y fusiles contra ladrones y forajidos, es decir, contra riesgos y amenazas lejanos, eventualísimos, y no aciertan a inventar nada poderoso a preservarnos de la agresión de esos arteros y microscópicos envenenadores, que nos acechan desde lo invisible, inmolando diariamente en cada nación miles de víctimas!

Apesadumbrado nuestro filósofo por tan dolorosas reflexiones, encaminó sus pasos hacia el Prado en busca de ambiente más puro y menos peligroso, cuando, al llegar a la fuente de Neptuno, se le ocurrió la desdichada idea de visitar el Museo de Pinturas.

¡Nunca lo hubiera hecho! ¡Qué decepción! El hechizo del color y del dibujo se habían eclipsado por completo, ostentándose obstinadamente allí, en toda su horrible desnudez, el aborrecido mosaico que le perseguía cual obsesión alucinatoria.

Surcos, colinas y valles, formados por el depósito irregular de un barniz ambarino quebrado con agrietamientos que recordaban los generados por el sol estival en las enjutas charchas; reflejos vivos semejantes a miríadas de estrellas, atrozmente perturbadores del color, y emitidos por cada relieve de ese mar embravecido y congelado; ramblas y aluviones de arenas y guijarros polícromos, vislumbrados al través del turbio barniz, y revueltos y amontonados en mareante confusión; tales fueron las impresiones recibidas por los asombrados ojos de Juan al contemplar las dulces y pastosas encarnaciones de las vírgenes de Murillo, o las briosas, francas y precisas pinceladas de los cuadros de Velázquez.

Aparte del aspecto de inmenso lodazal desecado debido al barniz, la pintura, propiamente dicha, habíase metamorfoseado en grosero mosaico, construido de millones de piezas de colores simples, agrios e incombinables. Ausentes por completo de esos matices compuestos, esas infinitas y dulces gradaciones de sombra y claridad, encanto y prestigio del arte pictórico, la situación de Juan delante de un lienzo podía compararse a la de un paleto que se empeñara en examinar los famosos cuadros de mosaico de San Pedro en Roma, a la distancia de la visión distinta (33 centímetros).

Por poco artista que sea el lector, comprenderá fácilmente las insufribles incongruencias y disonancias de color, perspectiva y dibujo, que chocarían a nuestro héroe. Tan esquemática e incompleta aparecía la paleta cromática en ciertos lienzos, que se hubieran atribuido a algún artista afectado de extraño daltonismo. En vano se buscaban en ellos matices tan importantes como el verde, violado y naranja. Sabido es que los colores compuestos suelen formarse en la paleta mezclando tintas simples: así, el amarillo y azul, componen el verde; el rojo y azul constituyen el violado, etc. Reducidas por el análisis tales mezclas a sus componentes, claro es que brillaban por su ausencia las tintas de combinación, que representan, según es notorio, efecto de la distancia y de la visión confusa de lo pequeño.

Faltaban asimismo, conforme es de presumir, esos efectos inesperados de vigor y entonación logrados por los buenos coloristas, manchando valientemente las cabezas con rayas de verde, morado y aun naranja[128], que la retina del observador, puesta a la debida distancia, debe fundir y armonizar.

Sin embargo, nuestro desorientado visitante habría conseguido recibir de los cuadros una impresión estética normal, pero a condición de alejar suficientemente su punto de vista. Por desgracia, las salas del Museo resultaban harto pequeñas para ello; ni era cosa de exigir del Estado, para comodidad exclusiva de tan estrafalario parroquiano, la construcción de un local de dos kilómetros en cuadro.

Del conjunto de sus percepciones plásticas y observaciones anatómicas, dedujo Juan que el arte resiste

---

128 N.d.A.: A los legos en materia de física pictórica les recordaremos que tres rayas de color chillón muy próximas y vistas a distancia, a saber: verde, naranja y violado, dan por fusión retiniana la sensación del blanco o del gris, a causa de impresionar conjuntamente un solo cono retiniano.

menos al análisis que la Naturaleza, toda vez que ésta nos brinda, allí donde la retina agota su poder, formas infinitesimales frecuentemente tan bellas como las asequibles a la visión vulgar; mientras que el arte, remedo[129] de las groseras impresiones sensoriales, trabaja con elementos toscos, amorfos, los cuales, a fin de mantener la ilusión plástica, deben recatarse en los obscuros dominios de lo invisible.

En el fondo de la vida palpita todavía lo vivo; en el de las obras de arte asoma en seguida lo feo y lo muerto. Cualquiera que sea el espectador, hombre, águila o insecto, el cuadro de la naturaleza orgánica mantendrá eternamente su misterioso prestigio, es decir, un cierto escalón de organización y de conciencia inaccesible; al paso que la obra pictórica, estrecha adaptación a nuestra mezquina percepción óptica, carece de profundidad y de universalidad (en tanto que objeto de sensación para todos los seres), y perderá sus encantos el día en que la capacidad cromática y diferencial de la retina realicen el menor avance.

A la salida del Museo del Prado gozó Juan de un espectáculo tan imprevisto como sorprendente. Durante su visita a nuestra admirable Pinacoteca sopló un cierzo frío y húmedo, encapotóse súbitamente el cielo, y en el momento mismo en que nuestro héroe llegaba a la calle de Alcalá, comenzaron a caer gotas de agua mezcladas con tenues copos de nieve.

Un poco contrariado, miró Juan en torno suyo, y se encontró de repente envuelto en una cortina de

---

129 Remedar: Imitar una cosa.

gigantes carámbanos que, privándole de la vista, le obligaron a caminar a tientas, como si le rodeara densa obscuridad. Era que, merced a su exquisita sensibilidad para percibir los contrastes de índices de refracción, el contorno de las gotas de lluvia, de los cristales multiformes de la nieve y de las burbujas de aire de los copos, dibujábanse con desusado vigor en su retina. Diríase que el agua del cielo había perdido su ordinaria diafanidad convirtiéndose en espuma.

Aunque nuestro héroe, por caminar de sorpresa en sorpresa, iba ya curándose de espanto, no pudo reprimir cierto estremecimiento al ver cómo se deshacían, al chocar en su semblante y ropas, aquellos colosales conglomerados de caprichosas y elegantes estrellas de hielo, y cómo las burbujas de aire, entre ellas alojadas, estallaban, a manera de pompas de jabón, enviando al cielo un último y diamantino reflejo.

¡Lástima que el oído de Juan no corriera parejas con su vista! El espectáculo hubiera sido aún más sorprendente. El ruido de las descomunales gotas de agua al desparramarse en el suelo, el zumbido de los copos al rozar el aire, el de las burbujas al reventar, hubieran producido en sus oídos el efecto de infernal baraúnda, de concierto ensordecedor.

¡Y qué cosa más extraña la gota de agua! Juan creía saber lo que era un líquido. Se lo habían explicado en la clase de física, donde le hablaron de la tensión superficial, y de esa fuerza de cohesión en cuya virtud la gota tiende a conservar su forma esférica y a mantener incólume su personalidad, rechazando todas las substancias antipáticas, es decir, no humedecibles.

Pero este fenómeno, difícil de comprobar a la simple vista, y poco a propósito por consecuencia para causar honda impresión, mostrábase ahora ante los ojos avizores y telescópicos de Juan con proporciones y claridad incomparables.

A fin de comprender la extrañeza y asombro de nuestro observador, figúrese el lector una colección de enormes vejigas de caucho, semejantes a los globos que sirven de diversión a los niños; imagine algunas de ellas ancladas en una o varias briznas de lana de la ropa a guisa de aerostato enredado en la copa de un árbol; suponga que al menor choque las citadas pompas gigantes segméntanse, como si fueran seres vivientes, en otras pompas más pequeñas igualmente esféricas...; represéntese todas las extrañas formas de transición (estalactitas, interrogantes, etcétera), adoptadas por la célula líquida, antes de rendirse a la ley de la gravedad y decidirse a abandonar el ansiado soporte; añada, en fin, la brillante imagen del cielo pintada en el curvo espejo de estas proteiformes y espesas capas cristalinas, y tendrá una idea de la impresión que debió experimentar nuestro héroe al contemplar de cerca el reino casi inexplorado de la gota de agua, de las células líquidas.

Al colmo llegó la curiosidad y extrañeza de Juan al vislumbrar, en una de tales formidables bolas, cierto infeliz animalículo, microbio quizás, que forcejeaba ansiosamente por escapar del líquido elemento, cuyas cristalinas fronteras, inconmovibles a sus ansiosos aleteos, debían parecerle más inexpugnables que muralla de la China. Al fin, el rudo golpe de un copo de hielo arrojó la citada gota al suelo, en donde, por obra de la *mojabilidad* del granito, y el consiguiente desparramamiento del líquido, quedó vencida la tensión superficial y liberado por fin el atribulado náufrago.

No fue esta la única transformación teatral causada por el agua. El mencionado chaparrón lavando fachadas y aceras, zócalos y estatuas, expulsando el aire superficial de los objetos, barnizando y puliendo, en fin, la ciudad entera, había dado faz nueva y más prestigiosa y simpática al desdeñado mundo inorgánico. Al través del barniz acuoso, semejaban los zócalos de mármol espléndidas obras de orfebrería cuajadas de diamantes, de cuyas facetas arrancaba la luz mágicos y coruscantes[130] reflejos. El prosaico almendrado del granito animóse con inesperados esplendores, luciendo, de mil modos combinados, las entonaciones verdosas y azulencas de la mica, los nacarinos matices del feldespato y los diamantinos fulgores del cuarzo; a cuyas bellas aguas añadíanse, por mayor gala y realce, los delicados cambiantes y vivísimos colores espectrales producidos por la onda luminosa al interferir en las sutilísimas capas de aire interpuestas en la mica. Y estas mágicas irisaciones, invisibles a los ojos vulgares, fulguraban y se eclipsaban, como lluvia de estrellas en el cielo, a cada cambio de posición del espectador. ¡Todo un mundo de belleza abismado y oculto en lo infinitamente pequeño!

¡Quién lo diría! Hasta el arroyo se había ennoblecido. Heridos oblicuamente por el sol, que resplandeció un momento entre nubes, centelleaban en el barro cristales de carbonato de cal, filamentos argentinos y

---

130 Coruscante: Que brilla.

polícromos de seda, hilos de lana comparables al tallo de las palmeras, trozos de papel parecidos a gigantescos granizados, poliédricas y verdosas células vegetales, esféricos y brillantes esporos y, en fin, elegantes y caprichosas conchas de rizópodo (formas orgánicas de la creta).

Por lo expuesto se ve que, si a influjo de los excepcionales ojos de Juan, el mundo vivo, singularmente el animal, había perdido sus hechizos, al contrario, el mundo inorgánico revelaba indecibles y no soñadas maravillas. Por consecuencia de tales descubrimientos, fue poco a poco cristalizando en el ánimo de nuestro héroe una concepción nueva de la belleza y fealdad de las cosas. Pensó que, en el orden de las realidades inorgánicas, lo feo, lo gris, lo amorfo, lo que ni atrae nuestras miradas ni habla a nuestra voluntad, representa la mezcla confusa y desordenada de elementos cristalinos, bellos en sí, pero inasequibles a la sensación; al revés, en el mundo orgánico, la impresión de fealdad y de repugnancia proviene de la intempestiva contemplación de los elementos constructivos (células, fibras, membranas, apéndices, etc.), infinitamente menos regulares, vistosos y brillantes que los integrantes de las formaciones minerales.

En suma —continuó reflexionando nuestro filósofo—, si en el reino de las rocas descubre el análisis maravillas ocultas, en el de la vida (y en la obra de arte su remedo) deshace la belleza, que representa un efecto de la visión sintética del conjunto y de la ingenua ignorancia de los misteriosos hilos de la urdimbre vital. Por donde se ve que en todas las cosas hay algo bello y atrayente. Todo es cuestión de colocarse en el adecuado punto de vista, acercándose con el microscopio o alejándose con el telescopio.

Posible es —conjeturaba Juan— que, si en la Naturaleza se dan seres dotados de sentidos menos analíticos que los humanos, les parezcan agradables y bellos muchos de los objetos que nosotros diputamos desapacibles, inarmónicos e indiferentes. ¡Quién sabe si el insecto halla las flores infinitamente más bellas que nosotros, y contempla en las arenas de la tierra, y en las estrellas del cielo, colores, formas y proporciones vedados a nuestra sensibilidad! ¿Qué será para el pájaro el espectáculo de una puesta de sol?...

IV

Poco tiempo después de la exploración que acabamos de referir, y cuando ya iba nuestro protagonista habituándose a los excesivos resplandores de la luz y a las extravagancias y sorpresas de aquel mundo tan real como inverosímil, ocurriósele cierto día asistir a una función del teatro Real.

Llevábale al aristocrático coliseo su pasión por la música. Y como sabía bien que, desde galerías y palcos, las decoraciones, así como los rostros y trajes de los cantantes, le harían deplorable efecto, resolvió hacer caso omiso de sus impresiones visuales y atenerse exclusivamente a las acústicas, por fortuna absolutamente normales. Y no halló para ello mejor expediente que instalarse en el más obscuro y olvidado rincón del paraíso.

Finalizaba el primer acto de *Carmen*, y resonaban aún en la sala los ruidosos aplausos de la *claque*, cuando nuestro *dilettanti* descubrió en un palco a su antigua prometida. Sin poder contener los impulsos de su corazón (pues todavía la amaba), y resuelto al mismo tiempo a someter a su exnovia a la implacable anatomía del análisis micrográfico, abandonó su rincón y bajó a saludarla.

El acto que iba a realizar no podía molestar a la familias de D. Tomás. Nuestro héroe había renunciado a ser el prometido oficial de Elvira, y esta circunstancia le daba cierta libertad para platicar con la esquiva doncella. En realidad, los exnovios no habían regañado, ni había para qué. Ocurrió sencillamente que el termómetro del afecto, que en el corazón de Elvira no marcó nunca la temperatura de la pasión vehemente, fue bajando insensiblemente hasta cero. Alejáronse poco a poco las almas, y la romanza del amor, cada vez menos briosa, dejó de resonar en el oído de la ingrata, cuando el corazón se negó a llevar el compás.

Pues como decíamos, Juan entró en el palco de D. Tomás, donde Elvira y su madre, muy joviales, empolvadas y peripuestas, lucían elegantes vestidos, valiosísimas alhajas y espléndidos tocados.

Si la intención del protagonista de esta historia fue borrar de su memoria las imágenes seductoras que conservaba de aquella mujer serena y razonadora; si anhelaba destruir de una vez la visión plástica de una belleza ponderada, sólida y eucrática, en torno de la cual, imaginación y sentimiento, habían alzado prestigioso ensueño de amor, fuerza es confesar que halló colmadas las medidas.

Completo fue el deshielo de la ilusión. A ello contribuyeron poderosamente varias circunstancias. En general, la mujer, maestra en el arte de agradar, no ha aprendido aún la ciencia de la iluminación. En la tertulia o el teatro escoge su asiento a la buena de Dios, sin caer en la cuenta de que hay luces que achagrinan[131] la piel, turban la armonía del color y de las líneas, y echan diez años encima.

Tal le ocurrió a la infeliz Elvira. Sin el menor recelo instalóse junto a un foco eléctrico muy cercano, que, alumbrando dura y oblicuamente sus facciones, exageraba las incipientes y casi imperceptibles arrugas de los veintisiete años, y hacía resaltar cruelmente los menores accidentes y defectos de la piel. Para colmo de desgracia, el rostro de nuestra heroína distaba mucho de ofrecer aquellos días la primaveral frescura y lozanía de otros tiempos. Deslustrábanle no poco las reliquias de reciente erisipela[132] y los efectos irritantes del frío invernal (enemigo terrible de las encarnaciones delicadas y de los cutis finos). Contra su costumbre, pues, tuvo la pobre que recurrir al uso y aun abuso de los afeites.

---

[131] Achagrinar: Curtir a imitación o semejanza del chagrén (zapa, piel labrada formando granos, empleada en la encuadernación).

[132] Erisipela: Inflamación microbiana de la dermis, caracterizada por el color rojo y comúnmente acompañada de fiebre.

En vano buscaba Juan, presa del mayor estupor, la correspondencia que pudiera haber entre aquel inverosímil montón de carne femenina erizado de verrugas, vergas, costras y escamas, y la poética imagen de la niña gentil guardada en el relicario de su memoria. ¡Qué decepción! Convertida aparecía la cabeza en bosque impenetrable de pardos y céreos bambúes, manchados de caspa, charcas de esencias y colonias de hongos microscópicos. En los labios y mejillas refulgía, a la luz eléctrica, un empedrado desigual de granos rojos y blancos, es decir, de partículas de carmín y blanco de bismuto. Grumosas y apelmazadas por el *coldcream*, cubrían el vello de mejillas y frente, estratificaciones y estalactitas de polvo de arroz, es decir, de globos de almidón. Por entre los claros del bosque capilar y los témpanos feculentos, asomaban acá y allá, a guisa de enhiestos monolitos, extensas, translúcidas y abarquilladas películas epidérmicas, sobre las cuales yacían agazapadas serpenteantes ristras del estreptococo de la erisipela. En fin, para completar este cuadro de fealdad, mencionemos todavía, en los párpados, la presencia de rastros fuliginosos, es decir, de fragmentos colosales de carbón vegetal, que prestaban a los ojos grotesca expresión de *clown*; y, en los labios, la de una saliva viscosa, donde, muy a su talante y sabor, gesticulaban y nadaban viveros de bacterias.

Aquello no parecía la angelical compañera de hombre, sino un paquidermo gigantesco y desaseado, un animal antediluviano de especie ignota, capaz solamente de inspirar lástima y repugnancia. ¡Qué tremenda desilusión!

—¡Y a esto se reduce, en el fondo —pensaba Juan para sus adentros— la tan decantada belleza femenil, la eterna Elena subyugadora del hombre y principio y causa de tantos desatinos, desvaríos y crímenes! ¡Y todo para recibir, cual galardón supremo, en nuestros codiciosos labios, la ola nauseabunda de los microbios salivales y sentir en la piel el rudo contacto de una epidermis que se desconcha y de un escobillón de cerdas que se dobla!...

Después de dirigir a las damas del palco algunas palabras vulgares y corteses, al objeto de disimular el infinito desencanto de su corazón, Juan levantóse para despedirse. Y en el momento en que Elvira, con la sonrisa en los labios, modulaba, con voz dulce y acariciadora, un «hasta la vista, Juan», algunas microscópicas gotas de saliva, proyectadas de la adorable boca, vinieron a rociar el rostro y tersa pechera de nuestro protagonista. El cual, sin parar mientes en la desatención que cometía, limpióse rápidamente la cara y manos, como si sobre ellas hubiera caído algún líquido corrosivo.

¡Era que en las salpicaduras del aliento de su amada, otro tiempo aspiradas con deleite, había creído divisar, cual vagas y amenazadoras sombras, las cápsulas del diplococo de Fránkel, del temible agente infeccioso de la pulmonía[133]!

La altiva Elvira sorprendió aquel gesto descortés, y en su despecho, hizo propósito de no olvidarlo jamás.

---

[133] N.d.A.: Recuerde el lector que el germen de la pulmonía habita a menudo la boca, fauces y losas nasales de sujetos sanos.

V

La vida del cuitado[134] Juan se iba haciendo por cada día más difícil.

Cierto que su clarividencia portentosa le permitía evitar los microbios; pero tal ventaja no había influído en su sensibilidad, de cada vez más susceptible, y ajustada, *ab initio*, para otra gama de sensaciones visuales.

A causa de esta inarmonía entre la excitación y la reacción, cobró repugnancia al vino, al agua, a la carne..., a todo. Pasaba los mayores apuros a la hora de comer, y no obstante intervenir él personalmente en las faenas cocineriles, esterilizando, filtrando, analizando y limpiando primeras materias, le ocurría a menudo sorprender en los alimentos y bebidas bicharracos o bacterias que le asqueaban el estómago y le quitaban el apetito. En virtud de un fenómeno psicológico difícil de explicar, aun los manjares más limpios y saludables causábanle repugnancia y escrúpulos.

Porque a sus ojos, la carne no era carne, sino paquetes de rojas y contráctiles lombrices (las fibras musculares estriadas); el tocino aparecíasele como un montón de globos enormes, semejantes a bomboneras repletas

---

[134] Cuitado: Afligido, desventurado.

de un líquido aceitoso y de cristalizaciones radiadas (células adiposas y cristales de margarina); el pan presentábasele cual conglomerado de granos almidonosos, empotrado en una ganga transparente (el gluten), donde destacaban toda suerte de inmundicias; el queso se le antojaba asqueroso criadero de microbios, arca de Noé palpitante de vida inmunda, nauseabunda carroña capaz de levantar el estómago de un difunto. En ocasiones, al hallarse en el comedor rodeado de apetitosas viandas, figúrabase estar en un laboratorio histológico, ocupado en devorar, impulsado de extraña aberración, una colección de preparaciones microscópicas. Los sesos, particularmente, inspirábanle supersticioso terror.

—¿Quién se atreve a comer —exclamaba— una célula nerviosa erizada de brazos suplicantes, que parecen vibrar todavía con el dolor del golpe mortal asestado por el matarife?

Por de contado, aborreció también el agua común, donde hormigueaban, entre otros gérmenes, el insidioso bacilo *tifoso* y el *bacillus coli communis*; repugnó el vino, frecuentemente impurificado con el *micoderma aceti* y el *torula cerevisiae*, y la leche, donde pululaba el bacilo de la tuberculosis, amén de tal cual bacteria de la fermentación; y acabó por no beber sino agua hervida y previamente esterilizada con la bujía de Chamberland. Infinitas eran las precauciones tomadas por el receloso Juan en el aseo y esterilización de platos, vasos, botellas, manteles, cuchillos y tenedores. Con tales rarezas y meticulosas aprensiones, excusado es decir cuál sería el humor de la infeliz cocinera. Pensó sencillamente que su amo había perdido el juicio.

Y en efecto, poco le faltó a nuestro protagonista para dar al traste con su razón. Ante sus ojos asombrados, había huido el encanto de la existencia. Desvanecíanse esos tenues y rosados velos con que la piadosa Naturaleza disimula la punzante acritud de las cosas y la ruda contextura del mundo.

Y en punto a desconciertos y a impresiones desagradables, allá se iban el campo y la ciudad. Así, cuando nuestro héroe paseaba por las afueras, veíase rodeado de enjambre bullidor de tenues partículas, las cuales, imponiéndose por su tamaño en los primeros términos, robábale la vista de las azules lejanías. Mayor tortura experimentaba aún al aventurarse en el tráfago y estrépito de la ciudad. Perdido y desorientado a causa de la extrema impureza del ambiente, en vano pretendía enfocar, a lejanas distancias (es decir, en las condiciones en que sus ojos hubiéranle proporcionado imágenes normales de los objetos), edificios y monumentos, carruajes y personas: una cortina de indefinibles impurezas, continuamente estremecida por el viento y hasta por las palpitaciones del sonido, esfuminaba los contornos de las cosas y exageraba la distancia de los últimos términos. Comparable a un viajero sorprendido en el campo por furiosa nevada, solo a rápidos intervalos vislumbraba el horizonte. Únicamente al declinar la tarde, cuando la luz del cielo bañaba la tierra en dulce y macilento claror, comenzaban a eclipsarse los inoportunos y mareantes polvos atmosféricos, y hallaba Juan tregua a la dolorosa fatiga de sus ojos.

Por esta razón se le veía a menudo, durante el crepúsculo, discurrir o barzonear[135] solitario por las recónditas veredas del Retiro, bajo las obscuras frondas de los pinos, entregado a sus reflexiones. Allí, al menos, libre del turbulento oleaje de las sensaciones diurnas, podía pensar, recobrar la posesión de sí mismo, buceando en el revuelto mar de sus recuerdos...; en el cual ¡ay! necesitaba remontarse muy atrás, recorrer casi enteramente el registro de la juventud, para topar con alguna grata remembranza compensadora del amargo presente y confortadora de sus desmayos.

VI

Cansado Juan de exploraciones tan curiosas como descorazonadoras, y apercibiendo el ánimo a más viriles y serias empresas, díjose un día:

—Réstanme todavía seis meses de maravillosa clarividencia. Aprovechémoslos, pues, en bien de la humanidad, es decir, en el cultivo de la ciencia, en el esclarecimiento de los arcanos de la vida. En mis manos, microscopio y telescopio, aumentarán estupendamente su alcance, rindiendo amplificaciones jamás soñadas por los físicos. ¡Qué de portentosos descubrimientos voy a hacer! ¡Excelsa será mi gloria! Ante los presentes

---

[135] Barzonear: Andar vago y sin destino.

y venideros, asombrados de mis soberanas conquistas, pasaré sin duda por genio extraordinario, por un demonio del análisis, por un monstruo de penetración, de intuición y de lógica...

Y lleno de férvido entusiasmo puso manos a la obra.

Comenzó por buscar recomendaciones para los sabios del Observatorio astronómico; cultivó la amistad de su director, quien, lleno de cortés benevolencia, le permitió, durante las claras noches estivales, escudriñar con poderoso anteojo los insondables abismos del cielo. Y tuvo la fortuna de descubrir astros nunca sospechados, cometas invisibles, nebulosas, cuyo pálida llama brillaba en negruras del espacio jamás exploradas; resolviendo de pasada los más arduos problemas de física, química y biología planetaria: la atmósfera de la luna, la habitabilidad de Júpiter, la cuestión de los canales de Marte, la composición química de las estrellas, etc. Porque es de notar qué, a sus ojos, la banda luminosa del espectroscopio estelar revelaba rayas cromáticas y de absorción absolutamente invisibles para todos los astrónomos.

No contento con tan estupendas revelaciones, montó en su casa un laboratorio micrográfico y bacteriológico. Y multiplicando la potencia del microscopio por la maravillosa acuidad de sus ojos, escrutó tenazmente las enfermedades de causa ignota, teniendo la suerte de poner en evidencia los gérmenes ultramicroscópicos de la vacuna, viruela, sarampión, sífilis, de los tumores... ¡qué se yo!

Cual preciado fruto de tan fecunda labor publicó, acerca del mundo de lo pequeño y del mundo de lo grande, sendas, sorprendentes y luminosísimas monografías que renovaban el pensamiento científico y abrían a la futura investigación espléndidos horizontes...

Pero ¡ay! tan admirables hallazgos chocaron con un pequeño obstáculo... No fueron de nadie creídos.

Decían los astrónomos, un poco molestados en su dignidad solemne de sabios oficiales: ¿cómo vamos a tomar en serio a un iluso que asegura distinguir a simple vista los satélites de Urano, las tierras y nubes de Júpiter y las estrellas de 16ª magnitud?

Por su parte, los histólogos y bacteriólogos, exclamaban: ¿qué fe vamos a prestar a las descripciones de un mentecato que se jacta de divisar a simple vista los glóbulos de la sangre y el bacilo de la tuberculosis, y cuyos estrambóticos hallazgos nadie ha conseguido confirmar?

Aquel escepticismo universal tan cruelmente mortificante para su amor propio; el creciente desvío de los amigos que le disputaban por loco de remate; la aversión progresiva a los hombres y a las cosas, hizo caer a nuestro filósofo en sombría desesperación. El mirífico[136] y sobrehumano don que juzgó nuncio de gloria y de ventura, habíase convertido en manantial inagotable de amarguras y desencantos. Como ocurre a menudo, los ciegos juzgaban al vidente. Quien debía compadecer era compadecido. Una vez más el genio

---

136 Mirífico: Admirable, maravilloso.

pasaba por demencia y recogía, en pago de su humanitario y abnegado esfuerzo, ingratitud e ignominia.

VII

Cierta tarde otoñal, tibia y serena, paseaba Juan por las umbrías alamedas del Retiro, no lejos de la glorieta del Angel caldo. Maquinalmente, y cediendo al reflejo de sus músculos, sentóse a la orilla de un seto, bajo los pinos gigantes y enfrente de un claro del ramaje, especie de locutorio al cual llegaban, vigorosos y vibrantes, el rechinamiento de los carruajes, las conversaciones de los hombres y las argentinas carcajadas de las muchachas.

Declinaba el sol lentamente, enrojeciendo las copas de los árboles, clorando y espiritualizando el rostro de las mujeres. Sentíase llegar poco a poco esa hora melancólica y dulce en que la Naturaleza se obscurece y las ideas se encienden; en que las pomposas frondas del boscaje, engalanadas un instante por el sol, cambian su rico matiz anaranjado verdoso por el azul violáceo; en que la claridad nos abandona como si la tierra cayera en antro profundísimo. De las alturas de la atmósfera, serena e inmóvil, descendía un silencio augusto que parecía apagar el rumor de las hojas y el estridor de los carruajes. A intervalos, batían el aire con sus obscuras y mudas alas los murciélagos, semejantes a almas en pena.

Extremadamente sensible al desfallecimiento de las cosas vivas, el espíritu de Juan se puso al unísono con el ambiente, sintiéndose penetrado de esa indefinible melancolía que parece irradiar de la vida vegetal cuando es abandonada del sol, su Dios y su fuerza.

Después de tender nuestro héroe una mirada distraída por el horizonte, a trechos perceptible por entre los troncos de los árboles, fijóse un momento en el cielo, hacia occidente, maculado por una larga pincelada fuliginosa. Era el humo de una fábrica eléctrica que se disponía a iluminar la ciudad.

—Ese humo negro —exclamó Juan— está ligado a la luz como el dolor al pensamiento. También yo he ansiado luz, mucha luz... y conseguí, sin duda, alumbrar mi inteligencia; pero ¡ay! el humo de la llama entenebreció mi corazón y empañó el cielo de mi dicha...

Poco después emergía por el oriente el astro de la noche, rojo y amenazador como un espectro trágico. Miróle Juan obstinadamente. Una vez más contempló sus mares desecados, sus montañas abruptas y peladas, sus cráteres vacíos e inertes, sus grietas colosales...

— ¡He aquí —se dijo— la fiel imagen de nuestro aciago destino! También la pálida luna tuvo un corazón lleno de lava derretida, y vivió rebosante de fuerza y de actividad, engalanada con la pompa de la vegetación, animada por el correr de los ríos, ceñida por el cerúleo tul de la atmósfera y embellecida por la dorada diadema de las nubes. Por ley ineluctable de la evolución, hoy la hermosa Diana no es más que la calavera de un mundo. Sus órbitas gigantes están vueltas a la tierra, a cuya pujanza y vitalidad dirigieron, sin duda, sus últimas y envidiosas miradas. De igual modo, nuestras órbitas vacías quedarán también un día orientadas hacia los astros, pero no serán ¡ay! atravesadas por el pincel dorado de la luz...

Al llegar a este punto de sus cavilaciones, cayó Juan en profunda postración. Lo triste evoca lo triste. A su mente acudieron en tropel dolorosas remembranzas: la prematura muerte de sus padres; ensueños de gloria desvanecidos; amores sin esperanza. Al exceso de emoción intensa y angustiosa sucedió un estado de subconciencia, durante el cual percepciones e imágenes lucían, a intervalos, como llama próxima a extinguirse. Haciendo, empero, un poderoso esfuerzo interior, a fin de encender de nuevo la luz del pensamiento, continuó:

—Veo negro y siento frío. Me parece que una ola tenebrosa de la noche estelar penetra en mi alma; que la temperatura glacial de los espacios interplanetarios me empapa como al errabundo aerolito; que las células de mi cuerpo pugnan por dispersarse como enjambre de abejas enloquecidas...

» ¡Lástima que la muerte suspenda la conciencia, sin transferirla del cerebro a la célula, y de ésta a la molécula! Momento felicísimo debe ser para los átomos de carbono y de nitrógeno encarcelados en los albuminoides del protoplasma, el de la liberación definitiva y su libre expansión en los amplios dominios de la atmósfera. ¡Qué placer más grande sería sentirse disolver en la nada; ocultarse de la luz, aleteando sin rumor, como el murciélago que se refugia en la caverna; caer en el abismo, a semejanza del barco zozobrado en las tinieblas, sin producir espumas ni remolinos visibles; sin dejar, en fin, en ningún corazón, el amargor de un sentimiento!

Sudor viscoso y frío bañó el rostro de Juan. Cesaron pensamiento y palabra. Su piel estremecióse con ese intenso calofrío que traduce las sensaciones obscuras, pavorosas e indefinibles. Latíale el corazón rápida y descompasadamente, y la sangre, huyendo del frío periférico, concentraba su calor en las más nobles e importantes entrañas. El hilo, cada vez más sutil de la percepción consciente, amenazaba romperse. En tan angustiosos momentos, y a guisa de suprema despedida del mundo ingrato, tendió Juan una postrera y desmayada mirada a los seres alegres y bulliciosos que, a pocos pasos de distancia, representaban la poderosa y obstinada corriente de la vida vulgar, por igual indiferente al dolor y a la gloria... Y ¡oh cruel ironía! En aquel desfile de cuerpos sin alma creyó ver o vio realmente a la desdeñosa e insensible Elvira.

Sí... ¡era ella! Venía sobre lujosa carretela; la cabeza iluminada a contraluz; con el cabello dorado y como incendiado por los últimos arreboles[137] del cielo; con la frente serena y ennoblecida por los azules reflejos del oriente; ardientes y arrebatadores los ojos negros; los labios, semejantes a pétalos de geranio, rizados por

---

137 Arrebol: (meteorología) Color rojo que adquieren las nubes por efectos de los rayos del sol.

espiritual sonrisa. Lucía talle adorablemente femenino, donde resaltaban las graciosas y rotundas curvas juveniles, triunfadoras de la curiosidad sensual de los hombres y de la inquisición maliciosa de las mujeres. En fin, la impecable estatua aparecía adornada con un soberbio traje de terciopelo verde obscuro que, por sabio y artístico contraste, además de dar al cuerpo aspecto de capullo, sonrosaba hechiceramente el nácar de una garganta de diosa y de unas manos marfilinas irreprochablemente dibujadas.

Sí..., ¡no cabía duda!; era la Elvira de siempre...: la virgen fuerte, equilibrada y serena que meses antes, en un día aciago, había sido deshecha y envilecida por el implacable escalpelo del análisis; pero contemplada ahora a la debida distancia, es decir, a la distancia de la ilusión, acariciada por luz suave y armoniosa, alzada, en fin, sobré el cristalino pedestal del espacio, merced al cual los soles pierden sus manchas y las lunas sus cráteres.

Y cuando el casi espirante filósofo, mudo de estupor por la sobrenatural aparición, fijó los ojos en la radiante estrella y sorprendió una de sus ardientes miradas, sintió de repente que una oleada de sangre caliente le inundaba el cerebro, y que su corazón, reconfortado, volvía a latir con el ritmo solemne y brioso de la salud. Habríase dicho que las células de la colmena vital, antes ansiosas de libertad y expansión, estrechaban de nuevo el nexo de la solidaridad y de la sinergia orgánicas. Con el retorno de la esperanza, le pareció ahora la vida, miserable y todo, digna de ser vivida. Y la estupenda resurrección operada fue en una décima de segundo, el lapso de tiempo estrictamente preciso para sentirse enfocado por unos ojos piadosos, subyugadores, impregnados de nupciales promesas...

VIII

Al cabo, cumplióse el plazo señalado por el genio. Cierto día, tras sueño letárgico y restaurador, los ojos y el cerebro del afligido filósofo recobraron su normal modo de ser. Al contemplar por primera vez, después de un año de análisis despiadado, los seres vivientes con sus matices continuos y estructuras veladas; al volver a hallar el aire, el agua, los alimentos y vestidos limpios de asquerosos *detritus* y de amenazadores microbios, creyó haberse remontado a un planeta nuevo, presidido por algún Dios paternal, benéfico y misericordioso.

Progresivamente recobró nuestro protagonista la antigua ingenua serenidad, y curó de sus rebeldías y pesimismos. La dura lección recibida le hizo más justo con los hombres y más severo consigo mismo. Una gran luz surgió en su inteligencia, y como consecuencia de sus nuevas reflexiones, se propuso variar radicalmente de conducta.

En adelante, fue su más firme resolución ajustar estrictamente su acción y su pensamiento a las incontrastables leyes de la evolución moral e intelectual de la vida, sin contrariarlas en lo más mínimo, antes bien sacando de ellas normas y principios de conducta individual y social. Su divisa fue la de Epicteto: «¡oh Naturaleza! yo quiero lo que tú quieres».

Por de contado, abandonó para siempre la satánica manía de hacer responsable a la Providencia del mal físico y moral, considerándolos ahora como indeclinable consecuencia de la flaqueza e imperfección del mecanismo cerebral. Comprendió que el dolor y la desgracia, irremediables en el fondo, en cuanto arrancan de la esencia y contextura misma de la máquina orgánica, solo pueden paliarse educando a los pueblos en el altruista amor del organismo colectivo, y sugiriendo a los hombres la firme convicción de que son células hermanas y equivalentes de una unidad viviente superior, Nación o Estado, cuya prosperidad y felicidad representan la suma de las abnegaciones y sacrificios individuales.

Fue tolerante con el error, y singularmente con el filosófico y religioso, en los cuales, cuando la sinceridad les santifica y ennoblece, veía ahora meras reacciones ideales compensadoras del infortunio, o consoladoras leyendas destinadas a llenar, con el perfume del ideal, el desierto de una mente sin conceptos y el vacío de un corazón sin amores. Y cuando el error, por no afectar a lo íntimo de la sensibilidad ni asociarse a un sistema de ideas compensador de la realidad dolorosa, podía y debía ser desvanecido, procedía a su extirpación con la suavidad, dulzura y miramiento con que se limpia la mancha que afea delicada y preciosísima estofa.

Hasta las propias desgracias presentáronsele ahora bajo un aspecto nuevo y singularmente alentador.

Descubría en ellas una como providencial advertencia de la debilidad creciente de su raza y de la necesidad inaplazable de vigorizarla física y moralmente. Y ya en el camino de la justicia y de la sinceridad, cayó en la cuenta de que, en los desdenes y pretendidas injusticias de los hombres para con él, palpitaba un gran fondo de sabiduría y previsión social. Lo que, apreciado desde el punto de vista del yo egoistico, parecía crueldad, mirado desde la serena cima de la utilidad colectiva, transformóse en caridad bien entendida.

Convertido gradualmente de esta suerte al culto fervoroso de la especie, fue pío e indulgente con sus adversarios; pues echó de ver que no pocos de los impulsos, al parecer antipáticos y egoístas de los hombres, representan, detenida y serenamente analizados, sagradas e imperativas exigencias de la continuidad y prosperidad de la raza.

—Bien hicieron mis jueces —decía— en desairar a un opositor, estudioso y despierto sin duda, pero exaltado, desordenado y agrio. Razón tienen también mis amigos en desdeñar a un camarada pedante y enfático, que cifra su vanidad en acibarar[138], con sombrías y desoladoras filosofías, el optimismo y la fe necesarios a la lucha y a la felicidad. No menos prudente y razonable se mostró Elvira al interrumpir toda relación de afecto con un hombre débil, enfermo y, por añadidura, estrambótico y malhumorado. En sus frías repulsas, intolerables entonces para mi egoísmo, hablaba, sin duda, el genio de la especie.

---

138 Acibarar: Turbar el ánimo con algún pesar o desazón.

Por irreverente que parezca a los mantenedores del individualismo militante, preciso es reconocer que, en el contrato del amor, la humanidad por venir es un testigo con derecho a ser oído y a oponer su veto, si el presumible resultado de la unión conyugal contraría las sacrosantas leyes de la evolución. Ese testigo de cargo habla a menudo en la mujer desde el fondo del inconsciente. Atento al equilibrio de la forma y al progreso de la inteligencia, él fue, sin duda, quien transmitió a la conciencia de Elvira la sorda protesta de miles de gérmenes inmaturos recelosos de no ver la luz, el lamento agorero de toda una futura humanidad amenazada de morir en agraz[139] o de arrastrarse acaso en las ignominias de la degeneración o de la locura.

IX

Habían transcurrido dos años más. Juan era ya otro hombre. Trocada su psicología, corregida su conducta, el fruto no se hizo esperar.

Ganó por oposición una plaza de la Beneficencia provincial. La clientela, de cada vez más copiosa, rendíale pingües beneficios. Sus amigos, ahora muy numerosos y sinceros, rodeábanle con amor y se hacían

---

139 Agraz: uva sin madurar. Se aplica a la cosa o persona que está en preparación, que no ha madurado

lenguas de su bondad, discreción y talento, y hasta de sus simpáticas flaquezas y defectos. Porque Juan, de acuerdo con la sentencia de Gracián: «ten veniales descuidos y defectos para que la envidia se cebe en ellos y no se atreva a lo mejor», fue por primera vez en su vida jovial, incorrecto, desaliñado, abandonando cierta solemne tiesura de la dicción y del gesto, así como cierto nimio y meticuloso cuidado de la sintaxis que, sobre darle un aire de pedantismo enfadoso, robaban a sus palabras la espontaneidad y la gracia, la afabilidad y la llaneza, encanto y primor de la conversación familiar.

Nadie se acordaba ahora de sus antiguas extravagancias y locuras, que las gentes, piadosamente pensando, atribuyeron al tremendo choque moral producido por la muerte de sus padres idolatrados.

Y como cerebro y corazón sanos y tranquilos constituyen los mejores tónicos de la nutrición, nuestro desengañado filósofo mejoró también de naturaleza física. Era a la sazón un apuesto mozo de treinta y dos años, alto, fornido, elegante, con aire bondadoso e inteligente.

Elvira, la equilibrada y seria Elvira, no se había casado aún. Deseaba D. Lucas unirla en matrimonio con cierto rico comerciante amigo suyo, joven y enamorado, aunque sin cultura ni talento; pero la avisada doncella no daba fácilmente su brazo a torcer. El pretendiente distaba mucho de realizar el tipo del intelectual, de voluntad firme y claro talento, que ella anhelaba para guía y amparo de su vida y prudente freno de su femenil nerviosidad. El Lohengrin[140] esperado debía reunir las cualidades que un célebre autor diputaba indispensables en el hombre de genio: el espíritu soñador, la cultura y altruismo de D. Quijote, y la serenidad, robustez y positivismo de Sancho; y hasta entonces, el vigía del corazón no había columbrado el misterioso y encantado esquife[141].

Por fortuna, la avisada Elvira topó un día con su antiguo novio, el loco y doliente Juan, el joven ojeroso y pálido, a quien más de una vez sorprendió paseando sus melancolías por las umbrías del Retiro. Y quedó, al contemplarlo, agradabilísimamente sorprendida y, más que sorprendida, subyugada. Un fuerte aldabonazo del corazón anunció a la alborozada doncella que había, por fin, pisado la tierra de promisión.

Conocía, ciertamente, los triunfos y prosperidades de su antiguo amante, pero no pudo sospechar nunca la transfiguración admirable operada en su físico, la expresión de seráfica dulzura de la mirada, la calma y jovialidad encantadoras de su espíritu. Y el genio de la especie, sonriendo satisfecho, rectificó antiguos presagios. Y como frisaba Elvira en los treinta años, y no era cosa de perder el tiempo en transiciones retóricas; visto, además, que Juan se las daba, con razón, de ofendido, resolvió la valerosa doncella acortar las distancias y derretir de una vez el hielo con una impetuosa oleada de

---

140 Lohengrin: caballero del cisne, es un héroe de los mitos europeos medievales que sería absorbido por la leyenda artúrica, como hijo de Parsifal (Perceval), el caballero del Grial.

141 Esquife: Barco pequeño que se lleva en el navío para saltar a tierra y para otros usos.

sangre enardecida. En consecuencia, Juan recibió un día esta breve y expresiva epístola:

«Olvida lo pasado y atente al presente. Y el presente es que tú encarnas el hombre soñado por mí, y que te amo. No me preguntes el porqué del cambio, ni te engolfes en disquisiciones psicológicas. Yo misma no lo sé. El corazón ha hablado; he aquí todo. ¿Quieres saber lo que dice? Te espero esta noche en el Real».

—Buena señal —exclamó Juan al recibir la expresiva epístola—; el genio de la especie se ha reconciliado conmigo.

Y sin que por un momento sintiera la menguada tentación de echar en cara a Elvira antiguos desdenes, acudió a la cita y reanudó, con más ilusión y cariño que nunca, las interrumpidas relaciones.

Y se casaron, siendo felices. Y cuentan las crónicas que el genio de la especie no tuvo motivo de arrepentirse al contemplar, años después, la hermosa y robusta prole.

El hombre natural y el hombre artificial

I

El siguiente coloquio, interesante por más de un concepto, ocurrió en París, durante la estación de las flores, desarrollándose en la animada escena del boulevard Montmartre, sobre la ancha acera de un café al aire libre.

Junto a un velador, y bajo la protectora y polícroma marquesina, hallábase cierto caballero como de treinta y cuatro años, alto, moreno, de frente despejada y ojos vivos e inteligentes. Entre sorbo y sorbo de café, leía distraídamente la prensa del día, dirigiendo, de vez en cuando, furtivas miradas a la porción libre del *trottoir*[142], por donde desfilaban, en procesión pintoresca e

---

142 *Trottoir*: Acera en francés.

interminable, hombres trafagosos, perezosos *flaneurs*[143] y airosas, pulcras y bien trajeadas muchachas. Satisfaciendo la natural curiosidad del lector, diremos, desde luego, que el personaje en cuestión era D. Jaime Miralta, español naturalizado francés, célebre ingeniero y director de importante y acreditada fábrica de aparatos eléctricos.

Al alzar sus ojos del periódico, atrajo de pronto su atención la presencia, en otro velador vecino, de un forastero severamente vestido, de aire grave y solemne, y enlutado a usanza española.

—Este sujeto no me es desconocido —pensó Jaime, quien, después de repasar sus recuerdos, acabó por reconocer en el recién llegado a su antiguo condiscípulo y contrincante del Ateneo, D. Esperaindeo Carcabuey, barón del Vellocino, el cual, mirando a su vez al compañero, levantóse bruscamente del asiento y corrió a saludarle efusivamente, exclamando:

—¿Cómo?... ¿Tú por aquí? ¡Qué grata sorpresa! Cuéntame...; ¿qué es de tu vida? ¡Seis años sin noticias tuyas! Sabía que, a consecuencia de las persecuciones de que fuiste objeto, te habías expatriado...; pero te creía en América...

—Pues ya ves, querido Esperaindeo, vivo en París, y vivo tan ricamente, convertido en flamante industrial, explotador de varias patentes de invención relativas a máquinas eléctricas, y con algunos millones de francos ganados en buena lid.

---

143 *Flaneurs:* Ociosos en francés.

»Pero, ¿qué diablos te trae por París y solo? Te suponía en Madrid hecho todo un prócer, diputado o senador tradicionalista, gala y ornato de los salones aristocráticos y de las corporaciones piadosas, y partidario acérrimo del principio de autoridad hermanado con el orden y la religión...

—¡Mira, no me vengas con ironías, que no está la Magdalena para tafetanes[144]!... ¡Ah, si supieras! ¡Soy muy desgraciado..., horriblemente desgraciado!...

—¿Cómo? ¿No eres feliz? Un joven como tú, hijo único, dueño de regular fortuna, dechado[145] de cristianas virtudes y espejo de mansedumbre y humildad, casado quizás con santa y devotísima hija de la Iglesia...

—¡No aludas, por Dios, a mi mansedumbre!... Ella me ha perdido... Mira..., me alegro en el alma haber topado contigo. Me coges en plena crisis psicológica. En mi conciencia comienzan a deshacerse muchas cosas que creí axiomáticas e inconmovibles... Y tú vas a ayudarme...; sí..., porque solo un hombre como tú, modelado por el propio esfuerzo y dotado de poderosa individualidad y de invencible energía, puede asistirme...

—¡Chico, me tienes en brasas!, ¿qué te ocurre? Cuéntame..., y confía en mí. Bien sabes que, no

---

144 «No está la Magdalena para tafetanes» equivale a decir que «no está la cosa para bromas». Tafetanes son sedas y abalorios que puede llevar una mujer cuando se viste ostentosamente. Es clara la figura de antífrasis cuando se aplica a María Magdalena, la pecadora conversa del Evangelio. En la imaginería popular la Magdalena es una figura compungida, vestida con un tosco sayal. Sería una broma que Magdalena fuera vestida con lujos, como seguramente utilizó en su previa posición de hetaira.

145 Dechado: Ejemplar, muestra que se tiene presente para imitar.

obstante nuestras diferencias de temperamento mental y de gustos intelectuales, te he considerado siempre como un buen amigo..., más aún, como un corazón de oro, cuyos hidalgos impulsos no pudieron aniquilar los errores de la educación ni el veneno de la intransigencia religiosa. No olvido nunca la generosidad y celo con que trabajaste para lograr mi absolución en aquel malhadado proceso por delito de imprenta...

» Pero, siéntate..., y cuéntamelo todo. Esta tarde no tengo que hacer..., y aunque lo tuviera... ¡Es tan grato oír hablar de la patria y de los amigos después de tantos años de ausencia!

—Agradezco cordialmente tus bondades. No esperaba menos de ti; pues aunque tus radicalismos políticos y desaprensiones dogmáticas te hicieron antipático a mi familia, yo siempre te estimé y admiré..., acaso porque hallaba en tu complexión moral mucho de lo que echaba de menos en la mía: entendimiento esclarecido y sincero, y voluntad honrada, consagrada al culto de la verdad y del bien...

» Quiero, amigo Jaime, referírtelo todo...; confiarte flaquezas y recuerdos que jamás salieron de mi corazón. Mi vida es una historia clínica, que debes oír y meditar como psicólogo y como médico, para ver si das con algún remedio salvador. Soy una pobre víctima de la mala educación, a quien el infortunio ha abierto los ojos..., unos ojos que jamás contemplaron la realidad de las cosas. Meditando ahora acerca de mis ideas y sentimientos, me he persuadido de que no soy una persona con propia espontaneidad, venida al mundo para añadir algo al acerbo común de la cultura y del bienestar sociales, sino una marioneta de cuyos hilos tiraron los vivos y los muertos, un ejemplar repetido y fácilmente sustituible de esa grande edición del libro humano escrito por la tradición e impreso y divulgado por la rutina. Yo no soy, pues, un yo; soy los demás, es decir, el no yo de los filósofos. Represento humilde manufactura donde colaboraron todas las manos, excepto las mías; cera blanda, en la cual la sugestión, la autoridad y la enseñanza, impresionaron cuanto quisieron, sin que la menguada elasticidad de la primera materia fuera poderosa a borrar algunas huellas deformativas, ni a generar un pliegue original y espontáneo. Bien sabe Dios que, si mi vida ha resultado un fracaso, no es mía la culpa. Otros cargaron el cañón; yo, mera e inerte bala, me limité a seguir la calculada trayectoria. Mas los sedicentes hábiles artilleros apuntaron mal, y en vez de dar con mi cuerpo en el soñado Paraíso, estrelláronme contra la roca. ¡Y entre tanto los flamantes educadores, tan campantes y satisfechos! Pero, no divaguemos, y al grano. Ni te sonrías si en la narración siguiente encuentras algún detalle harto realista.

Y Esperaindeo, después de mirar unos instantes al cielo, como para iluminar los borrosos recuerdos de la infancia, continuó:

—Pues, señor..., la fatalidad influyó hasta en el acto de mi concepción. Mi madre, estéril hasta los cincuenta años, se empeñó en tener un hijo. Y en vista de que los santos no se le otorgaban, consultó a un famoso doctor, especialista en afecciones sexuales; el cual, con beneplácito del autor de mis días, propuso el empleo de la fecundación artificial. Soy hijo, pues, de mi madre y de una jeringuilla. A fin de evitar el malogro del casi milagroso engendro, tragó mi madre infinitas pócimas y asistió fervorosa a no sé cuántas misas, sermones, rosarios, gozos y triduos; mas a pesar de tanta asistencia celestial, para que yo viniera al mundo hubo que recurrir a la violencia del fórceps y al cornezuelo de centeno[146]. ¡Pluguiera al cielo que en mi cabeza no hubieran impreso sus huellas otras tenazas harto más duras y deformadoras que las del citado instrumento tocológico!

» En mis primeros meses, envolviéronme en pesadas y ceñidas ropas de abrigo, que embarazaban mis movimientos; criáronme. con biberón y harina lacteada; y mi madre, esclava del cuidado de su hijo, no permitió, de miedo al frío y a los microbios, que respirase el aire de la calle lo menos en tres años, excepto el día de mi bautizo, en que atrapé soberbio tabardillo[147], y el de la confirmación, en que agarré la difteria.

» En cuanto rompí a hablar y a andarme solo, los que me rodeaban, en vez de despertar el dormido entendimiento con algunas noticias claras y elementales de las realidades de aquí abajo, poblaron mi fantasía de conceptos abstractos y de imágenes de seres invisibles habitadores de lo alto. Entre oración y oración, fatigaban mi memoria contándome consejas absurdas, episodios demoniacos, vidas de santos milagrosos...; narraciones esencialmente contrarias a los principios de la causalidad natural y las más a propósito para creer

---

146 Cornezuelo de centeno: Fue el primer fármaco alcaloide que se descubrió. Fue utilizado como calmante del dolor.

147 Tabardillo: Tifus.

que todas las leyes del mundo son derogables a capricho de celestes influencias.

» Cumplidos los diez años, era yo un niño pálido, encanijado y enteco[148], comparable a planta criada en sótano. A pretexto de evitar enfermedades y malas compañías, no se me consintió jamás jugar ni correr con los chicos de mi edad. En esta virginidad de entendimiento y de conciencia, con la memoria atiborrada de fantasmas y de conceptos místicos que escapaban a mi penetración, sin poseer una sola imagen precisa del mundo, que se me aparecía como un vago y misterioso ensueño lleno de pavorosas pesadillas, permanecí hasta los once años, en que se me juzgó en sazón para cursar la segunda enseñanza en un colegio de jesuitas. Allí aprendí latín y griego, lenguas de los muertos, y menosprecié el francés y el alemán, idiomas de los vivos y vehículos de la moderna cultura. En aquellas aulas, impregnadas de misticismo y de olor a rapé, adquirí un desdén aristocrático hacia las ciencias profanas, es decir, las matemáticas, físicas, naturales y biológicas, venero de riqueza y bienestar de los pueblos, y una pasión exclusiva y fanática por la retórica, las humanidades y singularmente por la teología, que Donoso Cortés proclamaba la «primera y más noble de las ciencias, la universal por excelencia, la que contiene y abarca todas las disciplinas divinas y humanas».

» A la verdad, yo no penetré bien todos los ingeniosos argumentos de mis profesores, que se apoyaban principalmente en la filosofía de Santo Tomás; pero

---

148 Enteco: Enfermizo, débil, flaco.

los diputé excelentes e irrefragables, pues no era cosa de sospechar que varones tan doctos y de acrisolada virtud pudieran engañarse y engañarme. Además, en mi naturaleza de hombre artificial y de pastaflora[149], docilísimo a toda suerte de sugestiones, no iba a mostrarme exigente. Mi cabeza vino a ser una especie de garrafa que admitía inconsciente cuanto le llegaba por el embudo de la atención. Ajeno al concepto de la ley natural, y mirando el mundo cual perpetuo milagro, tragábame sin el menor empacho cuantos sucesos sobrenaturales me contaban.

» La amarga experiencia me ha enseñado que se desdeña o aborrece cuanto se ignora o no se ejercita lo bastante. Y yo, que no ejercitaba la razón, acabé por execrarla, y más cuando llegaron a mi noticia las infinitas impiedades y desatinos cometidos por los hombres atacados de la insana manía de pensar. Después de todo, ¿para qué discurrir? me decía... ¡Es tan cómodo creer... y, además, tan breve, tan económico de fósforo cerebral!

» Tenía yo buena memoria y me la desarrollaron aún más con el continuado ejercicio. Preciso es convenir en que mis preceptores eran rigurosamente lógicos. Dado su concepto transcendental de la vida —preparación para la muerte—, desarrollar en los catecúmenos el espíritu de independencia y el sentido crítico, ¿no es abrir puertas a la herejía y comprometer la eterna salvación? Al contrario, atrofiar la personalidad filosófica por la sugestión constante de la flaqueza e improcedencia

---

149 Pastaflora: Ser de carácter blando y demasiado condescendiente.

del criterio individual, en tanto que fuente de verdad metafísica, y llenar por compensación la retentiva con doctrinas piadosas, con normas y preceptos de moral cristiana, ¿no equivale a preservar a los hombres de los asaltos de la duda y de los extravíos de la voluntad? ¿No es garantizarles inalterable calma en esta vida y perdurable beatitud en la otra? Cuanto más que, habiéndose esclarecido perfectamente, merced al resplandor de la revelación y de la filosofía cristiana, todo lo esencial del mecanismo del Cosmos y naturaleza y finalidad del hombre, sumirse en el análisis y contemplación de las cosas terrenas y perecederas, se me antojaba pura frivolidad y deseos de chamuscarse en el infierno. Y yo, como es natural, no quería chamuscarme. ¡Para algo tenía padre y madre cristianos, directores espirituales doctos y celosos y 8000 duros de renta!

» Sin esfuerzo adivinarás, por lo expuesto, cuán notables y rápidos progresos haría en las clases de retórica, historia, religión y psicología escolástica, y los escasísimos, por no decir nulos, logrados en las de física y química, fisiología e historia natural; ciencias estas profesadas por dos reverendos jesuitas, listos e ingeniosos exégetas[150], capaces de probar que la circulación de la sangre, los microbios y los rayos X, estaban ya puntualmente previstos, aunque en forma esotérica y para genios solos, en las relaciones del Génesis o en las fulguraciones del Apocalipsis de San Juan.

» En mi afán de lucir la memoria y de pertrechar de armas mi futura elocuencia, me engolfaba, durante

---

150 Exégeta: Persona que interpreta o expone un texto.

las vacaciones, en la lectura de patrólogos[151], místicos y apologistas cristianos, embaulándome todos los florilegios o tópicos, imágenes y comparaciones relativos al heroísmo de los mártires, los milagros de la fe, la perennidad y misión civilizadora de la Iglesia, la profundidad y sublime clarividencia de la filosofía escolástica; frases y conceptos que espetaba de carretilla y chorro continuo, declamándolos con tono enfático y altisonante.

» Conociendo mis maestros esta flaqueza mía y pueril afán por las aparatosas e hinchadas peroratas, escogíanme para que llevase la voz de mis condiscípulos en las solemnes fiestas académico-religiosas celebradas en honor de San Ignacio, a las que asistía la flor y nata de la aristocrática clientela del colegio.

Aún me acuerdo del frenético entusiasmo producido en cierta velada consagrada al *Sagrado corazón de Jesús*; durante la cual largué al concurso, en menos de media hora, toda la indigesta cargazón de flores de trapo abarrotadas en mi memoria. ¡Aquello fue el delirio! Al final de mi discurso, señora hubo de las más empingorotadas y linajudas que, transportada de místico fervor, se me comía a besos, llamándome: *columna de la Iglesia, vaso de elección y esperanza de la buena causa*. La verdad es que, en punto a recitar, era yo un gerifalte. Tocante a inventiva ¡Dios la dé!

Cumplidos los diecisiete años y aprobado el preparatorio, comencé en la Universidad mis estudios de abogado. El Derecho me distanció aún más de la

---

151 Patrología: Ciencia que tiene por objeto el conocimiento y estudio de las doctrinas, obras y vidas de los padres de la Iglesia católica.

Naturaleza. A mi creencia, en un mundo-milagro se añadió entonces el fetichismo de la ley escrita. Cada precepto legal aparecíaseme como algo real e inmanente, algo que estaba por encima de las convenciones humanas y de los intereses materiales de las muchedumbres.

A través de la hoja de papel de Códigos y Partidas, elaborados por doctrinarios encumbrados en la torre de marfil de orgulloso subjetivismo, la imagen del hombre real, con sus impulsos, intereses y pasiones, se esfumaba hasta desvanecerse casi del todo. Naturalmente, supuestos mis sentimientos tradicionalistas, la ley humana me parecía simple comentario práctico de la divina, y consideraba a legisladores y jueces cual meros delegados de la Iglesia, en cuyo nombre, y no en el del pueblo ni del rey, debieran formular las leyes y administrar justicia.

Una vez concluida mi carrera, todo parecía sonreírme. Vocación y ansia de gloria lanzáronme a las lides de la palabra. Y en un principio, mientras me concreté a hacer conferencias en los Luises y demás círculos ultramontanos, hallé mi camino sembrado de flores. Por desgracia, mis maestros del colegio y de la Universidad creyeron descubrir en mí un brioso mantenedor de la fe y un orador fogoso y sugestivo, y excitáronme, con la mejor intención, a mantener, enfrente del racionalismo militante, en Academias y Ateneos, los principios del *Syllabus*[152] y de la filosofía escolástica[153]. Como de ordinario, para tan ardua labor mi memoria debía hacer el gasto. Mosaico de retazos hábilmente encolados para disimular las ensambladuras, eran mis oraciones; en las cuales se entretejían períodos enteros de Bonald, de Maistre, Raulica y Donoso Cortés, con frases de Balmes, Ortí y Lara, Brunettiére, Pidal, Mir, Fajames y Polo Peirolon. Aprendíme de coro cuantos argumentos esgrimen los citados tratadistas contra el desolador positivismo, sin olvidar las razones y alegatos probatorios de la realidad de la revelación bíblica, del origen divino de la vida y del hombre, del carácter sobrenatural del lenguaje y de la misión redentora de la Iglesia.

Para acomodarme a mis modelos y al gusto dominante entre nuestros polemistas católicos, fingí animadversión y desdén indecibles contra Buchner, Draper, Moleschott, Vogt, Darwin, Haeckel, etc., amén de Bain, Herbert Spencer y Wund, que me parecían materialistas y ateos disfrazados. Y para reprobarlos según se merecían y pedía mi condición de orador grandilocuente, hice diligente acopio de los más suaves adjetivos, tales como: protervos[154], soeces, viles, groseros, hediondos, nauseabundos, repugnantes, concupiscentes, bajos, sensuales, execrables, abominables... Ni tuve que rebuscar mucho para reunir tan piadosas y humildes

---

152 *Syllabus Errorum os nostrae aetatis errores,* es el listado recopilatorio de los principales errores del mundo moderno publicado por la Santa Sede en 1864, durante el papado de Pío IX.

153 Escolástica: es una corriente teológica y filosófica que utilizó parte de la filosofía grecolatina clásica para comprender la revelación religiosa del cristianismo.

154 Protervo: Perverso, obstinado en la maldad.

palabras; las hallé en las suaves y beatíficas homilías de nuestros obispos y en las oraciones polémicas de nuestros tomistas[155]. Y, cosa extraña, cuantos esfuerzos hice para rebañar algún calificativo de este jaez en las obras de los neotomistas extranjeros (escuela de Lovaina, por ejemplo), resultaron infructuosos. Por donde vine a colegir que en materias de fe y de intolerancia, nuestros polemistas cristianos están harto más adelantados que en achaques de cortesía y comedimiento.

» Debo declarar que, por entonces, bajo el énfasis y la indignación retórica del catecúmeno, tan celebrados por la galería, latía un fondo de sincera animadversión. No me era posible concebir un materialista o librepensador, sino como un ser bajo, artero, sensual, capaz de toda suerte de crímenes y perenne candidato a cárceles y presidios. Habíanme enseñado que, en herejes y descreídos, las virtudes son vicios, es decir, rasgos de orgullo y de hipocresía o efectos lejanos de la antigua levadura cristiana, y yo lo creí de buena fe. No tardó, sin embargo, la experiencia en demostrarme que la conducta individual depende, antes que del credo religioso, del carácter, grado de cultura y especialidad pasional de los hombres.

» En suma, y para definir en pocas palabras la fisonomía moral del ingenuo paladín de la fe en el Ateneo, me bastará consignar que era católico por sugestión y costumbre, ultramontano por imposición, procaz e

---

[155] Tomismo: es la escuela filosófica y teológica que surgió como un legado del conocimiento y el pensamiento de Santo Tomás de Aquino, filósofo, teólogo, santo y Doctor de la Iglesia.

intemperante por imitación, y orador retórico y florido por recetas.

» Pues, como te decía, no todo el monte fue orégano. Los primeros disgustos y desengaños me los trajeron mis discusiones del Ateneo; y tú, no obstante la moderación y exquisita cortesía con que me trataste, me pusiste, con tu fría, acerada y robusta crítica, en gravísimos aprietos.

—¡Bah! Allí era yo tan doctrino como tú. Ya te contaré...

—Toda esta parte de mi vida la conoces perfectamente. Recordarás que fue puesta a discusión, por la Sección de Ciencias morales y políticas, una Memoria intitulada *Inanidad del positivismo y evolucionismo*, de que me constituí en voluntario y arrogante mantenedor.

» ¡Nunca lo hubiera hecho! Aquello fue un desbordamiento de rencores, de sañas de escuela, de inauditas violencias de lenguaje. Nube amenazadora de individualistas, racionalistas, materialistas, positivistas, kantianos, anarquistas, socialistas y hasta oportunistas y conservadores-liberales pidieron la palabra, no sin apostrofarme y vociferar como energúmenos; y concedida que les fue, enfocaron por turno, y en sucesivas sesiones, los puntos flacos de mi discurso: las inocencias paradisíacas, las omisiones intencionadas, las deficiencias científicas y filosóficas, hasta las petulancias y osadías de forma... , dando en tierra con la artificiosa y flamante fábrica retórica, y prodigando de paso al mantenedor las más desdeñosas ironías y las más despectivas reticencias.

» Aquellas acritudes de lenguaje eran, por desgracia, motivadas; respondían, según suele acontecer siempre (traspasando un poco la medida del ataque), a una serie de imprudentes retos y de punzantes invectivas, enderezados por mí a librepensadores y masones en general y a los materialistas en particular.

» Falto de serenidad, y ardiendo en santa indignación, replicaba yo a voces, apelando a todas las bellas frases y lugares comunes conservados en mi memoria; pero desgraciadamente el almacén se me agotaba, viéndome obligado a usar argumentos recalentados, mientras que el de mis adversarios parecía siempre repleto y renovado. Y, según suele acontecer, a falta de buenas razones y de sólida ciencia, pretendí salir del paso apelando a los arranques del sentimiento y a las profecías jeremíacas y terroríficas. Y un día, con ademán heroico y gesto trágico, erguime en el sitial y ensarté de carretilla todas las frases hechas de que me acordaba, declarando: que las doctrinas positivistas y evolucionistas escarnecen y degradan al hombre, rebajándole a la condición del bruto; apagan la noble sed del ideal, norte de la existencia; aniquilan la esperanza de los pobres y desdichados; entronizan la maldad hábil, la más odiosa de las maldades; destruyen las bases de la moral que radican, no en bajo terreno de la utilidad, sino en la obediencia a los divinos preceptos del Decálogo; y, finalmente, conducirían, de erigirse en normas de la vida práctica, al desbordamiento general de las pasiones antisociales, a la total anarquía de las voluntades, al estado de abyecto salvajismo, del cual, siglos hace, nos redimiera la creencia en la divinidad y la vivificante luz del Evangelio...

» Mis flores de trapo, increpaciones y arrogancias, fueron calurosamente aplaudidas por los clericales y tradicionalistas; pero ¡ay! estos aplausos no me convencieron. A pesar de mi facundia[156] y del entusiasmo de los correligionarios de la buena causa, un hecho quedó plenamente patentizado: que la mayoría de las objeciones asestadas por anarquistas, materialistas y darwinistas contra la autoridad de la Biblia, divinidad de Jesús, infalibilidad del Papa y de la Iglesia, superioridad de la moral cristiana sobre la de las demás confesiones religiosas, armonías de la ciencia y revelación, proclamación de la caridad como única solución del problema social, etc., quedaron en pie o muy débil y flojamente refutadas.

» Mi ingenuidad natural, superior a las alegaciones del amor propio, no me consentía hacerme ilusiones. Privado de espontaneidad crítica, y preparado con una labor de pura erudición filosófica y apologética, mi intervención en aquellas discusiones resultó un fiasco completo. Conmigo hubieron de reconocerlo también, pasado el hervor de la lucha, algunos amigos leales, a quienes la fe robusta y sincera no anublaba la serenidad del juicio. Notorio era que los paladines del dogma sabíamos menos de ciencia que los librepensadores de religión.

---

156 Facundia: Facilidad y desenvoltura en el hablar.

» ¡Y qué variedad de estrategias para el ataque y cuánta riqueza de argumentos! Jamás creí que la labor demoledora de la moderna filosofía alcanzara tanta extensión y profundidad. Para cada objeción prevista por nuestros caros textos de controversia, salían a relucir mil reparos originales tomados del campo, siempre renovado, de la geología, la física, sociología y hasta de la psicología y metafísica contemporáneas.

» Así, por ejemplo: negábamos la posibilidad de que la vida, entregada a sí misma, hubiera conseguido formar, por evolución, el sublime instrumento del lenguaje; y nos atajaban alegando la existencia de idiomas fonéticos rudimentarios en el mono, perro y muchos animales, mostrándonos las transiciones de expresión entre el civilizado y el salvaje, y citándonos tribus humanas, tan degradadas y rudas, que su léxico consta de unas cuantas voces, carecen de palabras abstractas y no cuentan más que hasta 506. Declarábamos arrogantemente la universalidad de la creencia en Dios y en la inmortalidad del espíritu, y sacaban a relucir infinidad de nombres raros de pueblos primitivos, africanos o americanos, entregados exclusivamente a la vida vegetativa, sin sombra de religión o embrutecidos por el más abyecto fetichismo. Entonábamos fervorosos himnos a la infinita sabiduría del Creador o a las inefables armonías y bellezas de la Naturaleza, y salían a nuestro encuentro describiendo no sé cuántos animales simplificados por parasitismo o adaptación: ojos que no ven, músculos que no funcionan, monstruosidades increíbles, atavismos estrafalarios; y en fin, las tenias, hidátides y microbios, cuyo triste ministerio consiste en inmolar al Rey de la creación después de infringirle cruelísimas torturas. Formulábamos un solemne mentís[157] contra el evolucionismo, exigiendo a darwinistas y hekaelianos nos mostrasen las transiciones morfológicas entre las actuales especies, el tránsito, por ejemplo, entre el reptil y el ave o entre el orangután y el hombre; y nos respondían echándonos en cara nuestra ignorancia, y describiendo, con todos sus pelos y señales, un extraño bicharraco fósil, el *Archaeopterix macrurus*, especie de lagarto con plumas en posesión de caracteres mixtos de pájaro y reptil, y el hombre-mono de Java[158], con un cráneo intermedio entre el orangután y el malayo. Defendíamos la unidad de la conciencia y la doctrina del libre albedrío, y nos mareaban refiriéndonos muchedumbre de casos de histéricas con doble y triple personalidad y trayendo a colación una legión de fisiólogos y filósofos, cuyas experiencias demostraban el poder soberano de la sugestión hipnótica y la posibilidad de abolir completamente el ejercicio de la voluntad. Proponíamos, en fin, cual redentora y universal medicina para los males y desigualdades sociales, la caridad de los ricos y la resignación de los pobres, y nos replicaban que, remedios fracasados durante mil ochocientos años de empleo, no son remedios, sino sarcasmos, y que la verdadera panacea no consiste en la piedad, sino en la justicia...».

---

157 Mentís: Declaración o comunicado que desmiente algo o a alguien o niega su veracidad.

158 N.d.A.: El *Pithecanthropus erechis*, mono fósil descubierto en 1849, Por Dubois.

—En efecto, me acuerdo bien de los apuros que pasabais para defenderos de adversarios a quienes no detenía ningún respeto. Pero séame lícito decirte que vuestra derrota no dependió tanto de la debilidad de la posición dogmática cuanto de la errada táctica adoptada. ¿A quién se le ocurre combatir a darwinistas y positivistas con argumentos de Santo Tomás?

» Desde el momento en que, en una controversia se descartan los textos revelados y se recusa a la tradición, en tanto que fuente de certeza para esclarecer los problemas científicos, hay que abandonar el terreno de la escolástica y descender a la arena de la investigación biológica. Las tesis científicas solo se combaten con hechos o inducciones científicas. Vosotros hubierais, si no triunfado, adoptado más airosa actitud, pertrechándoos en el inagotable arsenal de los hechos paleontológicos, zoológicos, embriológicos y fisiológicos, donde hay armas para todos los gustos y argumentos a la medida de las más contradictorias teorías...

—Pero yo no podía, desgraciadamente, descender a ese terreno que desconocía por completo. Para saber escudriñar la Naturaleza y sentir sus revelaciones hay que amarla, y mi temperamento mental, deteriorado por la educación, me inclinaba precisamente a lo contrario. Harto hacía yo, durante aquellas inolvidables contiendas, con saber de coro mis clásicos y recitar sereno la prosa elocuente del P. Mir o del obispo Cámara. Además, hablando con franqueza, creo que es arduo empeño, aun para cabezas sólidas, originales y bien organizadas, rebatir el evolucionismo, doctrina inspiradora a la hora actual del pensamiento de casi todos los sabios, y que ha renovado y transformado desde la geología hasta la sociología...

—Razón tienes de sobra, y aun me adelanto a pensar que la empresa resultará de cada día más difícil. Cultivada la ciencia por miles de espíritus elevados e independientes, acrecienta incesantemente el caudal de sus datos positivos, y con ellos sus recursos de combate; mientras que la fe, atenida a vetustas inflexibles fórmulas, permanece estacionaria, esgrimiendo todavía la mellada tizona de la lógica aristotélica y escolástica, especie de espada de Bernardo que los modernos científicos y pensadores miran con olímpico desdén, ya que no con mal disimulado regocijo... Pero prosigue tu relato y perdona mis interrupciones...

—Pues, como decía, poco satisfecho de mi apostolado tomista, empresa harto superior a mis exiguas fuerzas, y falto de iniciativas para descubrir nuevos horizontes polémicos, lancéme al estadio de la política, afiliándome naturalmente en las huestes ultramontanas[159]. No fui en ellas mal recibido. Mi aureola de caballero andante del ideal y mi cristianismo de acuñación antigua, sin tachas ni herrumbres liberales, abriéronme las puertas de los cenáculos clericales y la mansión de cierto elocuente y linajudo prohombre, en cuya tertulia se concertaban benevolencias, se otorgaban distritos y preconizaban obispos. Este personaje, que no tiene

---

159 Ultramontanismo y Ultramontano hacen referencia a un tipo de doctrina sobre el tipo de relación que debe mediar entre la Iglesia católica y los estados civiles con los que mantiene concordatos. Afirma la primacía espiritual y jurisdiccional del Papa sobre el poder político y por consiguiente la subordinación de la autoridad civil a la autoridad eclesiástica.

pelo de tonto, debió calar en seguida mi nativo candor y condición sumisa y corderil, y pensando, sin duda, hacerme instrumento suyo, me trajo de diputado cunero por un distrito rural.

» Aquella generosa protección me convirtió en maniquí del consabido cacique. Estaba de Dios que no había de salir nunca de textos y tutelajes. Antes calcaba mis discursos en los pasajes de Fr. Ceferino y del P. Cámara; ahora veíame obligado a tomar el santo y seña de boca del jefe, el cual se dignaba planear las minutas de mis discursos, llevando su bondad al extremo de componer expresamente para mí, períodos rotundos y grandilocuentes, frases intencionadas y maquiavélicas, y hasta hábiles alusiones personales.

» Según recordarás, mis campañas del Congreso constituyeron una nueva equivocación. Expositor solemne, de frases pomposas y contextura rígida, desconocedor de los hombres y de sus menudas insidias y pasiones, era yo incapaz de plegarme a los culebreos y marrullerías de la táctica parlamentaria. Perdida la fe en los grandes ideales, las luchas del Parlamento no se encaminan hoy a los fines de la utilidad social y engrandecimiento de la patria, sino a los egoístas del medro de un partido y de la prosperidad personal. Para el orador de oposición, escollo y rémora de los gobiernos parlamentarios, el objetivo inmediato consiste en desacreditar a los ministros, cualesquiera que ellos sean; y con tal de lograr sobre el *leader* ministerial alguna ventaja, y la consiguiente turbación en la mayoría, impórtale a aquél un ardite[160] que el torneo degenere en riña y que el noble florete sea sustituido por la trapera navaja.

Tal ocurrió con ocasión del primer discurso doctrinal que, en apoyo del programa del Gobierno y del grupo parlamentario acaudillado por mi jefe, pronuncié en el Congreso. Los oradores demócratas, recordando sin duda mis intransigencias del Ateneo y mi significación acentuadamente clerical, convirtiéronme en blanco de sus sañudos ataques; y al objeto de aturdirme y hacerme perder los estribos recurrieron a la mordaz invectiva, al apostrofe insultante, a la interrupción sistemática y obstruccionista. ¡En vano agitaba el presidente la campanilla para mantener a raya a los alborotadores y sacar a flote mi coreado y entrecortado discurso!... Yo perdí la paciencia y lo eché todo a rodar. Arrebolado por la emoción, turbado y balbuciente por la ira, descompuesto, en fin, me senté en los escaños, sin acertar siquiera a fulminar contra mis crueles interruptores alguna frase envenenada, ni adoptar el bello gesto del gladiador caído. Desde entonces perdí mis entusiasmos por la política, tercié rara vez, y siempre con miedo, en las discusiones, y acabé por anularme por completo.

—Tamaña desazón la sufriste, no por falta de aptitudes oratorias, sino a causa de haber navegado siempre por las aguas tranquilas de la exposición dogmática, jamás turbadas por el tumultuoso oleaje de las pasiones humanas y el choque de la oposición. Desconocías al

---

160 Ardite: HISTORIA Antigua moneda de escaso valor, acuñada en Cataluña y Navarra. Por extensión: Cosa que tiene poco o ningún valor.

hombre con sus intrigas, arterías[161] y bajos apetitos, y, de improviso y sin preparación moral alguna, te encontraste de frente con el político profesional, una de las más funestas producciones de la civilización europea. Tu situación en aquel ambiente borrascoso del Parlamento era comparable a la del cazador que, sin haberse aventurado nunca en la selva, ni haber visto más fieras que las pintadas en las estampas de los libros infantiles, se lanzara de pronto a luchar con un tigre feroz sin otras armas que un grácil bastón.

» Convendrás conmigo fácilmente en que el método esencialmente profiláctico seguido en tu educación, método basado en la abstención sistemática del conocimiento de las acritudes y perfidias del mundo, no era el más a propósito para hacer de ti un orador político. Salvadas rarísimas excepciones, quienes generalmente prevalecen en las lides parlamentarias son los que, desde la adolescencia, se adiestraron para la lucha verbal, buscando adrede la hostilidad y la oposición de las gentes, con la mira, no de persuadirlas, sino de adquirir soltura, agilidad de ingenio y de dicción; apagando al mismo tiempo esa nativa y funesta emotividad que restringe el campo del pensamiento, inutiliza y desordena las mejores prevenciones de la memoria y del estudio, y nos reduce, en los más graves y rigurosos trances, a la condición de un animal puramente reflejo, a una especie de rana decapitada. Solo contradiciendo y soportando contradicciones en la edad juvenil llegan a adquirir los grandes polemistas

---

161 Artería: Acción propia de la persona artera o astuta.

esa flexibilidad de expresión y de entendimiento que les permite adaptarse rapidísimamente a los mil incidentes y fases de un debate, improvisando brillante rectificación con ocasión de una frase escapada al impaciente adversario, y desconcertando, en fin, al interruptor con hábiles y fulminantes respuestas. A la manera del buen piloto, el tribuno de casta debe conservar su serenidad ante las olas embravecidas, y, semejante al cazador de perdiz, ha de saber tirar instantáneamente al vuelo sin pararse a apuntar la pieza. En suma, todo es cuestión de práctica y de adaptación. Y tú, por lo visto, mal hallado en aquel hervidero de concupiscencias y perfidias, no quisiste adaptarte y perseverar...

—No, Jaime...; creo firmemente que jamás habría prosperado en la política. Hay algo innato en la arrogancia y desahogo del tribuno. Menester es ser superior para sentirse superior. El arte y la educación son parte, sin duda, a encauzar y domesticar esa fuerza de la personalidad desbordante, esa voluntad imperativa y casi satánica del conductor de hombres, pero son incapaces de crear un átomo de energía moral. Además... en los medios pestilentes solo se refocilan[162] los microbios. Avergonzábame mi triste condición de estafermo[163] político, y repugnaban a mi delicadeza las

---

162 Refocilar: Divertir o alegrar con groserías. Mostrar alegría por el mal ajeno.

163 Estafermo: En juegos y ejercicios de destreza caballerescos, figura giratoria de un hombre armado con un escudo en una mano y una correa con bolas o saquillos de arena en la otra, al que golpeaban con una lanza los participantes, que debían evitar que, al girar, les devolviese el golpe.
Por extensión: Persona que está parada y como embobada y sin acción.

complacencias, lisonjas e indignidades con que, en el bajo mercado del parlamentarismo, suele comprarse el medro[164] personal.

» Pues, prosiguiendo mi relato, después de tan desdichados ensayos parlamentarios, sobrevinieron en mi familias graves contratiempos. Mi padre perdió en la Bolsa buena parte de nuestra fortuna, harto mermada ya con los generosos donativos a las fundaciones piadosas. Y para colmo de desgracia, meses después, un administrador en quien mi familias tenía puesta toda su confianza, se fugó a América con el importe de productiva finca, la única que nos quedaba. En posesión de poderes que le autorizaban para efectuar la venta, el bribón dio el golpe en ausencia de mis padres, a la sazón trasladados en fervorosa peregrinación a Lourdes, y ocupados en implorar a la Virgen amparo y protección en nuestras tribulaciones.

» Arruinados quedamos con semejante desastre. Mi padre, muy anciano y achacoso, sucumbió del disgusto; mi madre, desgarrada por la pena, buscó consuelo en la religión, y yo, convertido inopinadamente en jefe del hogar y agobiado con el peso de las obligaciones de la casa, me vi compelido a trabajar, cosa en que jamás había pensado. Puesto que tenía un título de Doctor en Derecho, parecióme lo mejor abrir bufete y consagrarme a las tareas del foro.

—Muy bien hecho. ¿Y supongo que tus amigos, ricos e influyentes en su mayor parte, te dispensarían cordial protección proporcionándote pleitos?

---

164 Medro: Situación de mejora o progreso.

—¡Ay, amigo mío! Aquellas duquesas que me aplaudían calurosamente en los Luises, aquellos correligionarios acaudalados que tanto celebraban mis arrestos y campañas contra los socialistas y librepensadores, dejaron de visitarme desde que averiguaron nuestra ruina. Ante mis solicitudes de protección, encogíanse de hombros y continuaron encargando sus demandas, informes y pleitos a los pícaros y aborrecidos liberales: a Salmerón, Canalejas, Montero Ríos, Maura, Dato y Silvela, y tal cual profesional de la toga. Hasta nuestros ultramontanos más recalcitrantes escogían, para defender sus negocios ante los tribunales, a los exministros o a los caciques influyentes en vísperas de ser elevados a los consejos de la Corona.

» En vano, pues, me inscribí en el Colegio de Abogados, y me enfrasqué en la lectura de las obras de Alcubilla, Sánchez Román, Pacheco, Mittermaier, Martínez del Campo, etc.; inútil fue el encargarme de la defensa de no sé cuántos pobres ni que solicitara ahincadamente recomendación y amparo de los príncipes de la toga y del foro. Nada..., no caía un mal pleito de pan llevar, ¡ni una miserable consulta para ir tirando!...

» ¡Aquello era desesperante! Ciertamente, no me faltaban entusiastas elogios, sinceros al parecer, de mis amigos, que se hacían lenguas de la brillante forma de mis defensas y de la copia doctrinal de mis informes. Ponderaban sobremanera las citas clásicas con que exornaba mis oraciones, sazonadas con definiciones de Santo Tomás y decretos de los Concilios; así como la rectitud y tino con que solía interpretar y traer al caso el correspondiente texto legal. Pero el éxito positivo, el que se cotiza en pingües honorarios y fama bien cimentada..., ese no llegaba jamás.

» Pienso ingenuamente que aquí marró[165] también mi educación. Aparte del talento, el abogado listo suele ser —en cuanto profesional de la toga— un ente esencialmente amoral a quien la condición ética de sus defendidos le tiene sin cuidado. Si el litigante resulta un bribón, bueno; si inocente, mejor. Pero a mí, criado en el odio y en la ignorancia de todo lo pecaminoso y reprobable, repugnábame extraordinariamente defender litigantes temerarios o canallas, y faltábame la frescura, *sans façon*[166] y arte teatral necesarios a pintar un forajido como un ángel de bondad y de inocencia. A que se añadía el carecer de espontaneidad, malicia y flexibilidad indispensables para sacar partido, en pro de la defensa, de los mil incidentes sobrevenidos durante la interrogación del reo, y con ocasión de las vaguedades y contradicciones de los peritos. Y así, para no violentar mi natural rectitud, ni turbar mi meticulosa ortodoxia, solo defendía a inocentes, o por lo menos a reos de menor cuantía favorecidos por circunstancias atenuantes. En condiciones tales, mi oratoria emocional, de tonos patéticos y líricos, alcanzaba algún lucimiento.

—¡Tiene gracia!... ¿No veías que con semejante conducta te alejabas de la realidad e ibas a un fracaso seguro? ¿Qué dirías tú de un médico que tratara exclusivamente enfermos curables?

---

165 Marrar: errar (no acertar). Desviarse de lo recto.
166 *Sans façon: En francés: Descaro.*

» Hay que tomar las cosas como son y no como debieran ser. En todos los adversos trances de la vida conviene recordar esta máxima de Feuerbach: *«acepta el mundo que nos es dado»*. El mundo quiere que el ejercicio de la abogacía sea a menudo ficción y comedia; seamos, pues, comediantes, o abandonemos el oficio. Quien no pueda matizar y complicar un poco su psicología moral, sea padre de almas y no defensor de reos. En el espíritu del jurisconsulto debe haber algo de las marrullerías del zorro, de las insidias del *sphex* y de la impetuosidad y nobleza del león. Por algo no registra el santoral ningún santo abogado, a no ser de la peste...

» Además, en esto como en todo, el prestigio del arte redime de la culpa. Hay gloria y soberano placer en transformar, al conjuro del ingenio, la falacia en demostración, en rodear de sombras los hechos criminosos, en desconcertar, en fin, con la vistosa prestidigitación de la palabra, la recelosa circunspección de jueces y jurados. A semejanza del médico, la suprema aspiración del abogado ha de ser reintegrar a la sociedad una vida perturbada, sin pararse a averiguar si detrás de ella se esconde un criminal o un inocente. Recuerdo a este propósito el dicho de Aristóteles, quien, motejado por dar limosna a un bribón, respondió: *«La doy a la humanidad, no al hombre»*. El defensor de un reo puede decir también: defiendo a la humanidad desgraciada, no a un hombre, que puede ser o no criminal.

—Tienes razón, sin duda, pero yo era un ingenuo, un carácter sin dobleces, sombras ni articulaciones. La impersonalidad y ficción constantes del ministerio forense me eran sumamente antipáticas. Idealista incorregible, hubiera yo querido desenvolver no más el lado noble y generoso de la misión del abogado, practicando aquellas bellas cosas que escribe Castro en sus Discursos críticos sobre las leyes: *«Ellos* (habla de los abogados) *son los que con rectas decisiones apagan el fuego de las ya encendidas discordias, los que velan por el sosiego público. De ellos pende el consuelo de los miserables; pobres viudas y huérfanos hallan contra la opresión alivio en sus arbitrios; sus casas son templos donde se adora la justicia, sus estudios santuarios de paz, etc.».*

—Cierto es; pero Castro, abogado al fin, se olvida del reverso de la medalla y se expresa como poeta más que como definidor. Porque con la misma razón podrían invertirse sus encomios, diciendo: *«Ellos son los que con torcidas decisiones convierten en hoguera el fuego de las ya encendidas discordias; los que velan por el desasosiego público. De ellos pende la desesperación de los miserables, etc.».*

—Cabal; mas los derechos de matrícula obligaban siquiera a que nuestros profesores nos revelaran la verdad en lo tocante a los fines de la profesión.

—Ignoro si será a causa de cierta exagerada acomodación a la realidad, o de un resto de hegelianismo que ha resistido en mi mente a los embates de la ciencia positiva; pero ello es que propendo constantemente a ver alguna finalidad real y útil hasta en las más imperfectas y defectuosas producciones de la Naturaleza y del espíritu. Tal me sucede cuando reflexiono sobre la utilidad social de la gente de toga. Al modo de los microbios de la fermentación me parece que la misión del abogado es desdoblar. Gracias a su acción enervadora y disolvente, se derrumban las más insolentes y mal amasadas fortunas, nivelándose en lo posible el haber colectivo: por ella el feroz homo sapiens, ex antropoide esencialmente golpeador como el gorila, ha abandonado la espada por el papel sellado y convertido sangrienta lucha en suavísima querella. Adiestrados por tan hábil domador, los sencillos litigantes acuden ahora al terreno, no a cruzar balas mortíferas, sino vistosos billetes de Banco, que naturalmente recogen los padrinos. Con lo cual lógrase, entre otros beneficiosos efectos, administrar saludable sangría al apoplético e imponer cristiana humillación al soberbio, encauzando de paso el dinero, harto distraído y torpe, hacia el bolsillo de los listos y de los despiertos.

» ¡Grande, providencial y niveladora obra para la cual, justo es reconocerlo, prestan abundantísimas armas y copiosas ocasiones nuestros sabios códigos civiles! Fabricados por abogados, tiran, naturalmente, al provecho de la clase. ¡Sí...!; de la hojarasca de esa selva impenetrable de la ley, cuyas ramas exuberantes se imbrican, entrelazan y oponen de mil modos, roen los jurisperitos como la oruga de la col. ¡Pobres de ellos si la lógica y el sentido común, después de oír la voz de la Naturaleza, se metieran a corregir y simplificar nuestras leyes!

» Pero prosigue tu narración, querido Esperaindeo, y perdona una vez más mis impertinentes reflexiones.

—Paso ahora a contarte lo más penoso..., el bochornoso suceso que ha dado ocasión a nuestro providencial encuentro... Y dispénsame si, al referírtelo, callo detalles del oprobioso ultraje, cuya evocación conmueve e irrita dolorosamente las fibras más íntimas de mi ser...

» Contrariada mi pobre madre por la tardanza de mis éxitos forenses, y apremiando por momentos las insatisfechas necesidades de la vida material, resolvió casarme con una rica heredera. Claro es que yo, virgen en el ejercicio del derecho de elección, no había de salir entonces por el registro de escoger novia a mi gusto. Contraje, pues, matrimonio con una señorita huérfana, fea, histérica y antojadiza, pero dueña de pingüe dote en títulos de la Deuda. Tan brillante partido nos fue proporcionado por el padre Zahorí[167], consejero de mi madre y director espiritual de mi prometida.

Pronto me desengañé y se desengañó mi progenitora. En aquella casa, que no era nuestra, vivíamos como huéspedes. No disponíamos de un céntimo. Las considerables rentas de mi mujer consumíanse entre sus lujos, caprichos y dádivas piadosas. Criada en un convento y emparentada con las familias más beatas de la Corte, mi esposa compartía su tiempo y actividad en prácticas devotas, en asistir a las fiestas y oficios religiosos, en celebrar juntas benéficas y visitar frailes y conventos. De higos a brevas la veíamos en casa. Cuando mi pobre madre, torturada por la amarga decepción, la amonestaba suavemente por sus despilfarros y el injusto desdén con que me trataba, estallaban incoercibles sus histerismos, y sin la menor delicadeza nos echaba en cara nuestra pobreza, acabando por decir *«que de lo suyo gastaba»*. Yo debí haberme mostrado

---

[167] Zahorí: Persona a quien se atribuye la facultad de descubrir lo que está oculto, especialmente manantiales subterráneos. Persona perspicaz y escudriñadora, que descubre o adivina fácilmente lo que otras personas piensan o sienten.

enérgico, constituyéndome en jefe efectivo del hogar y en administrador de los bienes de mi cónyuge; pero mi blandura de carácter y un resto de mal entendida dignidad me lo impidieron.

» Magdalena —que así se llamaba mi mujer— estimábame como se estima un cuadro de mérito o un caballo de buena estampa. Lucíame a guisa de trofeo en iglesias y paseos. De afecto verdadero, ni asomos. Su corazón, saturado al parecer de amor divino, era incapaz de sentir el amor terrenal. Durante nuestras íntimas pláticas y querellas domésticas, sentíase vibrar detrás de aquella alma frívola una voluntad viril, extraña a los intereses del hogar, que se obstinaba en contrariar todos nuestros consejos y designios.

A fin de refrenar un tanto sus altanerías y derroches, recurrí a la autoridad decisiva del padre Zahorí; pero éste se inhibió del negocio diciendo que él no quería meterse en discusiones domésticas y asuntos de conciencia. Mi cuitada[168] madre estaba desesperada: la hija solícita y cariñosa con que soñara, la que debía atender y cuidar los achaques de su doliente ancianidad, ¡le había resultado una egoísta y una ingrata!

Y ahora viene el doloroso y tremendo desenlace. Cuando yo menos lo esperaba, pues nos habíamos reconciliado relativamente, Magdalena, la esposa mística, el dechado de virtudes cristianas, abandona el hogar, huyendo al extranjero. ¡Y con qué odiosas y repugnantes circunstancias! La pérfida y desleal, aprovechando una ausencia mía, negoció los títulos de la Deuda

---

168 Cuitada: Que está afligido o apenado.

constitutivos de toda nuestra fortuna, llevóse consigo sus alhajas, y partió de Madrid en compañía de cierto caballerete romántico, vate[169] melenudo y cofrade fervoroso de la Sociedad de San Vicente de Paul.

» Y héteme aquí, en París, deshonrado, miserable, sangrando el corazón por la reciente pérdida de mi madre, y en busca de la adúltera, cuyo paradero necesito averiguar para entablar pleito de divorcio y recabar, ¡vergüenza me da decirlo!, la parte de sus rentas que, según ley, me pertenece. Limosna vil, deshonrosa, cuya demanda lastima infinitamente mi amor propio..., que rechazaría con altivez si yo supiera hacer algo..., si yo fuera capaz de trabajar con éxito y alcanzar esa independencia económica, sin la cual decoro, dignidad y satisfacción del sentimiento de la propia estima son vanas palabras...

» Pero yo no sirvo para nada... Tengo la memoria atiborrada de bellas frases, de fórmulas, de definiciones y clasificaciones: ¡palabras, palabras y palabras!...

» Pero en la sociedad moderna no se medra con tropos ni se cotizan las bellas cosas que se pueden decir, sino las cosas útiles que se saben hacer. Y lo más triste es que, para consolarme, no me queda ni siquiera la fe, casi naufragada ante el desolador abandono de mis amigos y correligionarios, los mal disimulados desdenes de mis confesores y la indiferencia general de la sociedad. Para colmo de amargura y desencanto, ciertos datos recientemente adquiridos acerca de la vida y milagros del reverendo Padre Zahorí me hacen sospechar

---

169 Vate: Poeta, persona que compone versos.

(¡Dios me perdone la malicia!) que sus familiaridades con mi mujer no se concretaban puramente al orden espiritual...

» Pie terminado mi narración. Con el alma te ruego vengas en mi ayuda. He declarado que estoy en crisis de ideas, en pleno deshielo de preocupaciones. Aprovecha esta favorable disposición de mi ánimo, si es que juzgas posible aún la regenerabilidad de un cerebro que jamás pensó ni quiso nada por sí. Asísteme en la obra de demoler las sugestiones del orgullo, las construcciones fantásticas levantadas en mi alma por la tradición, el ejemplo y la enseñanza. Haz de mí un trabajador, un hombre útil y moderno. Siento todavía dentro algo vivo..., algo que protesta contra el triple yugo del dogma filosófico, el privilegio de casta y la rutina de pensamiento. Créeme...: el autómata ansía moverse por sí, y está pronto a echar enhoramala a cuantos maeses Pedros manejaron los hilos de su voluntad y de su acción.

—Has sido víctima —respondió Jaime— de la artificialidad de la educación. Mas, por fortuna, tu mal tiene remedio. La crítica atinada con que has juzgado las causas de tus fracasos y desgracias testimonian que, por milagro extraordinario, el daño no ha llegado a comprometer lo más íntimo y vital de la máquina del pensar. Las cabezas, como los molinos, producen en razón de lo que se les da. Te alimentaron con ficciones y elaboraste fantasmas. Has vivido hasta hoy en tinieblas, como los hombres de la caverna de Platón, desterrado de los dominios de la verdad, y solo has comenzado a ver la realidad cuando ella misma ha llamado reciamente a las puertas de tu conciencia. La experiencia directa del mundo, más fuerte que todos los convencionalismos de la educación, ha barrido en tu alma los ebúrneos castillos de la tradición y las pintadas bambalinas de la fe.

» ¡Bello y excelso es el ideal religioso! Podría compararse a esos llamados hilos de la Virgen, sutilísimas hebras de plata con que, durante el otoño, anuda y entreteje la araña las frondas y troncos linderos de sendas y caminos. El artista se detiene ante el frágil obstáculo y contempla arrobado cómo de tan nítidos, cristalinos y oscilantes hilos arrancan los rayos del sol muriente áureos relámpagos, y cómo al través del mágico y luminoso tul se esfuminan y obscurecen árboles y montañas; pero ¡ay! de improviso llega el arrollador automóvil del progreso y cae para siempre la fulgurante cortina, con tantos esfuerzos levantada, descubriendo sin piedad la realidad implacable y escueta...

» Aplaude de todas maneras tus desventuras. Sin ellas seguirías todavía dormido. Y puesto que tus facultades críticas no han naufragado, yo procuraré robustecerlas. ¡Y el día que seas hombre y abandones para siempre el error y el parasitismo, dos tiranos que parecen muy amigos de nuestra sensibilidad, siendo en realidad sus más insidiosos enemigos, verás qué intensa, noble y soberana fruición experimentas! Cuando des libre desarrollo a tu personalidad y a tus talentos...; cuando todas las células cerebrales, entumecidas por el desuso, incorporen sus vibrantes expansiones y entonen himno clamoroso al trabajo redentor, entonces comprenderás todo el sublime orgullo y soberano deliquio que hay en esta frase profundamente religiosa: *«Libre soy, vivo de mis obras y, gracias a mi labor, la humanidad tendrá un poco más de placer y algo menos de dolor...».*

II

» Pero, antes de proponerte el plan que necesitas, voy a contarte, según te ofrecí hace poco, mi propia vida, de la cual no conoces sino algunos pocos episodios. En ella encontrarás, si la meditas sinceramente, una lección y un camino.

» Nací en una aldea del Pirineo, de padres humildes, modestos pegujaleros[170], que no pudieron dar a sus hijos otra instrucción que la de la escuela municipal. En cuanto supe leer y escribir, la dura necesidad obligó al autor de mis días (pues tenía seis hijos más) a acomodarme de zagal en las majadas de un rico ganadero del lugar. Y cátate a un rapaz, de once años escasos, que había entrevisto en la escuela el luminoso cielo del saber, reducido al humilde oficio de guiar por los puertos y prados comunales un rebaño de hasta 300 reses, en tanto que padre y hermanos sudaban la gota gorda en la llanada, laboreando campos de pan llevar, huertos y frutares.

---

170 Pegujaleros: Labrador que tiene poca tierra para cultivar.

» Desde entonces, mi vida y mi pensamiento se modelaron en la bravía Naturaleza. Lo poco que aprendí en la escuela, esto es, algunas nociones de aritmética, geografía, historia y literatura, bastáronme para mantener vivo en mi espíritu el afán de ciencia, la nostalgia de la verdad infinita acerca del mundo y sus causas. Y resolví en mi corazón que aquel mi ruin estado sería interino, y que tarde o temprano, con industria y labor perseverante, me emanciparía de la ignorancia y del embrutecimiento, terribles males anejos a la pobreza.

» Por fortuna, en mis alentadoras esperanzas y ambiciones de una vida más intelectual y conforme a mis gustos, me socorría y confortaba a menudo el maestro, cazador infatigable y excelente varón, que al encontrarme en el monte solía decirme, después de regalarme algún librejo:

» —Jaime, sabes que te estimo y he cifrado siempre en ti las mejores esperanzas. Mira... no pierdas, por Dios, la costumbre de leer, ni te amodorres en esa bestial inadmiración de las cosas, a semejanza de tus infelices camaradas de aprisco[171]. Ten presente que naciste —yo te lo fío— para ser algo más que zafio pastor. Poco he de poder o acabaré por hallar persona que se interese por tu suerte y te costee una carrera. Espera, pues, sin impaciencia, y trabaja entretanto. Vivir entre rocas y árboles no es vivir solo. En torno tuyo se extiende el infinito, es decir, la realidad eterna, con sus inagotables maravillas. Explora este pequeño mundo, aunque al principio caigas en groseras ilusiones. Lo esencial es que

---

171 Aprisco: Campo cercado donde se recoge por la noche el ganado.

adquieras el hábito de mirar y de escuchar, de atender y de abstraer, de ver lo grande en lo pequeño, y referir los efectos a sus causas».

» ¡Oh, el excelente amigo y pedagogo! ¡Las lágrimas se me saltan al recordar aquel recto y hermoso corazón, aquel admirable vivificador de estatuas humanas! ¡Sin sus alentadores consejos, acaso vegetaría yo, convertido en rudo y miserable gañán, en el corazón de aquellos riscos!

» Por suerte, sus cariñosas advertencias cayeron en un alma despierta y ambiciosa. Y así, le prometí cordialmente no enmohecer mi naciente entendimiento y consagrar mis ocios a la observación de la Naturaleza. A fin de anotar mis impresiones diarias, compré, con el importe de la primera añada[172], abundantes lápices y papel, fabricándome tres gruesos cuadernos.

El campo es, según decía el maestro, a la vez museo y biblioteca, y en él pueden hallar sabrosa ocupación y noble empleo todas las facultades del espíritu. Mi escenario era un valle elevado, encuadrado de cimas abruptas coronadas de perpetuas nieves. Hacia arriba, divisábase el cielo de azul obscuro, angostado y recortado en la línea del horizonte por las sinuosidades de los picos gigantes; mientras que allá en lo hondo, es decir, hacia el mundo habitado, desataba el río sus mugidores raudales, que fecundaban prados y huertos, y lamían los pobres y pardos caseríos del brumoso lugar.

Acabo de decir que mi encumbrado y apacible valle era una biblioteca-museo, y añado que constaba de

---

172 Añada: Cosecha de cada año, especialmente la del vino.

tres anaqueles pintados de color diferente. El anaquel superior o azul contenía los libros y mapas que tratan del cielo, nubes y meteoros atmosféricos, de los astros y de sus órbitas. El anaquel pardo o intermedio, representado por las montañas, revelábame en láminas murales gigantescas la composición y propiedades de las rocas y fósiles, la forma y origen de heleras[173], ibones[174] y regatos[175]. En fin, el anaquel verde o inferior extendía ante mis ojos polícromas estampas, donde se representaban al vivo bosques y praderas, campos y aldeas, es decir: el suave y misterioso encanto de la vida vegetal, el hechizo de las aromosas flores, el raudo girar de pájaros y mariposas, el hombre, en fin, con sus instintos y pasiones, su razón y su inteligencia. De las cosas que se ofrecían a mi atención, unas se movían y otras no. Eran estas últimas las rocas, cristales y fósiles, a las cuales consagré el menor de mis cuadernos. En cambio, las estampas del estante superior e inferior, del cielo y de la vida, estaban en continua mutación, y me obligaban a anotar día por día sus extrañas metamorfosis. Dos gruesos cuadernos llenaron mis observaciones rudimentarias sobre el orto[176] y ocaso de los astros, las épocas de floración y fructificación de

---

[173] Helera: masa de hielo formada en las altas cumbres por debajo de las nieves perpetuas y, por extensión, toda mancha de nieve en las montañas.

[174] Ibón es el término en idioma aragonés usado para los pequeños lagos de montaña de origen glaciar situados en los Pirineos, generalmente por encima de los 2000 metros de altitud

[175] Regato: Arroyo pequeño.

[176] Respecto a un observador, un astro está en el orto cuando atraviesa el plano del horizonte y pasa al hemisferio visible, —cuando

las plantas, las fases evolutivas y curiosos instintos de insectos, pájaros y cuadrúpedos. Poco a poco se abrió camino en mi espíritu la ley soberana de la eterna rotación de las cosas, del perpetuo ir y venir de los astros en sus órbitas, del perenne peregrinar de la vida, que se concentra y recata en el germen cuando las condiciones cósmicas le son adversas, y se dilata y expande en vistosas y maravillosas construcciones, en cuanto el tibio soplo primaveral derrite la nieve y desentumece la tierra. Como consecuencia de tan primitivas pero insistentes observaciones, despertóse en mí el gusto por la Naturaleza, y fue progresivamente desenvolviéndose la memoria organizada o lógica, y el espíritu crítico. Reflejo fiel de la realidad viva y palpitante, mis percepciones e ideas clasificáronse y asociáronse según las relaciones normales de los objetos del mundo exterior. Los fenómenos que en éste se ofrecen ligados según leyes constantes de sucesión y coexistencia, vinculados quedaron también en mi cerebro (en cuanto ideas) y enlazados por vías nerviosas tan robustas que nada podía romper. Preocupado de continuo con el registro y roturación del mundo objetivo, no sentí nunca esa vaga necesidad, esa indefinible nostalgia del ensueño metafísico, tan perturbador de las legítimas asociaciones interideales. El incesante laboreo de la observación, junto con la efervescencia de conceptos objetivos a que daba lugar, desarrollaron en mi cerebro una lógica sencilla, monolateral sin duda, pero firme y segura de sus fuerzas. Cuando ejercitaba la inducción, jamás vino a

---

«amanece»——. Es decir, cuando su altura astronómica es cero pasando de negativa a positiva.

mis mientes la idea de sustantivar las leyes fenomenales, convirtiendo la causalidad eficiente en causalidad metafísica. Veía en la flor obligado antecedente del fruto; en el huevo, indeclinable condición del desenvolvimiento y eclosión del polluelo. Para explicar estos fenómenos, o mejor dicho, para concebir su explicación como posible, en vez de recurrir a un ente o fuerza especial distinta de la organización, parecíame harto más sencillo suponer en la materia viva la existencia de resortes materiales íntimos, misteriosos, que la ciencia llegaría a esclarecer con el tiempo, como habría esclarecido, reduciéndolo a condiciones geométricas, el admirable mecanismo planetario. Tan solo para la esfera moral, para los difíciles dominios del libre albedrío, se me presentaba el espíritu como una hipótesis plausible o por lo menos razonable. De todas maneras, de existir un alma, parecíame forzoso admitirla también en los animales. El hombre rudo, sencillo, que yo diariamente contemplaba, estaba tan poco alejado todavía del reflejismo de la animalidad, que toda diferencia esencial en orden a la categoría del *primum movens* me resultaba injustificable privilegio.

Los frutos logrados durante aquellas ingenuas y primitivas exploraciones por el campo de la Naturaleza me han persuadido después, coincidiendo con educadores ilustres, de que no hay más que un buen método pedagógico: conducir al alumno a la contemplación directa de la realidad, gibándole[177] por el mismo camino (salvo las abreviaciones y simplificaciones reclamadas por los

---

177 Gibar: Fastidiar a alguien o algo.

apremios del tiempo) recorrido por la evolución histórica de la ciencia. En mi sentir, solo la realidad es fuente de ideas luminosas, de ideas fecundas, capaces de dar frutos de acción. Y tengo por insuperable al maestro que, desenvolviendo las facultades de observación del educando, sabe infundir en éste la ilusión de haber logrado descubrir en las cosas algún parvo detalle escapado a la sagacidad de los primeros exploradores. ¡Cuántas veces el Cándido error de haber añadido una nueva estrella al cielo del saber, ha convertido en sabios a los curiosos y *dilettantis*! Cuando, merced a las pesquisas bibliográficas o por virtud de las noticias del maestro, sepa el novel observador que sus pretendidas conquistas obra son de genio ilustre antepasado, lejos de desanimarse cobrará confianza en sus fuerzas.

» Y podrá ser que discurra de este modo: «*Si hoy he coincidido con un investigador pretérito, bien podrá suceder que otros investigadores, contemporáneos o futuros, coincidan conmigo. ¡Manos, pues, a la labor! Vasto es el campo; infinita la obra. Para todos hay. En nuestra voluntad está el convertir la nebulosa de hoy en la constelación del mañana*».

» Claro es que de todas mis ideas y sentimientos de adolescente era incansable y suavísimo promotor aquel excelente maestro de que antes te hablé, Don Enrique Fernández, un filósofo que, por haber quedado huérfano y sin recursos al promediar la carrera de Ciencias, se vio obligado, para subsistir, a revalidarse de maestro y arrinconarse en un pueblo. Pero él había cobrado cariño a su espiritual ministerio y lo ejercía como el más augusto de los sacerdocios. «*Ya que yo no he podido ser sabio, quiero hacer sabios»*, nos decía. Prendado de mi seriedad y del interés y profunda atención con que oía sus lecciones, habíame cobrado un afecto más que paternal. Y así, no se pasaban dos semanas sin que, a pretexto de las liebres o de los sarrios, no viniera a visitarme a mi selvático retiro.

» Grande era la satisfacción de mi progenitor intelectual cuando, al curiosear mis notas y cuadernos, advertía cómo se desarrollaba progresivamente en su discípulo predilecto el culto sincero a la Naturaleza, y el gusto por las observaciones precisas y ordenadas. Admirábase de que un rapazuelo pastor, sin más profesores que la luz, ni otros modelos que los objetos naturales, hubiera aprendido a dibujar bastante regularmente. Y para alentarme en esta vía fecunda, solía decirme: *«que dibujar es analizar, disciplinar la atención errabunda, observar corrigiendo y meditando».*

» Siempre me acordaré conmovido de su última visita a la majada[178]. Acababa de hacer brillantes y victoriosas oposiciones a una plaza de profesor en la Escuela Normal de la capital de la provincia, y debía abandonarme acaso para siempre.

» Estábamos sentados en lo alto de un estribo granítico, desde el cual se descubría en lontananza el brumoso valle del lugar, y allá, en las violadas lejanías, la sierra de Gratal, que separa la fría y verde región de las montañas pirenaicas de las tibias y doradas llanuras donde verdea la vid y fructifica la higuera. Una sombra

---

178 Majada: Lugar donde se recoge de noche el ganado y se albergan los pastores.

de esa misteriosa y solemne tristeza que exhala el declinar de las cosas y la separación irremediable de los corazones, anublaba los ojos del maestro.

» —Hijo mío —exclamó tomando paternalmente una de mis manos entre las suyas y poniendo en su voz inflexiones de infinita ternura—: yo me voy a la ciudad a recoger el fruto de mis afanes, pero no te abandono. Desde allí velaré por tu educación; te enviaré libros científicos y trabajaré para sacarte de la penosa situación en que te encuentras. Con el interés y calor que puedes suponer, te he recomendado al alcalde y al médico y he interesado en tu favor al diputado del distrito. Milagro será que entre tantos valedores no acertemos a hacerte hombre, poniendo, al fin, de acuerdo tu vida y tu vocación.

» Entretanto no pierdes el tiempo. La obscuridad en que vegetas no es tiniebla atrofiadora de los ojos del alma, sino negrura del suelo donde el árbol de la inteligencia extiende y nutre en silencio sus raíces, haciendo provisión de savia para proyectar después al cielo su penacho.

» Continúa estudiando y estudia por ti. Haz caso de lo que dicen los libros; pero ten en más lo que dice la Naturaleza, modelo de los libros. Considera que tu porvenir depende del grado de independencia y originalidad con que juzgues de la realidad del mundo. En la máquina social hay que ser motor, no rueda; personalidad, no persona. Sé tú, no los demás.

» Evita la credulidad excesiva y aparta de la imaginación diablos, duendes, fábulas y consejas. A la hora de pensar o de discutir sabe que la posición más fuerte es la del escéptico. No admitas como oro de ley las teorías de los libros. La época de las teorías será más adelante, cuando tu juicio, fortalecido y despojado de la sugestionabilidad juvenil, haya alcanzado todo su vuelo crítico. La Naturaleza y la lógica aconsejan de consuno[179] este orden en la adquisición de los conocimientos: primero los hechos, es decir, el registro de las percepciones según las relaciones con que llegaron a la conciencia; luego las leyes generales empíricas; en último término las hipótesis y teorías.

» Presumo durará poco tu aislamiento. Mas si, contra lo que espero, se prolongara varios años, correrías dos riesgos graves, contra los cuales deseo prevenirte: la torpeza verbal por desuso, y el individualismo egoísta y cerril.

» Contra el riesgo primero, apela sin temor al monólogo, a la lectura en voz alta, en fin, a la ficción de conversaciones, conferencias y polémicas. Supón que tus cabras son concurso de gente y esta peña sitial de donde les diriges la palabra, exponiendo tus observaciones y progresos en las ciencias físicas y naturales. Ni tengas inconveniente en platicar y discutir con tus compañeros de aprisco y con los carabineros y contrabandistas que frecuentan estas soledades. Hasta la contradicción necia y la obstinación ignorante pueden sugerir ideas luminosas. El hombre es un ser social cuya inteligencia exige para excitarse el rumor de la colmena. No hay ser

---

[179] De consuno: Juntamente, en unión, de común acuerdo.

más solitario e individualista que el infusorio[180], y sin embargo, necesita de vez en cuando conjugarse con otro ejemplar de su especie para no perecer. Así son los entendimientos: si no se conjugan languidecen y mueren. En fin, escríbeme a menudo, no solo para consultarme dudas, sino al propósito de ejercitarte en la composición y soltarte en la sintaxis. No olvides que en la ciudad la fortuna y el señorío pertenecen al que habla o al que escribe. La estimación granjeada depende, antes que de saber, de persuadir que sabemos. Hay que hablar bien para que nos quieran bien, y, sobre todo, para inspirar confianza. El hombre excesivamente callado, cuando no pasa por tonto infunde recelo; en su enigmático silencio vemos algo del amenazador reposo de la víbora o del engañador espejismo del agua mansa.

» Tu segundo riesgo consiste en el individualismo arisco y displicente, en el endiosamiento antipático. Combate semejante tendencia como a tu mayor enemigo. Jamás olvides que tus talentos no valen sino por la sociedad y para la sociedad; piensa que, a pesar de tu aparente aislamiento, eres una célula del organismo nacional que te sustenta, educa, ilumina y protege. El actual extrañamiento de la vida civilizada y superior representa fase necesaria de tu evolución espiritual. Larva eres que tejes el intrincado capullo de un cerebro pensante para volar mañana por el libre ambiente de la ciencia y de la acción. Considerándolo bien, no cabe pensar siquiera que estés desterrado de la sociedad; a la manera del buzo sumergido en el fondo del

---

180 Infusorio: Célula o microorganismo que tiene cilios para su locomoción en un líquido.

mar, un amplio tubo te enlaza con la región de la luz y del aire; por él recibes el oxígeno del amor paternal, el resplandor de la cultura y las palpitaciones del calor de humanidad, entre las cuales las mías no son ciertamente las menos vivificantes y confortadoras.

»Termino, hijo mío, e insisto una vez más en mi tema. Careces de fortuna; has venido al mundo cuando ya el planeta estaba repartido. Pero no desfallezcas; si positivamente vales, si hay en ti algo de esa energía del conductor de pueblos o despertador de almas, no faltarán gentes que cultiven tierras, tejan estofas[181] y eleven palacios para ti. Como los soldados de Napoleón, tú llevas también en la mochila el fajín de general. Mas para que la sociedad te alce sobre el pavés, hay que crear algo grande e indiscutible; es preciso luchar y vencer. Y antes que requerir las armas contra el mundo, vuélvelas contra ti mismo convertidas en herramientas de escultor. Esculpe tu cerebro, el único tesoro que posees. Careces de campos que cultivar y de jardines en que solazarte; laborea, pues, el campo del entendimiento y adorna y engalana el jardín de la fantasía. Riquezas son estas que no podrá arrebatarte nunca la codicia humana. Procura, pues, ser un Creso[182] en ideas; sobrarán personas que te las compren. Cuando no el interés y la industria, te las solicitarán la bobería o la holganza, pues todavía no se han resignado los hombres a pare-

---

181 Estofa: Tela o tejido de labores, por lo común de seda.
182 Creso: último rey de Lidia (entre el 560 y el 546 a. C.),1 de la dinastía Mermnada, su reinado estuvo marcado por los placeres, la guerra y las artes. Debido a la gran riqueza y prosperidad de su país, de él se decía que era el hombre más rico en su tiempo.

cer lo que son. Y baste por ahora con lo dicho. Adiós, hijo mío».

Y el noble anciano, en un transporte de paternal ternura, besóme en la frente, y después de enjugar una furtiva lágrima, desapareció por el empinado sendero. Al través de mi emoción, parecióme que la cabeza del maestro adquiría al alejarse nimbo de luz, y declinaba en el horizonte cual lucero de la tarde. En cuanto su imagen se eclipsó, escribí afanoso sus consejos indeleblemente grabados por el entusiasmo en mi memoria. Por eso los recuerdo hoy tan puntualmente...

— Tal como la pintas, la figura de tu preceptor resulta altamente simpática y conmovedora. ¡Vaya por el alma antigua y el pedagogo novísimo! ¡Bien aprovechaste sus sabias lecciones! A la legua se ve que esta tu primera educación, en plena naturaleza y al calor de tan solícito despertador de inteligencias, modeló y templó el ánimo del futuro investigador, desarrollando sana y robusta lógica y voluntad enérgica y perseverante.

—Sin esponjarme con tus benévolos juicios, inspirados por la amistad, pienso que aquellas luminosas enseñanzas fueron decisivas para mi porvenir. Gracias a los alentadores preceptos de mi mentor y a la fortuna de haber librado el cerebro, durante la niñez y adolescencia, de toda insana y vigorosa sugestión, pude adquirir, con la aversión a las hipótesis supernaturales, cierta intuición o sensibilidad crítica que me permite discernir, casi al primer golpe de vista, los conceptos demostrados o verosímiles de los disfraces retóricos de la verdad, es decir, de las artificiosas y alambicadas alegaciones del prejuicio de escuela, del sórdido interés o del candoroso sentimentalismo. Al revés que tú, estudié primero las cosas, luego los libros; con que éstos ilustráronme sin sugestionarme y torcerme. Cuando llegó la época de los sistemas científicos o filosóficos ocurrió lo predicho por el maestro: la razón vigorizada y suficientemente preparada pudo reaccionar conscientemente en contra o en favor de los mismos. Sabido es que las hormigas rojas o esclavistas, cuando salen a campaña, pillan los hormigueros de sus homónimas negras, arrebatando y secuestrando a las infelices larvas que, al desarrollarse en el ajeno nido, se encuentran esclavas sin sospechar siquiera que nacieron para libres. Gracias doy a la fortuna y a mis maestros por haberme dejado ser lo que Naturaleza quiso que yo fuera, preservando mi voluntad del secuestro que imponen para siempre en la vida mental, ora las hormigas rojas, ora las hormigas negras...

—¡Brava comparación que a mí, ignorante hasta de los rudimentos de las ciencias naturales, no se me habría ocurrido!

—Cuanto más reflexiono sobre el problema de la educación, más me persuado de que el cerebro humano no está construido para ajustarse a los libros, sino a las cosas. Atenido a la copia macilenta[183] del mundo estampado en la hoja de papel, el niño retiene y comprende mal, porque la atención, mordiente o fijador de la idea, no obró con el vivo resplandor de la percepción directa, sino con el pálido claror de los símbolos y de las fórmulas abstractas. Al través de las cabezas

---

183 Macilento: Flaco y descolorido.

humanas se ve el hombre, no la realidad objetiva del Cosmos. Tengo para mí que entre el concepto vivo, automática y gallardamente surgido en la mente por la contemplación directa de los fenómenos, y el provocado por las desvaídas y mutiladas descripciones de los textos o de los profesores, existe mucha más diferencia que entre una fotografía del natural y una fotografía de fotografía. Perdido el contacto con la Naturaleza, la máquina cerebral trabaja con ecos y sombras, y así salen de falsas, entecas e incoloras sus construcciones. Si no temiera abusar de las comparaciones, de buena gana compararía yo al cerebro a una asamblea legislativa, en la cual cada diputado, es decir, cada célula o grupo de células nerviosas, representa a un distrito del Cosmos. En las cabezas bien construidas y administradas, en aquellas en que, según diría Spencer, la coordinación entre las relaciones externas e internas se estableció legítimamente, cada representante conoce y traduce fidelísimamente las aspiraciones e intereses del distrito; mas, a semejanza de los Parlamentos corrompidos y amañados, en las cabezas mal educadas los representantes o neuronas son todos diputados cuneros, desconocedores de la circunscripción que simbolizan, sin más ciencia política y social que la reflejada por el programa del jefe o santón, texto vivo por obra y gracia del cual recibieron la investidura parlamentaria. Por donde resulta que, cuando esta especie de obispos *in partibus*[184] creen abogar por las legítimas aspiraciones

---

[184] In partibus: Loc. lat. que significa literalmente «en países de infieles». En su sentido originario se aplica al obispo al que se le asigna

y necesidades de los pueblos, abogan en realidad por la ambición, codicia y medro personal del cacique.

» Pero basta de enfadosos símiles. Con tu permiso prosigo la narración.

» Frisaría yo apenas en los catorce años, cuando cierto día visitó mi amo sus corrales y ganados. Noticioso de las extrañas aficiones de su zagal curioseó, en ausencia mía, los citados mamotretos, y quedó sorprendido al repasar tantas descripciones y dibujos. A mi regreso del puerto me preguntó, señalando los abultados cuadernos:

» —Muchacho, ¿quién te ha enseñado estas cosas?

» —Me las enseñaron, en primer término, el maestro, algo los libros y un poco la experiencia.

» —Pero ¿cómo ha nacido en ti curiosidad tan impropia de tu edad y oficio?

» —¡Toma!... ¿Acaso cielos y montañas, árboles y flores, no se criaron para ser admirados y conocidos? En la soledad de la sierra ellos parecían mirarme como quien desea ser interrogado, y yo les interrogué, logrando, a fuerza de paciencia, entender un poco su lenguaje de gestos y entrever algunas páginas de su vieja y maravillosa historia...

» En conclusión, mi amo, a la sazón alcalde del lugar, y a quien había prevenido mi querido maestro, me sacó de la majada, consiguiendo poco después, con

---

una diócesis en territorio no cristiano, donde no reside y, en consecuencia, no ejerce.

gran regocijo mío y de mis padres, que el Ayuntamiento acordara costearme una carrera literaria.

» Deseaba yo escoger la de ingeniero o de médico; pero, desgraciadamente para mis gustos, el amor maternal, tan grande y abnegado como celoso, intervino torciendo mi vocación. Mi madre, nostálgica de ternura filial (a la sazón compartida con varias nueras, pues mis hermanos eran casados), quería hacer de su Benjamín un eterno célibe, esto es, un sacerdote, a fin de vivir en su compañía y acaparar su corazón. Y así, torciendo mi rumbo, ingresé en el Seminario conciliar oscense; y lo hice con todas las apariencias exteriores de la sumisión, pues por nada de este mundo habría dado a mis protectores el triste espectáculo de una rebeldía filial. Acariciaba, empero, la esperanza de emanciparme más adelante, en cuanto se me deparase circunstancia favorable. ¡Qué alegría cuando cayeron en mis manos los libros de Historia natural, de Física, Química y Matemáticas! Y ¡cuán noble y legítimo orgullo al hallar en sus páginas plenamente confirmadas mis rudimentarias observaciones, y resueltos de admirable manera mil problemas interesantes inaccesibles a mi inexperta inteligencia! Era toda una brillante legión de muertos ilustres que abandonaba sus tumbas para conversar conmigo; ¡la humanidad pensante de los siglos que venía a otorgarme, con generosa mano, el precioso fruto de sus meditaciones!... Fiesta deleitosa del espíritu fue, durante tres años, la asimilación febril y emocionante de tantas y tan admirables verdades, leyes y teorías astronómicas, físicas, químicas y biológicas. Ni me contentaba con los textos, harto sucintos por lo común; devoraba también las obras magistrales, a cuyo objeto, además de frecuentar la biblioteca del Seminario y la copiosísima del Instituto provincial, saqueaba sin compasión las de mis camaradas de los últimos años, y sobre todo la librería de mi maestro, el carísimo amigo y confidente del espíritu.

» Mi fervor por las obras de Teología, Historia sagrada y Filosofía dogmática fue menos vivo. Ciertamente hallé en ellas excelentes doctrinas morales, trozos de elocuencia arrebatadora, ingeniosísimos artificios dialécticos para conciliar los postulados de la experiencia con la verdad revelada; arranques sublimes del amor místico desdeñoso de la tierra y orientado como las flores hacia la celeste luz; pero me sorprendieron también ideas y tendencias que casaban mal con la tonalidad intelectual y afectiva de mi espíritu. Parecíame que la mayoría de los filósofos y moralistas cristianos amaban poco la vida y el mundo, y miraban con cierto aristocrático menosprecio los hechos y conclusiones de las ciencias físicas y naturales. Sin desconocer el sentimiento profundamente altruista que la inspirara, sonaba mal en mis oídos la frase de San Pablo *«la ciencia hincha y la caridad vivifica»*. Tampoco era de mi agrado la doctrina de San Agustín, cuando en su ardor místico reprobaba el afán de gloria *«cual una impureza que impide asemejarse a Dios»*; como si el Supremo Hacedor no hubiera creado el mundo para su gloria, y como si el arte y la ciencia, es decir, cuanto de grande y de luminoso hay en el mundo, no representara la obra de los enamorados de la fama y el holocausto más digno rendido a la divina sabiduría.

» La esquivez notoria, aunque inconfesada, de los dogmáticos hacia la verdad científica, junto con su desconfianza excesiva en las fuerzas de la razón individual, llenábanme de confusiones. ¿Por qué recelar de la ciencia, interpretación lógica y humana de la obra de Dios y desconfiar de la inteligencia del hombre, reflejo de la divina? ¡Al fin y al cabo, también la lógica es una revelación de lo Alto, una Biblia universal innata, anterior y posterior a todas las Biblias!...

—Sí, pero habrás de convenir en que esa Biblia tiene una lectura bien difícil y peligrosa...

—Es verdad; mas yo, que adoraba la incomparable moral del Evangelio, alimentaba entonces la candorosa ilusión de cimentarla en el terreno firmísimo de la ciencia.

» Mas pronto vino el desengaño... Tenían razón mis profesores: la obra de Dios, interpretada por la razón, es inconciliable con los dogmas proclamados por la Iglesia... Mi espíritu, de cada día más turbado, fue teatro de terribles combates, de los cuales surgió la luz como el rayo de la tempestad. Gradualmente la chispa fugitiva e intermitente se convirtió en antorcha esplendorosa, y surgió en mi alma la convicción desoladora de que el hecho fundamental sobre que se basa todo el rutilante alcázar del cristianismo, es decir, la inspiración divina de las Santas Escrituras, constituye una formidable equivocación, causada por la tendencia innata del hombre —instinto esencialmente defensivo y utilitario— de persistir y de sobrevivirse. Desde aquel solemne despertar todas las grandes religiones adquirieron a mis ojos el mismo valor filosófico y ético, presentándoseme cual esfuerzos laudables, pero prematuros, encaminados a esclarecer los tremendos enigmas del mundo y de la vida. Nacidas en la infancia de la ciencia y de la lógica, ¡cómo habrían de atinar con la solución del formidable arcano!

—¿Te alegrarías, sin duda, de emancipar tu razón de las cadenas de la fe?

—Todo lo contrario... Al recibir el choque de tan inesperada revelación, una gran tristeza se apoderó de mí. Me había convertido de hecho en otro hombre, en un ser aparte, puesto que me era imposible compartir las ilusiones y esperanzas de los demás. En semejante estado emocional, la risa socarrona de Voltaire habríame parecido impía profanación, algo así como grotesca carcajada de *clown* en un entierro. Contemplábame desvalido, caído y desterrado del cielo, abandonado a la muerte y a la nada, rotos, en fin, los dorados y misteriosos hilos que juntan, al decir ingenuo de la fe, todas las criaturas al corazón infinitamente misericordioso de Dios... ¿Cabe mayor amargura?... Desde entonces erré desolado, paseando mis melancolías por las orillas del Isuela, viviendo en la soledad de mi corazón, cual náufrago en isla desierta e inhospitalaria. ¿Acaso tenía yo derecho a arrebatar a mis inocentes camaradas, grata y alentadora ilusión, a interrumpir cruelmente, con un brutal despertar, sus rosados ensueños de beatitud y eternidad?

» Pero mis lágrimas no brotaron solamente por reacción del orgullo humillado y del encanto de la existencia desvanecido; lloré sobre todo la miseria y pequeñez de la frágil razón humana, la cual, a despecho de las clarividencias del genio y de las brillantes artes de la lógica, había sido y continuaría siendo, durante muchos siglos, víctima de las más groseras ilusiones... ¡Pobre humanidad, que no puede vivir en paz sino a condición de esperar la inmortalidad, ni soportar las acritudes del mundo sino soñando con los deliquios[185] de un mundo mejor!...

Gradualmente, lo más sano y robusto de mi ser mental reaccionó contra tan enervadoras y deprimentes cavilaciones. Y pasó la grave crisis psicológica... Vuelto al amor de la vida, acabé por hallar en esos grandes espejismos de la religión y de la filosofía cierta lógica profunda, la lógica del error necesario, del error educador.

La Naturaleza —me decía— cultiva, impone y hermosea el error. Incúbalo nuestro cerebro más amorosamente aún que a la verdad; el corazón le enciende alegres luminarias; la conciencia social lo consagra y dignifica. Hondo sentido palpita en este extraño *consensits unns* de la naturaleza y del espíritu, de los sentidos y la inteligencia. Fuera rarísima cosa que una tendencia tan íntima, arraigada en las profundidades mismas del instinto, no cumpliera ningún fin utilitario. ¡Quién sabe —pensé— si las hipótesis ilógicas no son comparables a esos órganos rudimentarios y en vías de desaparición que desempeñaron, sin embargo, un día provechosas y transcendentales funciones en la economía de los organismos! Con relación al porvenir, preñado de estupendos descubrimientos y de inesperadas rectificaciones, el hombre actual es todavía un niño

---

185 Deliquio: Éxtasis, arrobamiento.

ingenuo para quien el ensueño constituye alimento indispensable. Privarle de repente de sus bonitos juguetes y sustituir los mágicos cuentos de nodriza por los severos apotegmas[186] de la ciencia ¿no equivaldría a estorbar quizás su ulterior y grandioso desenvolvimiento? Si la Efémera[187] sospechara su inminente caducidad, ¿celebrara gozosa al sol nupcias fecundas? Después de todo, ¿qué sabemos, ¡pobres de nosotros!, del objeto de la vida? ¿Hacia dónde camina esa corriente de protoplasma, salpicado de cuajadas espumas —las células—, de la cual el hombre representa el postrer remanso? ¿Fue su cauce obra de la inteligencia o del acaso[188]? ¿Vamos hacia la verdad o hacia la felicidad? ¿Somos fines o instrumentos? ¡Quién sabe!... Afortunadamente, por extensas y densas que sean las nieblas de la filosofía, no suelen descender del cerebro a las manos. Si a la hora de pensar dudamos, a la de obrar sentimos, claro que, sea cual fuere el Principio rector del Universo y de la vida, este Principio no puede abominar de su obra ni dejar de mirar con propicios ojos cuanto tienda a impulsarla hacia el amor, el progreso y la paz. Por donde se colige[189] que amar a los hombres, disculpar y comprender sus yerros, esclarecer su inteligencia, vale tanto como

---

186 Apotegma: Frase o sentencia breve en la cual se expresa un pensamiento o enseñanza.

187 Efémera: Insecto de unos dos centímetros de largo, de color ceniciento, con manchas oscuras en las alas y tres cerdas en la parte posterior del cuerpo, que habita en las orillas del agua y apenas vive un día.

188 Acaso: Casualidad, suceso imprevisto.

189 Colegir: inferir, sacar consecuencia de otra cosa.

secundar el pensamiento del Incognoscible, querer lo que quiere Dios...

Y al meditar en esta hermosa y redentora empresa, pronto eché de ver que la hipótesis religiosa tenía aún una gran misión que cumplir: fundar la democracia sobre el supuesto inverosímil, pero salvador, de la existencia e igualdad esencial de los espíritus; consolar al desgraciado, ínterin llegan los tiempos venturosos de la justicia humana; disipar los sombríos terrores de la muerte con la bella ilusión de una espléndida y definitiva aurora; dulcificar progresivamente, mediante la sugestión constante de la caridad y el altruismo, los fieros impulsos heredados por el hombre de las más bajas formas de la animalidad; conservar, en fin, la vida fuerte, jovial y serena hasta que alboreen los dichosos días en que sea instinto infalible el bien, tendencia innata la justicia y poesía y belleza excelsas la verdad...

—Estoy verdaderamente maravillado de que tú, asistido exclusivamente de las fuerzas de la razón, llegaras a dudar de la verdad revelada, cuando filósofos insignes, entre ellos Renán, necesitaron para ello muchos años de investigaciones históricas, arqueológicas y lingüísticas...

—Mi precocidad, en clase de racionalista, no tiene, querido amigo, nada de extraordinario; fue mero efecto de higiene mental. Si yo hubiera, a semejanza del ilustre escritor francés, respirado durante mi niñez y adolescencia el incienso de iglesias y conventos, en vez del aroma acre y bravío de la libre Naturaleza, por seguro tengo que jamás lograra desincrustar de mi cerebro las irisadas cristalizaciones del ideal religioso ni las formaciones carboníferas del dogma. Pero cuando, escapado de mis riscos, caí en la Iglesia, mi sentido lógico estaba ya, según presumió mi maestro, harto fortalecido y resistente para ser vaciado en la turquesa de la tradición.

» Aparte de esta feliz circunstancia y del innegable influjo que en ella tuvo mi preceptor, es indudable que existen naturalezas instintivamente refractarias o muy poco inclinadas a la creencia en lo sobrenatural. No me jacto de pertenecer a esta *grey* de cabezas fuertes, insugestionables, obstinadas en mirar eternamente a la tierra; pero ello es que desde mi niñez sentí extraña repugnancia hacia las doctrinas difícilmente compaginables con las enseñanzas de los sentidos y los dictados de la experiencia. En prueba de lo cual, te diré que a los diez años reíame de diablos y de brujas; y cuando mis enmaradas, los zagalones[190] de la aldea, ponderábanme la eficacia de las rogativas para aplacar la ira de los elementos, o ensalzaban la virtud mirífica[191] de santa Orosía de Jaca para sacar los demonios del cuerpo de las histéricas, me era imposible reprimir un gesto de incredulidad. Menos acertaba a explicarme aún ese profundo pavor que inspira a los pobres aldeanos la cólera divina, pareciéndome que si, según consigna la filosofía tradicional, lo Absoluto gobierna el mundo según leyes tísicas invariables, el miedo a la ley representa una desdichada e inútil derivación del sentimiento y de la

---

190 Zagalón: Adolescente muy crecido y desarrollado para su edad.
191 Mirífico: Que es admirable o digno de admiración.

energía reaccional, que serían harto mejor empleados en el análisis valiente y penetrante de la ley misma.

—Según esto, proscribes el culto, es decir, el espíritu mismo de la religión, que representa, por encima de todo, un lazo moral entre el hombre y su Creador. ¿Para qué rezar, si no ha de modificarse un ápice el curso preestablecido de las cosas? Implorar equivale a sugerir en vano la violación de una ley universal...

—Ciertamente, y por eso precisamente estimo que, en presencia de leyes invariables, nuestro papel se reduce a estudiarlas y cumplirlas con el menor daño de la vida y de la evolución, integrando piadosamente, según te dije antes, nuestro personal esfuerzo en la corriente común de la Naturaleza, y convirtiéndonos, de ruines pordioseros que fuimos, en sublimes colaboradores del pensamiento divino. Y, en todo caso, soportemos valerosamente la verdad, porque solo este valor traerá la tolerancia y la calma, la fortaleza del cuerpo y la serenidad del espíritu. Únicamente por el optimismo animoso y activo logrará quizás algún día sobreponerse el hombre a esas dos tremendas fatalidades de la evolución cósmica: la muerte individual y la ruina del mundo...

Si el símil no pecara de asaz[192] vulgar y grosero, compararía yo de buena gana las criaturas humanas a los tábanos, siempre sobresaltados e inquietos sobre la piel del solípedo[193] de que se alimentan. Compréndese

---

192 Asaz: Adverbio que antepuesto a un adjetivo, indica un grado muy elevado en la propiedad que este expresa.

193 Solípedo: Perteneciente a un grupo de mamíferos, cuyo pie tiene un solo dedo terminado en una pezuña, como el caballo, la cebra o el asno.

que el insecto, incapaz de pensar, huya miedoso y aturdido de acá para allá, en vez de estudiar serenamente las leyes de la sensibilidad y de los reflejos musculares del huésped, al objeto de prever los coletazos; ¡pero que el hombre proceda del mismo modo!...

»Pues, como te decía —y vuelvo a la narración—, mi fe, que no fue nunca la del carbonero, perinclitó completamente al sorprender las singularidades, contradicciones y errores de los libros santos, y al meditar sobre los ingeniosímos pero imposibles esfuerzos de Santo Tomás para conciliar el dogma con los principios de la filosofía aristotélica y los fueros de la razón natural. Fuera de que mi patriotismo de celtíbero montaraz y cerril, atenido a los viejos amores de la raza, miraba de reojo a todas las religiones impuestas por pueblos exóticos. Siempre pensé que, si en materias filosóficas estamos condenados a errar perpetuamente, preferible es una mentira nacional a un error forastero, así venga aseverado y sublimado por la elocuencia de San Crisóstomo o el talento filosófico de San Agustín.

Hallaba además rudas, primitivas y esencialmente materialistas la teodicea[194] y la moral del pueblo judío. Por demás antipáticos e intolerables me parecían en esta raza su pretensión de ser la nación escogida de Dios, sus veleidades y apostasías, su desdén altanero hacia las demás naciones, su bárbaro aborrecimiento de la cultura egipcia y griega, y por encima de todo su falta de ternura y de piedad...

---

194 Teodicea: es una rama de la filosofía cuyo objetivo es la demostración racional de la existencia de Dios mediante razonamientos, así como la descripción análoga de su naturaleza y atributos.

» ¿Cómo es posible —me decía— que, durante la edad contemporánea de las florecientes y espirituales civilizaciones egipcia, judía y griega, el adusto Jehová escogiese, como vehículo de su verbo y pedestal de su gloria, pueblo tan loco, furioso e inhumano? ¡Y pensar que de semejante horda de neuróticos inadaptados hemos copiado servilmente los europeos —es decir, la raza aria, la intelectual por excelencia, la inventora de la lógica y de la crítica, la descubridora del planeta, la creadora de las ciencias y de las artes, la redentora generosa de todas las esclavitudes— los más groseros mitos y leyendas, erigiéndolos en norma de nuestra conducta, ideal de nuestro espíritu y consuelo de nuestro corazón!...

—Sorpréndenme tus palabras...; presumía que, a semejanza de todos los racionalistas, tú eras entusiasta de los judíos y admirador de su saber.

—Te equivocas de medio a medio. Yo pongo por encima de mi cabeza a los judíos ilustrados emancipados de la sinagoga, incorporados moral y materialmente a la patria en que viven; a los que colaboran en la gran empresa de domeñar las fuerzas naturales y escrutar los hondos secretos de la vida...; pero a los otros... a esos que se consideran todavía raza superior y continúan esperando su Mesías vengador, y, hostiles a la sociedad de que forman parte, se someten a ella exclusivamente para ser sus gerentes y cajeros, sus orondos e inaprensivos burgueses... a esos... téngolos por una lepra de las nacionalidades europeas.

— ¿De modo que hallarías de perlas su antigua expulsión de los dominios españoles?

—Creo que si las avaricias, sordideces y egoísmos antipatrióticos de que se les acusaba fueron ciertos, prudente y acertada medida social fue su destierro; empero se cometió un error inexcusable y de gravísimas consecuencias económicas al no haber promovido con tiempo entre los españoles de casta la afición al comercio y a las industrias monopolizadas entonces por los israelitas; con que una nube de comerciantes, banqueros y contrabandistas flamencos, genoveses y franceses, cayó sobre la nación, explotando nuestro necio orgullo de hidalgos manirrotos y dejándonos sin blanca...

» Pues, según te contaba, mi estado de alma vino a ser inconciliable con la profesión sacerdotal. Repugnaron siempre a mi conciencia las ficciones; que solo la sinceridad hace perdonable y hasta simpático el extravío. En las tinieblas de la teología dogmática, donde cada predicado encierra una contradicción irremediable, mi razón alicortada se ahogaba. Sentía algo de esa opresión que debe experimentar el pez acomodado a la luz y al oxígeno y que, por accidente, cae en las negras profundidades del mar, sin poseer la salvadora fosforescencia de la fauna abisal ni el hábito de las grandes presiones. Para navegar sin peligro en aquel piélago tenebroso del dogma faltábanme el faro de la fe y la docilidad a los grandes empujes morales. Por lo cual, al finalizar el cuarto curso de latín y de filosofía, resolví valientemente ahorcar los hábitos de clérigo en ciernes; y procedí a ello sin ruido, evitando polémicas enojosas y alardes de incredulidad rebelde y petulante. A todos oculté, pues, mi designio, despidiéndome con pena de aquellos camaradas tan buenos y cariñosos, así como de mis venerados profesores, quienes, llenos de ingenua bondad, veían quizás en mis aficiones filosóficas y aplicación celosa al futuro predicador y ardoroso catequista.

Naturalmente, mis padres, llenos de enojo, condenaron enérgicamente mi resolución. En vano intenté convencerles de que el médico, el ingeniero o el abogado, laboriosos y honrados, suelen ganar bastante más que un obscuro sacerdote de aldea, y pueden ser, por tanto, más espléndidos y generosos con los suyos. Ni fue tampoco poderosa a aplacar el enojo paterno la sentida carta de mi antiguo preceptor y maestro, en donde se justificaba el cambio de orientación con mil razones persuasivas y se hacían felicísimos presagios para el porvenir. Sin embargo, mi entereza, superior a las sugestiones del sentimiento, no se doblegó; antes bien, resuelto a no perder el tiempo en vanas disputas, al final de aquel verano incorporé al Instituto las asignaturas cursadas en el Seminario, y, aprovechando la libertad de enseñanza adquirí el diploma de bachiller.

Entretanto, ocurría en el lugar grave contratiempo. El alcalde, árbitro del Ayuntamiento y generoso protector mío, falleció súbitamente, y el tacaño del cabildo, a pretexto de que yo era un rebotado y una mala cabeza, me suprimió la pensión. Pero mi rumbo estaba trazado. Provisto de una carta de recomendación del maestro y del dinero estrictamente preciso para el viaje, plantóme en la Corte decidido a cursar como Dios quisiera la carrera de ciencias o de ingeniería.

Héteme pues en la Villa del Oso, dueño absoluto de mi persona y de unos treinta reales sobrados del camino. Por fin, no sin pena y sin lucha, había descartado para siempre todas las sugestiones que me esclavizaran a la familias y protectores. En adelante iba a ser lo que los ingleses llaman un *self made man*, un hombre que se hace de sí mismo. Mas como sea imposible tallar almas sin alimentar cuerpos, debí preocuparme inmediatamente de la nutrición del mío. Perdido, a mi arribo, en el torbellino de la Puerta del Sol, contemplaba atónito aquel mar de gentes humanas indiferentes y trafagosas[195]: el desierto de hombres que vio Descartes en Holanda. Para ellas, mi insignificante persona representaba algo así como un cuerpo inorgánico, especie de bloque errático caído en la corriente, del cual se apartaban con más despego que la onda, que ésta al menos lame y acaricia el guijarro. Al topar conmigo, mirábanme todos —si esto es mirar— con esa región periférica de la retina en que estampamos las imágenes fugitivas e indiferentes, las impresiones condenadas a eterno olvido. ¡Felices los que al arribar al ansiado puerto se sienten enfocados en la foseta central de la membrana visual, en el augusto y luminoso pórtico de la atención y del amor!...

Pero yo no tenía derecho a menospreciar a aquellas gentes hoscas y bullidoras. Algunos quizás de los que esquivaban desdeñosos mi provinciano chaqué y mi sombrero de antigua hornada, guardaban en su bolsillo las dos generosas pesetas que yo necesitaba para vegetar un día. Forzoso era, pues, ponerse en contacto con aquel oleaje humano, endónele bien podía haber,

---

[195] Trafagoso: Se aplica a la persona que sufre mucho tráfago o ajetreo.

a despecho de la frialdad y calma aparentes, algún calor de humanidad y compasión. Excusado es decir que yo ansiaba trabajar, vivir la vida noble, la vida grande, la que paga espléndidamente su ración con la ruidosa vibración de los músculos o el callado susurrar del pensamiento. Merecía sin duda protección y amparo, porque no llegaba al campo común del trabajo cual microbio parásito, sino como semilla humilde, traída por los azares del viento, y que implora de los miles de plantas humanas acaparadoras del suelo y de la luz, un terroncito libre donde esponjar los cotiledones de su cuerpo, y un portillo angosto para mirar al cielo y elevar la modesta flor de su alma...

La carta de recomendación de mi mentor surtió algunos buenos efectos. El director del colegio de 1ª y 2ª enseñanza a quien iba dirigida, tenía completo el cuadro de profesores, y solo pudo proporcionarme un modestísimo puesto de acompañante de los externos de familias ricas y algunas lecciones particulares que me produjeron estrictamente lo preciso para vivir. Menester fue buscar en otra parte el dinero necesario para costear matrículas y comprar libros de texto. A fuerza de explorar y preguntar, y después de pasar meses de verdadera angustia, topé al fin con un modesto industrial que necesitaba precisamente un tenedor de libros sin pretensiones. Ajustéme con él por el módico salario de ocho duros al mes, pero a condición de que el trabajo había de efectuarse por la noche, cuando yo hubiera satisfecho mis demás obligaciones.

» Viento en popa marcharon mis asuntos durante el segundo año. Aprobado y con premio el curso preparatorio, en los siguientes ahorré el dinero de las matrículas. Progresivamente aumentaron mis ingresos. Mi aplicación y docilidad hallaron gracia a los ojos del Director del colegio, quien me confió una plaza de profesor interino de Física y Matemáticas, con 25 duros mensuales. Poco después ganaba por oposición en la Universidad el modesto pero útilísimo puesto de Ayudante de clases prácticas. ¿A qué seguir?...

» Baste saber que, a los seis años de estancia en la Corte acabé dos carreras, la de Ingeniero y la de Ciencias, con excelentes notas; habiendo tenido la dicha de granjear la estimación de mis maestros, que se hacían lenguas de mi entusiasmo por la observación y de mi celo docente nunca desmentido. Se me señalaba ya como uno de los maestros de las futuras generaciones y como una legítima esperanza de la investigación científica.

Yo debí seguir el rumbo marcado por mi vocación y mis aptitudes: estudiar y resolver, en la medida de mis fuerzas, los arduos problemas de la Mecánica, de la Física y de la Química, en sus relaciones con la industria, esa hada prestigiosa a que deben su riqueza y poderío todas las grandes naciones; más, ¡ay! los irresistibles atractivos de la vida social, el culto sensual a la mujer, enfermedad esencialmente española desconocida casi de los fríos y laboriosos hombres del Norte, y la manía enciclopédica que esterilizó siempre el esfuerzo de nuestros más altos pensadores, dispersaron mi actividad apartándome del sano, del útil, del regenerador camino de la producción científica e industrial.

Luego que regularicé mi situación económica con un honroso puesto en el profesorado, fue mi primera preocupación completar mi cultura con el estudio de la filosofía moderna y singularmente del positivismo inglés y evolucionismo científico, tales lecturas fuéronme altamente provechosas, siquiera me distrajeran de mis habituales tareas, ya que refinaron y fortalecieron mis facultades críticas; lo malo estuvo en que me trajeron una convicción, y caí, según suele suceder, en la ridícula manía de inocularla a los demás, entablando al efecto apasionadas polémicas en Revistas, Círculos políticos y Ateneos. A tales campañas de propaganda contribuyeron no poco ciertos amigos harto oficiosos que deploraban o fingían deplorar el que un expositor de mis alientos, y dotado además de sobresalientes aptitudes oratorias —en sentir de ellos naturalmente— vegetase obscurecido entre libros, redomas y chirimbolos de física. «*Los sabios*, me decían, *deben descender al gran público y hacer obra de transcendencia social*».

» Yo tuve la debilidad de oírlos. Y en consecuencia, y con motivo de la discusión de la famosa Memoria del Ateneo a que tú aludías «*Inanidad del positivismo y evolucionismo*», me declaré partidario acérrimo del positivismo crítico y evolucionismo espenceriano[196]. Fortuna grande fuera para mí haber fracasado desde el primer discurso en aquellos memorables debates,

---

196 Herbert Spencer (Derby, Inglaterra, 27 de abril de 1820-Brighton, Inglaterra, 8 de diciembre de 1903) fue un naturalista, filósofo, sociólogo, psicólogo y antropólogo inglés. Spencer desarrolló una concepción omnímoda de la evolución como el desarrollo progresivo del mundo físico, los organismos biológicos, la mente humana, la cultura humana y las sociedades.

tan comentados por la prensa; mas contra todas mis presunciones y conveniencias, produje impresión en el público y coseché — ¿a qué negarlo?— algunas satisfacciones de amor propio. ¡A quien no embriagan los calificativos hiperbólicos del periodista amigo y los plácemes calurosos de la galería!».

—Modestia aparte, debes reconocer que en aquella ocasión alcanzaste brillantes triunfos de expositor y de polemista. Tu dialéctica dura y fría como el acero, pero flexible y acomodada al estilo de cada impugnador, levantaba ronchas y tondigas...

— ¡Bah! Pese al pasajero aturdimiento de los aplausos y a los halagos de la amistad y de la *coterie*[197] y el juicio sereno me desengañó bien pronto de la vanidad e infecundidad de aquellos vistosos torneos oratorios.

—¡También tú... el formidable dialéctico!

—Sí...; yo he sido siempre un carácter formal y sincero; y si como físico profesional lamento la dispersión y despilfarro de la energía cósmica, como hombre abomino también la dispersión e infecundidad de la energía intelectual. Verdad que por entonces abrigué la candorosa esperanza de persuadir a los irresolutos, de conmover y adoctrinar a los neutros, y de hacer patente la vacuidad e impotencia de los recalcitrantes; pero, créeme, aun antes de finalizar la empeñada polémica, había perdido todas mis ilusiones de propagandista.

---

197 The Coterie fue un famoso y conocido grupo de aristócratas ingleses, e intelectuales de los años 1910, que en su momento estuvo muy de moda, extensamente mencionado en revistas y periódicos de la época, aunque con frecuencia referido como un "círculo corrupto y excéntrico".

¿Por qué ocultarlo? La victoria real, la efectiva, la que se mide por las adhesiones conseguidas y pertinacias quebrantadas, había sido nula. Cuando el resumen presidencial cerró con llave de oro los debates, allí se estaban altaneros y solemnes en sus sendos escaños, sin haber modificado un ápice sus respectivos credos, los oradores del centro, de la derecha y de la izquierda...

—Creo que tienes razón.

—Por primera vez hirió dolorosamente mi espíritu el triste fenómeno de la impenetrabilidad de las cabezas humanas a la verdad; entonces fue cuando caí en la cuenta de que la convicción, en tanto que fenómeno fisiológico, no es un proceso dinámico modificable por los embates de la lógica científica, sino algo estático y orgánico, especie de construcción cerebral rígida y firme, erigida en la época juvenil, y dotada de vías tan amplias y de rodajes tan robustos, que nada ni nadie puede conmover. A cuya fatalidad orgánica se juntan todavía, en contra de toda sugestión renovadora, los reparos y murallas que, en torno del sistema preconcebido, alzan, en estrecho consorcio, el interés y el sentimiento. Aquella atrevida frase de los anarquistas *«dime cuánto dinero tienes y te diré las ideas que profesas»*, es, por desgracia, triste y profunda verdad.

» Por donde se ve que, a los fines de la vida práctica, lo útil, y en todo caso lo posible, no es transformar los hombres maduros, sino explorar y conocer sus reacciones intelectuales, afectivas y musculares para evitarlas o aprovecharlas».

—Sin embargo, en aquella famosa controversia parecióme, y así lo creímos los oradores de la derecha, que el público imparcial, señaladamente el de las tribunas, sintió los efectos de tus elocuentísimas razones.

— ¡Ca!... Por ventura, ¿crees en la imparcialidad y neutralidad de los públicos? Querido Esperaindeo, siento arrebatarte esta ilusión. Solo hay un público educable y transformable... el de la escuela. El noble y grave Senado que puebla Congresos y Academias es una colección de cristales de caliza ha tiempo salidos del seno del agua madre y cuyas, aristas pueden romperse, pero no modelarse. Además, eso que llamamos «*el público*», constituye una mezcla muy heteróclita[198] donde entran elementos de muy diverso valor antropológico. Un somero análisis permite distinguir en ella los siguientes tipos psicológicos: 1º El *curioso*, es decir, el que desea simplemente divertirse y solazarse oyendo las peregrinas cosas que se les ocurren a los contendientes, particularmente cuando, llegado el hervor de la lucha, descienden al bajo terreno de las personalidades; este apreciable *dilettanti* cifra su orgullo en conocer y tratar a los jefes de secta y pandilla, a quienes felicita con entusiasmo en los pasillos, de igual modo que, en el teatro, alardea de conocer y tutear a los cómicos, y de frecuentar el *boudoir*[199] de las artistas; por lo demás, incapaz de pensar, todas las opiniones le tienen sin

---

[198] Heteróclita: Heterogéneo o compuesto de partes o elementos muy distintos.

[199] Un boudoir es una pequeña habitación en una vivienda situada entre el comedor y el dormitorio. El marqués de Sade (1740-1814), autor literario, contribuyó a desarrollar la fama de esta pequeña habitación dedicada a las conversaciones femeninas íntimas.

cuidado. 2º El *sectario mudo*, que parece tolerante e imparcial, porque no habla ni comenta en los pasillos las frases de los oradores, pero que posee, en realidad, un credo filosófico o político anquilosado y defendido por triple barrera de preocupaciones; al acudir a las sesiones, su principal objeto consiste en regodearse y esponjarse al ver cómo sus vulgares y adocenadas ideas son defendidas y sustentadas por personas de talento y viso, lo que no puede menos de lisonjear el sentimiento de su amor propio. 3º El *amigo oficioso y agradecido* (acaso el ejemplar más conocido y abundante), a quien no quitan ciertamente el sueño las eternas disputas de sabios ni las quimeras de la filosofía, pero cuyas aspiraciones y medros le obligan a aplaudir al prócer en ciernes, futuro dispensador del turrón oficial. 4º En fin (y este es el tipo más raro, como que falta casi siempre en los auditorios solemnes de Ateneos y Círculos), el *pensador indeciso* que, estimulado por el amor a la verdad, asiste a las discusiones doctrinales en busca de razones que inclinen definitivamente la balanza del juicio; acaso vive en la luna de miel del catecúmeno[200], y demanda a los paladines de su bando, aliento y amparo para su fe, por nueva, harto quebradiza y medrosa.

»¡He aquí, amigo Esperaindeo, la pobre cosecha a que puede aspirar el sincero polemista!... Convendrás conmigo en que no es tarea muy gloriosa persuadir a persuadidos, evangelizar a obscuros solitarios cuyas creencias tradicionales se deshicieron por el lento socavar del autodidactismo, y la piqueta demoledora

---

[200] Catecúmeno: Persona que se está instruyendo en la doctrina y misterios de la fe católica, con el fin de recibir el bautismo.

del espíritu crítico. Aunque padezca nuestra vanidad de oradores verbosos y ocurrentes, fuerza es confesar que, en los asuntos filosóficos, religiosos y políticos, y cuando se trata de públicos maduros, el tan celebrado triunfo de los expositores grandilocuentes se reduce no más a sustituir, en el ánimo de poquísimos y preparados oyentes, el pálido fulgor de la sospecha, de la indecisa y vaga conjetura, con la antorcha purificadora y luminosa de la convicción.

Otro de los motivos que más contribuyeron a hastiarme de las infecundas lides de la palabra fue la habitual e irremediable insinceridad de los peroradores[201] de oficio. Contra lo que yo suponía, el orador suele ser, no el pensador ni el científico, sino el abogado. En sus labios, dioses y almas, materia y fuerza, evolución y regresión, error y verdad, representan pleitos que hay que ganar a todo trance. Únicamente a infelices doctrinos como nosotros podía ocurrírsenos contender de buena fe e indignarnos de verdad con tan aprovechados vividores. ¡Insigne bobería enronquecer y congestionarse a fuerza de apostrofes y de gritos, cuando notorio era que los jefes de escuela representaban ridícula comedia! Porque en aquella parodia de Concilio definidor, los cucos y desenfadados, que eran los más, jamás se propusieron otra cosa que lucir ingenio y facundia, solicitando de paso de los padres graves de la política (que se dignaban sonreír a la juventud desde los escaños), codiciada diputación a Cortes o pingüe sinecura[202].

---

201 Perorador: Orador.
202 Sinecura: Empleo o cargo retribuido que ocasiona poco o ningún trabajo.

—Efectivamente; mas la docta casa en el pecado llevó la penitencia. Precisamente por el exceso mismo de exhibición y de pose, ningún partido político recluta hoy sus oradores en el Ateneo.

—Tengo para mí que el aludido mal no aqueja solamente a las Corporaciones literarias y políticas; es más hondo y general. A despecho de siglos de cultura refinada, el hombre, y señaladamente el intelectual moderno, conserva todavía la cerril psicología del ancestral mamífero de presa, sintiendo añoranzas de cazador salvaje, por instinto enemigo del trabajo acompasado y rudo. Advierte, si no, cómo en casi todos los actos de la vida social, el cazador intelectual procura, antes que inquirir la verdad y proclamarla de buena fe, afirmar y ostentar su personalidad, anunciando de paso, con pavoneos y arrumacos retóricos, al público pagano que cuente para lo sucesivo con un parásito más, inofensivo y agradable si se le mantiene bien, patógeno y disolvente si se le desdeña o se le obliga a las fatigas y prosaísmos de la labor intensa y cuotidiana.

—Yo de mí sé decir, después de abundar en tus juicios, que nada me sacaba de quicio en las discusiones doctrinales como ese perpetuo escamoteo de la cuestión y esa especie de toreo académico, consistente en desviar hábilmente al auditorio de los flacos de la argumentación con el trapo rojo de la retórica sentimental.

—Tan socorrida táctica, indispensable a los mantenedores de tesis falsas, recuerda la ridícula prueba de los llamados lances de honor. *«No estoy seguro* —le dice el marido ultrajado al D. Juan burlador— *de que hayas rendido la virtud de mi mujer, pero hay un medio de resolver las dudas y zanjar la cuestión, y es probar delante de cuatro imbéciles que soy tan bravo como tú y tan capaz de morir en despoblado de hemorragia o parálisis, como el más salvaje de los hombres»*. De igual manera el orador grandilocuente, desarmado por el toro de la lógica, parece decir: *ignoro si los hechos en que se funda la teoría tal o cual son verdaderos o falsos; mas cuento con un recurso expedito para disipar mi incertidumbre y la del público, y es demostrar que soy muy elocuente, que manejo lindamente la cuerda sentimental, y que sé de memoria muchas bellas frases absolutamente extrañas a la cuestión, pero que pueden llevarme cualquier día a los rojos escaños del Congreso o a una socorrida subsecretaría.*

» Mas enhebrando el hilo tantas veces roto de mi historia, seguiré contando que un año después del desencanto oratorio, mi atención, de suyo inquieta y tornadiza, fue atraída vivamente por algo más serio y digno que metáforas y sinécdoques; refiérome al espectáculo del dolor y de la miseria de las clases desheredadas. Al ojear febril y conmovido los elocuentes libros de los apóstoles de la justicia social de C. Marx, Lassalle, Kropotkin, Bakounine, Reclus, Grave, etc., mi espíritu sufrió recia sacudida moral solamente comparable con la recibida años antes durante mis lecturas del Seminario.

En las contradicciones de la filosofía había sorprendido la pobreza de la mente humana condenada a perderse entre nubes; en las briosas y ardientes reivindicaciones de los oprimidos, impresionáronme la sequedad y egoísmo invencibles del corazón de los poderosos. Y con profunda pena advertí que, de igual manera que dos mil años de libre meditación filosófica no fueron parte a librarnos de la tiranía de los ingenuos mitos religiosos, varios siglos de régimen político liberal y de estudios sociológicos serios no han sido poderosos a redimirnos de la injusticia. Por vez primera mi razón, embotada por la costumbre, sorprendió, al través de la decorosa apariencia de una organización democrática y altruista, las crueldades e insidias del barbarismo ancestral, del individualismo cerril y anárquico, en cuya virtud cada voluntad pugna por satisfacer egoístamente sus apetitos más innobles, sin miramiento alguno con los débiles y desvalidos, sin distraerse un momento para conspirar por la armonía y felicidad del conjunto. Más que células de un organismo superior, el fuerte y el rico representan microbios del cuerpo social, parásitos harto más onerosos que los descritos por la zoología; porque al fin éstos, al objeto de ahorrar molestias excesivas al huésped, sacrifican por atrofia algunos órganos inútiles (aparatos de reptación, de masticación, de protección, etc.); mientras que la *tenia humana* no prescinde de ninguno y con todos se agarra y devora...

» No voy a referirte menudamente esta parte de mi vida, pues la conoces tan bien como yo. Recordarás que de entonces datan mis propagandas socialistas en mítines y sociedades obreras, así como mis campañas políticas y anti-individualistas en la prensa. Ni habrás echado en olvido que, a raíz de grandes reveses y desdichas nacionales, fundé un periódico regenerador. Pero como nadie quería regenerarse, entre otras razones porque todos medían su salud moral por su prosperidad económica o su indiferencia patriótica, mi pobre diario murió, no sin concitar las iras de los doctrinarios liberales que no podían perdonarme los duros y sañudos ataques enderezados al individualismo. En su procacidad y apasionamiento, llegó algún insolente hasta decir que yo «*no trataba sino de regenerar mi bolsillo*»...

¡Me había equivocado una vez más!... No se levanta quien halla placer en arrastrarse. Y el más gravé signo de decadencia de un pueblo no está en sus derrotas, sino en la placidez y candor con que la mayoría de sus estadistas toman pústulas por lunares, blandos linfatismos por musculares turgencias....

» De todos modos, mis vehemencias y desapoderamientos de entonces no podían acabar en bien. Según recordarás, la excesiva irritabilidad de las autoridades y los enérgicos comentarios de mi periódico con ocasión de la cruel represión de una huelga, dieron con mi cuerpo en la cárcel, donde me hubiera podrido si tus buenos oficios y la generosidad de un ministro no hubieran venido en mi socorro.

—Por cierto, que llamó mucho entonces la atención el que los próceres liberales de la Universidad, amigos tuyos al parecer, permanecieran en la más absoluta pasividad, dejándote en las *astas del toro*, como suele decirse.

—No te asombre... Nunca fui persona grata en determinados cenáculos donde se cultivaba la libertad de pensamiento... de los maestros. Venero y pongo encima de mi cabeza a los sabios varones de cierta Institución, los cuales en tiempos de obscurantismo se entregaron a la libre especulación filosófica, y, siquiera comulgaran en una doctrina fantástica, síntesis prematura y falsa, tuvieron el raro mérito de hermanar estrechamente el espíritu crítico con la rectitud y elevación moral; pero estos tales constituían al fin una escuela, y la escuela, al par de toda cosa organizada y viva, solo ama a sus hijos. Y yo tuve la desgracia de formarme lejos de sus enseñanzas, llegando a la vida de las ideas cuando ya el flamante sistema apriorístico[203] caía en delicuescencia[204].

Además, tanto los insignes pedagogos de la aludida cofradía como los abanderados de la democracia militante, profesaban un individualismo absoluto, cerrado y dogmático, y no podían mirar con buenos ojos mis protestas, quizás harto vehementes y apasionadas, contra las exageraciones del principio democrático, exageraciones, en mi sentir, conducentes al predominio del clericalismo.

—En efecto, mal rumbo tomaste para congraciarte con los flamantes y autoritarios definidores de la democracia española, quienes por espíritu de imitación, o acaso por las amargas enseñanzas del destierro, escogieron siempre por modelo político-económico a la individualista Inglaterra. Justamente, cuando apareciste arrogante en la palestra, los librecambistas y autonomistas del Ateneo comentaban y rumiaban con delectación los especiosos y bien trabados argumentos del libro de Demoulins, escritor que, cegado por el odio a Alemania (minada en su opinión por el funcionarismo y socialismo), atribuye resuelta y exclusivamente, al

---

203 Apriorístico: Que es concebido a priori.
204 Delicuescencia: Decadencia, principalmente la referida a las reglas morales o a los estilos artísticos.

carácter acentuadamente individualista y particularista de la raza anglosajona, los triunfos y prosperidades de la orgullosa Albión[205].

—He aquí —amigo mío— un libro que parece escrito exprofeso para distraer a franceses y españoles del atento examen de los positivos términos del problema. Nadie negará ciertamente que la educación encaminada a forjar personalidades fuertes, omnilaterales y capaces de enérgicas iniciativas, constituye importante factor de la superioridad de las razas del Norte; pero sería pagarse demasiado de sencillas fórmulas, menospreciar o desconocer otras harto más decisivas condiciones eficientes, entre las cuales no vacilo en señalar el *solidarismo* nacional, esto es, el culto fanático a la colmena, sentimiento conservador y eminentemente organizante, por desdicha nuestra débil y oscilante en los anárquicos, inconstantes y vocingleros países latinos.

» Cosa excelente es desenvolver, merced a una cultura integral y supraintensiva, la personalidad humana en todas las posibles direcciones, para que, bastándose a sí misma, pueda emanciparse de la tutela moral y económica del Estado; pero si el gigante Briareo de los cincuenta brazos no consagra unos cuantos de éstos al servicio y defensa de la patria; si no siente hacia la persona colectiva la misma intensa afección que se rinde a sí mismo, la raza de *titanes sabios* será siempre vergonzosamente arrollada por las legiones de pigmeos solidarios, o de bárbaros heroicos, como le ocurrió a

---

[205] Albión: (del griego antiguo) es el nombre más antiguo conocido de la isla Gran Bretaña.

la individualista, escéptica y refinada Grecia al chocar con el patriotismo romano, y cual, en recientísimos tiempos, ha estado a punto de acontecerle a la mismísima Inglaterra, a la culta, patriótica y liberal Albión, durante su contienda con el semibárbaro, pero formidablemente heroico y sinérgico pueblo boer[206]. Llena está la historia de ejemplos semejantes.

—¿De modo que, en tu opinión, la supremacía intelectual y política de la raza anglosajona se debe preferentemente al culto ferviente del solidarismo, figurando todos los demás resortes antropológicos y geográficos muy en segundo término?

—Cabal. ¿Qué sería actualmente de Inglaterra sin el esfuerzo y abnegación de sus insignes guerreros, navegantes y sabios? El triunfo glorioso de Nelson y Wellington contra Napoleón, ¿se debió al individualismo o al patriotismo?

» Quizás no existe pueblo más individualista, más particularista, más cabalista que el nuestro, y ya ves el pelo que nos luce. En la mecánica social, como en la mecánica física, el trabajo útil representa el efecto, no de las fuerzas dispersas, sino de la energía encauzada y dirigida hacia un fin previsto.

—Si ello es así —y tus razones son irrebatibles—, ¿a qué causas obedece el *funcionarismo* o la *empleomanía*, enfermedad incurable de los pueblos mediterráneos?

—Por lo que hace al funcionarismo, opino que no se relaciona directamente con la tendencia socialista o

---

[206] Empleomanía: Afán con que se codicia un empleo público retribuido.

individualista de las razas, sino que representa sencillamente la triste consecuencia de la miseria nacional y el fruto amargo de la ineducación y de la incultura.

Se me argüirá quizás que la hipertrofia física y mental del ciudadano conduce necesariamente al culto del rebaño y al civismo heroico y desinteresado. Natural parece que la mayor potencia productora del individuo determine superior capacidad tributaria; mas ¿traerá necesariamente esta prosperidad económica la aptitud para el sacrificio personal? En un pueblo donde la vida sea harto fácil y agradable ¿no se engendrará la pusilanimidad y la poltronería, amén de la indiferencia política? Quien pueda prescindir del Estado ¿se sacrificará por el Estado? ¿Sabrán morir los que tan bien aprendieron a vivir?...

» Pie aquí el arduo problema de la educación, que no consiste únicamente en fabricar grandes productores, sino productores patriotas. Por seguro tengo que si contemporáneamente con el cultivo intensivo del animal humano, no acertamos a infundir en éste un vivo sentimiento de afección hacia el terruño y patrimonio intelectual y moral de la raza; si con la libre expansión de sus actividades no sugerimos a la juventud, por sabio y prudente contrapeso, la religión del deber y de la disciplina..., algo, en fin, de ese sentimiento comunista tan antipático a nuestros demócratas, obtendremos quizás copiosa cosecha de eruditos, de *dilettantis*[207] de la política y de la ciencia, de orondos y salutíferos bur-

---

[207] Dilettanti es un término italiano cuyo singular es *dilettante* y significa en español amateur o Lego (no profesional).

gueses, pero nada parecido a un cuerpo social robusto y sinérgico, susceptible de reaccionar viril y triunfalmente contra todo linaje de agresiones exteriores.

En conclusión; la grandeza y esplendor de un pueblo representa la síntesis augusta de las abnegaciones y heroísmos individuales, el sublime florecimiento de una planta tan delicada y exigente que solo prospera regada con la sangre de los héroes, e iluminada con el cerebro de los sabios. Las patrias prepotentes surgen y culminan en la historia como del fondo del mar emergen las islas de coral, coronando robusto pedestal labrado secularmente por innumerables y abnegadas existencias.

—Tus reflexiones me sugieren la explicación de un fenómeno que jamás acerté a comprender satisfactoriamente: la poca fortuna de nuestros sabios y pensadores en el campo de la investigación personal. Saben pensar, pero se fatigan pronto, porque les falta sin duda el alimento dinámico de las santas obstinaciones, a saber: anhelo de gloria y amor a la patria. Porque presumo —y a tu experiencia apelo— que en lo tocante a las dotes del espíritu, nuestros maestros compiten ventajosamente con los más eximios sabios europeos.

—Y presumes bien; y te lo fía quien, por razón de oficio, ha tenido ocasión de tratar íntimamente a no pocas lumbreras de la ciencia internacional. Sabe, caro amigo, que los intelectuales españoles son tan listos, ¿qué digo? mucho más listos que sus cofrades ultrapirenaicos, y aun me adelantaría a decirte, si no temiera abusar de tú credulidad, que, por pasarse de perspicaces y de prácticos, recogen escasos laureles en el jardín de la investigación. Mis estudios sobre la psicología de los sabios me han persuadido de que, para consagrar la existencia a una idea grande y triunfar en las lides de la civilización, es menester ser lo bastante avisado y hábil para olfatear el hecho nuevo e inducir su ley, y lo suficientemente ingenuo y candoroso para sacrificar la existencia persiguiendo cosas tan vanas y quiméricas como el humo de la gloria y la gratitud de los hombres. Esa mezcla singular de idealismo y de candor infantil, de sagacidad y de vanidad, propia del conquistador científico de casta, es casi desconocida entre nuestros profesores, que —y dispensa lo crudo del diagnóstico— o se pasan de largos, o se pasan de bobos.

—Estimo que nos perjudica también la sobra de imaginación.

—Creo más bien que somos demasiado equilibrados y prudentes para que la loca de la casa haga de las suyas. Y suponiendo que superemos a los extranjeros en imaginación — cosa harto improbable, dado que las más grandes creaciones de la literatura y de la filosofía constituyen entre nosotros artículos de importación— no nos daña el exceso de tal facultad, sino el mal uso que de ella hacemos, utilizándola en urdir frases pomposas en vez de emplearla en forjar hipótesis fecundas. Tan necesaria es a los sabios, que con razón se ha repetido hasta la pesadez, que en el campo de la Naturaleza solo se encuentra lo que se busca; y lo buscado representa casi siempre una visión anticipada de la verdad, una luminosa imagen de la imaginación constructiva, a que los hechos acaban por ajustarse. Ni el culto a la belleza empece[208] a la religión de la verdad. El sabio, como la alondra, debe saber volar y cantar... Sí...; volar muy alto y muy lejos, para descubrir los nuevos horizontes. Por desgracia, el talento español recuerda demasiado al faisán, ave de porte gallardo y de corto y fatigoso vuelo...

» Pero arrastrado por el automatismo de la asociación de ideas me he desviado de mi camino, y debo volver a él.

—De lo que me considero principal responsable, pues he interrumpido tu relato con inoportunas y enfadosas interrogaciones. Perdona mi indiscreta curiosidad... y prosigue.

—Pues, según te decía, con ser mi programa socialista asaz mitigado, inofensivo y parsimonioso, me procuró la enemiga de las escuelas liberales *turnantes* en el poder. Mi última y más reñida campaña (que debes tener presente, porque te di ocasión para romper gallardamente una lanza en defensa de la Iglesia), versó sobre la libertad de enseñanza.

—Sí, ya caigo...; aquel artículo tuyo tan acerbamente comentado por la prensa rotativa.

—Y, sin embargo, persisto en creer qué me asistía la razón, por lo menos desde el punto de vista de la defensa del Estado liberal.

» Afirmaba yo que, dentro del régimen democrático, todas las libertades son sagradas menos una: la de negar la libertad, todos los actos colectivos legítimos menos

---

208 Empecer: Ser [una cosa] impedimento u obstáculo para la realización o consecución de algo.

éste: el suicidio de la clase directriz. Sabido es que la colectividad social, al modo de los individuos, encierran dos personalidades: la actual, dotada de derechos y deberes, y la potencial, es decir, la persona futura que solo tiene derechos. Lo que, hablando en romance, quiere expresar que la nación, encarnada en la clase soberana, debe garantizar con igual esmero y pulcritud los privilegios de los ciudadanos contemporáneos que los privilegios de los ciudadanos del porvenir, en cuyo nombre ejerce piadosa e inalienable tutoría. Ahora bien —discurría yo— el deber más sagrado hacia toda criatura en curso de evolución es el respeto a la evolución misma, la plena seguridad de que el cerebro y las energías mentales del niño no serán sometidos durante el proceso ontogénico a la perturbadora sugestión del dogmatismo, y podrán, por ende, alcanzar libremente el máximo de eficacia crítica y de potencia productriz.

»¿Se logra este resultado pedagógico entregando la educación de la raza a una sola parcialidad política, precisamente a la que, alardeando de poseer la verdad, niega el derecho del libre examen e impone norma invariable a la facultad de pensar? ¿Dónde está el perro que abandona al lobo sus cachorros?

—Sin embargo, querido Jaime, te confieso que en aquella discusión parecióme que la verdad estaba de paripé de tus impugnadores. Tu argumentación hubiera sido impecable, a mi juicio si los Institutos religiosos se arrogasen el privilegio exclusivo de educar y adoctrinar a la juventud; pero ¿acaso no queda el campo libre a la concurrencia laica? ¿Quién puede estorbar a la iniciativa privada la creación de instituciones de enseñanza regidas por seglares o por preceptores católico-liberales? A la verdad, si, conforme se afirma, católica es la inmensa mayoría de los padres de familias, no se me alcanza cómo pueda evitarse, sin caer en los excesos y violencias de un jacobinismo contrario a los principios democráticos, el que aquéllos confíen la educación de sus hijos a las corporaciones religiosas.

—Así justamente discurren, en harto significativo consorcio, demócratas y clericales. Mas si hemos de entendernos alguna vez en materias de libertad de enseñanza, disipemos antes un equívoco.

» Por de contado en España, pese a las alharacas y pretensiones de los que hablan constantemente de conciencia nacional cristiana y de clases neutras conservadoras, la opinión liberal es la dominante. Mas, vengamos a cuentas: los partidos liberales reunidos aventajan notablemente a los reaccionarios de todos los matices; pero no suman en junto la poderosa hueste que, para fines meramente educativos y de acción social, pueden, en un momento dado, juntar el tradicionalismo y el clero, aliados con la mujer que, por causas sobrado conocidas, representa una gran fuerza clerical. Abdicación bochornosa sería en los gobiernos liberales permanecer indiferentes ante esa peligrosa liga moral, cuya finalidad, harto visible, consiste en preparar generaciones ciegamente entregadas al culto del pasado y hostiles a las modernas libertades.

Al inapreciable socorro de nuestras caras, mitades (cuyo imperio espiritual sería plausible si por deficiencias de la educación no estuviera la mujer dos siglos rezagada respecto del hombre), añade la enseñanza confesional ventajas de orden económico que imposibilitan la competencia de las escuelas oficiales y que traen su origen tanto en las facilidades y privilegios de la vida conventual, como en la inagotable generosidad del bello sexo hacia las Instituciones religiosas.

Desengañémonos; mientras la esposa continúe siendo el embajador del cura en el seno de la familias; mientras el clero regular no viva sujeto a los mismos sacrificios morales y necesidades materiales que el resto de la nación; en fin, mientras no se ponga coto a la libertad absoluta de testar de viudas y solteronas enloquecidas con el terror del purgatorio, los partidos liberales y democráticos cometerán la más insigne de las torpezas mostrándose generosos y débiles con la alianza *femino-clerical* y consintiendo que dirijan y eduquen a la juventud parcialidades políticas desprovistas de fuerza y de opinión para gobernar y civilizar. Los ingenuos demócratas, detenidos en tan magnas cuestiones por escrúpulos de monja, deben tener presente que hay algo por encima de todos los principios y de todas las leyes, y en cuyo nombre es lícita hasta la tiranía, a saber: el interés y prosperidad del Estado y el fomento y esplendor intelectual de la raza.

» Ocioso es decir que mis campañas políticas resultaron tan infecundas y baldías como las filosóficas. Empresa titánica es combatir preocupaciones y desimantar cabezas obstinadamente orientadas hacia una estrella ha tiempo eclipsada en el cielo de la razón, pero a cuyo influjo se forjaron grandes intereses y se crearon poderosísimas instituciones. Arrojado de sus últimos baluartes, mi candoroso redentorismo acabó por persuadirse —ya era hora— de que este bajo mundo, apenas preparado para la filosofía, no está maduro para la justicia, y de que, a despecho de las más elocuentes y generosas propagandas, réstanos todavía unos cuantos siglos de egoísta individualismo y de parasitismo a todo trapo. ¿Qué vale la acción de un hombre, por grandes que sean su abnegación y poder, para transformar la psicología colectiva?

» Fuerza era, pues, si no quería esterilizar por completo mi vida, cambiar resueltamente de rumbo. Aún era tiempo: tenía la acometividad de los veintisiete años y aguijábanme, con el ansia de gloria, ganas furiosas de edificar algo serio, definitivo, capaz de desafiar los ultrajes del tiempo y los vaivenes del gusto y de la moda. Claro es que tan ambiciosos, anhelos solo en la ciencia podían hallar plena satisfacción. Y a la tarea científica me di, con la paciencia del benedictino y la entereza y ardor de los héroes de la voluntad.

» Poseía, según te conté, algunas disposiciones para el cultivo de la física experimental, cuyas verdades me encantaban, tanto por la precisión y luminosidad de su forma matemática, cuanto por sus admirables y fecundas aplicaciones al aumento, comodidad y espiritualización de la vida. Además, fatigado y hastiado de las interminables controversias a que, por ley indeclinable, están sujetas las verdades del orden moral y sociológico, me subyugaba la idea de trabajar en un terreno neutral, donde las conquistas del espíritu —si yo tenía la suerte de triunfar— fueran obligativamente aceptadas hasta por las indoctas muchedumbres. ¿Quién discute el teléfono, el análisis especial, el dinamo o locomotora, ni regatea a sus ilustres descubridores el tributo de la admiración? Por dicha suya, ni el físico y ni el químico necesitan apelar, a diferencia del filósofo o del artista, al juicio no siempre sereno y justo de la posteridad; solo para aquéllos se digna Apolo aguijar sus raudos corceles, coronando al feliz triunfador antes de que el frío de la senectud y el pavor de la cercana muerte aparten de los sedientos labios el áurea copa de la fama...

» En fin, tras dos años de íntimo recogimiento mental y de obstinada labor de laboratorio, tuve la inefable dicha de sorprender, en el inagotable dominio de la electricidad y de la radiología, algunos hechos nuevos, susceptibles de importantes aplicaciones industriales.

» Satisfecho quedé del ensayo de los aparatos construidos en pequeña escala, pues comprobaron plenamente la exactitud de mis previsiones. Mas tales ensayos agotaron pronto los recursos de un modesto profesor atenido a la ruin nómina oficial. Víme, pues, obligado a solicitar apoyo del Gobierno para construir, en grande y definitivamente, mis máquinas eléctricas y radiográficas; mas, según suele ocurrir en tales demandas, solo conseguí enredarme en las mallas de inacabable expedienteo y perder vanamente el tiempo y la paciencia. Ni fueron poderosos a procurarme la subvención oficial el dictamen lisonjero de cierta docta Academia, ni el voto de calidad de un ilustre ingeniero. A la indiferencia ministerial y morosidad administrativa contribuyó quizá el recuerdo de mis inhábiles campañas socialistas, sin contar con que en España el patriotismo y la generosidad fueron siempre esencialmente guerreros. Para que las bolsas se aflojen y los corazones se enardezcan hay que inventar máquinas mortíferas capaces de volar una ciudad o de echar a pique un acorazado; y, por desdicha, mis pobres artefactos, provechosos sin duda a la industria de la transmisión y transformación de la energía, no brindaban por el momento sensacionales aplicaciones al arte de matar en grande...

Marchitas mis esperanzas y agotadas mis economías, obligado me vi a emigrar al extranjero en busca de calor y amparo para mis proyectos. Y después de devorar no pocos desaires y amarguras por mi calidad de español —todos me calificaban a priori de iluso— fijé últimamente mi residencia en París, cuya célebre Academia de ciencias estudió y acogió de buen grado mis invenciones. Al fin llegó mi Domingo de Ramos. Alentado con el *execuátur*[209] académico y ayudado en mis planes por una mujer de corazón, hoy mi esposa, di cima a la empresa de construir los modelos definitivos y de patentizar a todo el mundo su originalidad y utilidad.

Pronto dispuse del dinero necesario para convertir las fantasías de mi espíritu en criaturas industriales robustas, prolíficas, pregonadoras de la laboriosidad y de la honradez intelectual de su creador. Y levanté extensa fábrica, instalando en ella potentísimos motores y bien provistos talleres.

Y lancé al mercado internacional nuevos tipos de dinamos, acumuladores, contadores, generadores de radioactividad, etc., los cuales recorren hoy triunfalmente

---

209 Execuátur: Autorización que otorga el jefe de un Estado a los agentes extranjeros para que en su territorio puedan ejercer las funciones propias de sus cargos.

el mundo pregonando el crédito de la casa y rindiendo pingües ganancias.

Lejos de amainar, crecen de día en día la importancia y prosperidad de mis negocios. Triplicada la capacidad de la antigua fábrica, se extienden ahora en torno de mi laboratorio multitud de blancas casitas, donde habita rumorosa y alegre población obrera, que se alimenta de las ideas de mi inteligencia como el bosque de las radiaciones del sol. Y soy feliz, porque he realizado el sueño dorado de mi vida, que consistía en pulir y decorar con personal estilo, en ese poliedro de infinito número de caras que se llama mundo del saber, una faceta minúscula donde la posteridad agradecida inscriba mi modesto epitafio.

—¡Admirable!, amigo Jaime... Me dejas atónito... Bien es verdad que yo jamás puse en duda la perspicacia y elevación de tu talento. Hay algo, sin embargo, en tus excelsas victorias que entristece mi corazón de español, y no sería leal ni franco contigo disimulándolo... Me da pena pensar que, para hallar justicia a tus méritos y pedestal a tu gloria, te has visto obligado a dejar tu país. Dime, en el dorado destierro en que vives, ¿perdiste acaso el amor de la patria?

—Eso nunca... A pesar de mi larga permanencia en Francia jamás pasó por mi ánimo la idea de renunciar a la nacionalidad española. Además, ¿qué son mis modestas invenciones sino el fruto de sincero y ardiente patriotismo? Sacrifiquen otros en el altar del *alma mater* las víctimas de la guerra y del odio internacional; entonen en su loor los poetas himnos altisonantes y declamatorios; yo tengo por mejor ofrecerla, con mis creaciones científicas, ya guisa de místico incienso, mi propio cerebro, fatigado y vibrante del intenso pensar, y consumido y abrasado del enérgico querer... Ni pienses que el voluntario destierro en que me hallo ha mitigado un punto mis sentimientos de acendrado[210] españolismo; que, a los ojos nostálgicos del hijo ausente, la adorada imagen de la patria, en vez de achicarse con el alejamiento, se engrandece y hermosea, al modo de esas pardas y mediocres montañas que, miradas de lejos, yerguen gallardas sus cimas y con los matices del cielo se engalanan.

—¡Bravo, querido Jaime!... Me enardecen y confortan tus elocuentes acentos, que suenan en mi oído como las notas vibrantes de la Jota o las estrofas de la olvidada Marcha de Cádiz. Oportunísimos llegan a mi alma donde tantas cosas, hasta las más santas, se han derrumbado a impulsos del infortunio...

» Hace poco, en momentos de dulce expansión muy agradecidos por mí, has hablado del ansia de sobrevivirte... del ferviente anhelo de dejar en la posteridad una estela luminosa. Y en virtud de inevitable asociación de ideas, tu generoso arranque me ha producido un sentimiento de penetrante melancolía...

Y Esperaindeo, después de breve pausa, acusadora de la indecisión que reinaba en su ánimo, continuó:

—Bulle en mi mente un pensamiento molesto que no debo manifestarte, porque cometería con ello grave irreverencia y hasta manifiesta indiscreción.

---

210 Acendrado: Que es puro, sin mancha ni defecto.

—Habla sin miramientos...; yo te satisfaré en cuanto mis fuerzas alcancen.

—Pues bien, alentado con tu venía, me atrevo a exponerte esta duda: Dime, ¿cómo aciertas a conciliar tan elevadas aspiraciones a la gloria con tu creencia irrevocable en la muerte personal y en el aniquilamiento fatal del mundo y de la vida?

—Y ¿qué dirías si yo te confesara, lleno de rubor intelectual, que amén del sentimiento patriótico, la triste convicción de que no existe vida de ultratumba ha contribuido poderosamente a mis éxitos científicos e industriales? ¿Cómo juzgarías de mi intelecto si te hiciera la confidencia de que, durante los desfallecimientos del laboratorio, cobre a menudo alientos con este anodino cordial?: «*Si mi alma está condenada a morir, sálvense al menos sus ideas; trabajemos, pues, para crear algo vivo y perdurable, algún concepto germen que, a semejanza de la llama de la vida, salte de generación en generación nutriéndose y creciendo incesantemente a expensas del humano cerebro*».

—Confieso no comprender qué especie de grata sensación puede provocar en una vacía calavera el eco de los aplausos póstumos.

—Hijo mío, estamos en presencia de una de tantas paradojas y contradicciones de la vida: el instinto imponiéndonos el deseo de perdurar y la razón contradiciendo tan locas ilusiones. Guardémonos, empero, de analizar tales impulsos, que al par de otros muchos, no menos absurdos, apuntan antes a la utilidad de la especie que a la prosperidad del individuo; y limitémonos a sentirlos y cultivarlos, pues solo obrando así será nuestra labor provechosa a la humanidad y alcanzaremos en este bajo mundo toda la felicidad compatible con el conocimiento de la verdad.

» Y por si la posteridad nos olvida, apresurémonos a conquistar el presente. Bien será, pues, empuñar la mancera[211] en plena juventud antes que el frío de los años modere el vigor y apague los entusiasmos. Lo importante es hacer más fácil y agradable la vida de los hombres, conquistar un rincón en las almas y en los libros, donde gozosas aleteen nuestras ideas; emerger, en fin, de la masa anónima del pobre rebaño donde se cuenta por millones, para ingresar por derecho propio en la brillante legión en que se cuenta por unidades. Ardua es la labor, grandes los contratiempos y sinsabores de la lucha; pero, ¡cuán hermosa y halagadora la victoria! ¡Qué alborozo sentirnos por primera vez enfocados desde abajo por miles de ojos curiosos y acariciadores!... Y luego se eslabonan otras mil satisfacciones, resultantes de la transcendencia científica y social de la obra, de la gratitud de la miseria redimida, del soberano orgullo de pensar que, al venir al mundo, no hemos fatigado en vano la fragua de la Naturaleza...

—Sigue, no te interrumpas, por Dios; tus entusiasmos son para mí la mejor de las medicinas.

—¡Si vieras qué sumo deleite es transformar al conjuro del ingenio un puro y abstracto pensamiento en vivero de humanidad hirviente, en archipiélago espiritual

---

211 Mancera: Pieza corva y trasera del arado, sobre la cual lleva la mano quien ara, para dirigir la reja y apretarla contra la tierra.

donde desborda la vida y sonríe el bienestar! ¡Ah, cuán poco podría importar a las naciones desgraciadas la pérdida de sus colonias, si sus hijos, ardiendo en santo patriotismo, se esforzaran por ensanchar la geografía moral de la raza con estas radiantes islas de la inteligencia, santificadas por el trabajo y la paz, por igual inaccesibles a la defección y a la conquista!...

» Pero basta de enfadosos y trasnochados lirismos. He terminado, mi querido amigo, la pesada narración. En ella he intentado reflejar mi vida como en claro espejo. Tú decidirás si te conviene ajustarte al modelo, o si prefieres errar por los infecundos páramos de la teología o de la política.

—Echada está la suerte. Tus sanas y vivificantes exhortaciones acaban, de transformarme en otro hombre. Renuncio en absoluto a la vida parásita, a la humillante y vergonzosa protección de mi mujer. Estoy a tus órdenes.

—Pues acepta desde ahora un puesto de secretario particular con 10 000 francos. Por algo se empieza...

Y el buen Esperaindeo, en un arranque de viva gratitud, se abalanzó hacia Jaime y exclamó, mientras le abrazaba tierna y efusivamente:

—¡Eres todo un amigo... un alma antigua!... ¡Plegué a Dios pueda corresponder algún día dignamente a tu generosidad!...

— ¡Deja!...; ¡no vale la pena!... Yo hubiera preferido confiarte la plaza de administrador gerente, cargo harto más importante, y lucrativo; pero lo desempeña cierta persona a quien, fuera de la vida, debo cuanto soy. ¿Adivinas?

—¿Tu incomparable maestro?

—El mismo, D. Enrique Fernández. El cual, no obstante su ancianidad y repugnancia a dejar la querida tierruca, consintió al fin en trocar sus 10 000 reales mal contados de profesor normal, por los 20 000 francos que yo le doy. No hago sino. satisfacer una deuda sagrada; fuera de que el concurso de hombre de tal valía en la dirección del complicado mecanismo de la fábrica, me es singularmente provechoso.

—Con tan acertada designación revelas tan buen corazón como sentido práctico.

—Mi querido Esperaindeo... las horas han pasado suavemente durante nuestro agradable coloquio... Es ya muy tarde. Pongámonos en marcha hacia la fábrica. No está lejos...: veinte minutos de ómnibus, que tomaremos aquí a la vuelta, en la plaza de la Bolsa, y un cuarto de hora de ferrocarril metropolitano. A nuestra llegada te presentaré a mi familias, conocerás al maestro y te informaré puntualmente de tu cometido, no muy complicado ni fatigoso por ahora...

Momentos después se instalaban ambos amigos en el interior de un ómnibus. Gradualmente, el cansancio y laxitud subsiguientes al derroche verbal pusieron fin al animado diálogo: un sentimiento de dulce serenidad pareció bañar el alma fatigada de los interlocutores. Y mientras Jaime, apoyado el brazo en la ventanilla, miraba distraídamente el ajetreo de los transeúntes y el raudo desfilar de los carruajes, ocupábase su compañero en contemplar embebecido la cabeza leonina del sabio, cuyo gesto de luchador enérgico y noble perfil, subrayaban con líneas de oro los últimos arreboles de la tarde. Evocado por el contraste entre lo actual y lo pasado, acudió a la mente de Esperaindeo el recuerdo del Jaime de otros tiempos... de las sabias y vehementes peroratas del ateneísta, de las humanitarias y redentoras arengas del apóstol. ¡Lástima de tribuno!, pensaba. ¡Cuán pocos, y sin embargo cuán necesarios son, en la pobre España caracteres de tal temple, políticos viriles y patriotas como Jaime!... Al fin, cediendo a la tensión de sentimientos e ideas que pugnaban por exteriorizarse, rompió el solemne silencio exclamando:

—Amigo Jaime, ¡quién te ha visto y quién te ve!... ¡Quién dijera que tú campeón invencible de la lógica, orador de múltiples recursos, apóstol abnegado de los desheredados y de los caídos, tribuno lleno de noble ambición, habías de recogerte, en plena juventud, en la tranquila playa de la ciencia y de la industria!

—No te extrañe... Ha poco te decía que el mundo no está en sazón para la filosofía ni para la justicia. Triste es reconocerlo..., pero ello es que, a pesar de la tan decantada tolerancia de los modernos tiempos, solo le dejan a uno ejercitar el sentido común en el apacible campo de la ciencia. Laboremos, pues, en él, puesto que en él se nos permite discurrir libremente. Los apóstoles de la justicia serán oídos más adelante cuando la ciencia omnipotente haya iluminado todos los antros y sinuosidades de la Naturaleza y del espíritu.

&

Gaspar
&Rimbau

Esperamos que hayas disfrutado de esta fantástica novela tanto como nosotros. Hemos puesto la mayor dedicación y esfuerzo en lograr la mejor edición posible de esta obra.

Si quieres saber más de este libro, su autor, y sobre el largo y complejo trabajo que hicimos de recuperación, documentación y restauración, puedes visitar nuestra web.

wwww.gaspar-rimbau.com